KB182263

어릴 적 생각

어릴 적 생각

장창석 지음

이담
Books

프롤로그

　눈을 감으면 가을 햇살을 머금은 주홍빛 대봉이 바람에 살랑거리고, 멍석 위에 펼쳐진 나락이 반짝이는 시골집 앞마당이 그려진다. 할머니는 툇마루에 앉아 곰방대에 불을 지핀 후 강아지와 놀고 있는 손자를 인자한 얼굴로 바라보신다. 요란한 소리는 고추잠자리를 잡으려는 강아지가 뛰어다니며 짖는 소리다. 깊어가는 가을 시골집에서 느끼는 여유가 행복하다. 눈을 떠보니 오늘도 가을 햇살이 좋다. 나는 회색빛 도시 한복판 많은 인파 안에서 버스를 기다리며 잠시 눈을 감고 있다. 눈만 감았을 뿐인데 눈꺼풀 위로 어린 시절

가을날이 선명하게 떠오른다.

　힘든 하루를 보내고 난 후 누군가로부터 또는 무엇인가로부터 위로받을 수 있다면 위로가 필요하다는 핑계로 밤새 술을 마실 필요는 없을 것이다. 누군가를 그리워하거나 어느 시절로 다시 돌아가고 싶어지는 것은 삶이 지쳐 있는 순간에 더 절실하다. 기억을 더듬어 유년 시절 중 원하는 시간, 장소, 보고 싶은 사람을 생생하게 그려낼 수 있을까?

　며칠 동안 야근을 하고 집으로 돌아가는 버스에서 깜빡 잠이 들었다가 깨어 함박눈이 펑펑 쏟아지는 광경을 보고 눈물이 흐르는 까닭은 돌아가신 할머니가 생각났기 때문이다. 크리스마스 날 새벽 어디선가 들려오는 은은한 캐럴 소리에 잠이 깨어 나가보니 함박눈이 펑펑 내리고 있었다. 눈 내리는 새벽을 한참이나 바라보고 있는데 인기척을 느끼신 할머니는 춥다고 어서 들어오라 하신다. 단지 그 찰나의 기억인데도 내 눈은 할머니에 대한 추억이 밀어낸 눈물로 가득 찼다.

　어떤 날은 복잡한 일로 좀처럼 잠을 이루지 못할 때가 있다. 생각은 꼬리에 꼬리를 물어 온 뇌세포를 점령해버린다. 끊이지 않는 생각들이 멈췄으면 할 때, 하얀 눈이 쌓인 언덕에서 친구들과 비료 포대로 눈썰매 탔던 추억을 떠올린다. 제대로 만들어진 눈썰매가 아니라 매번 넘어지는데도 뭐가 그렇게 좋은지 연신 함박웃음이다. 하얀 눈과 친구들의 웃음을 그리다 보면 겹겹이 쌓였던 생각들은 점점 엷어져가고 그러다가 잊히게 된다. 사실 그 복잡한 생각 중 대부분은 무의미한 것이었음을 나중에는 알게 된다.

　유년 시절에 대한 기억이 안정을 주는 이유는 그때는 걱정이나 미래에 대한 불안, 복잡한 생각이 없었기 때문이다. 돈이 없어도 신경 쓰지 않았고 주어진 환경에 만족했다. 또한 자연과 함께하며 생각이 흐르는 대로 몸을 움직였을 뿐이다. 그러다 고단해진 몸을 누이기만 하면 다시 내일을 살아갈 기운이 충전되곤 했다. 그런 단순한 삶의 방식이 복잡한 삶을 사는 현대인에게는 그리울 때가 많다.

누구나 어린 시절 좋은 추억을 간직하고 있다. 그러나 성인이 되어 바쁜 일상에서 대부분 그때의 추억을 되살릴 만한 여유가 없다. 그렇게 살다가 문득 어떤 사물이나 장소, 추억을 같이했던 사람을 접하게 되면 그제야 비로소 그런 시절이 있었구나 하며 "그땐 그랬지."라고 추억을 떠올린다. 그러면서 "그때는 참 순수했었는데 말이야.", "어릴 적엔 참 좋았었는데 말이야."라 하며 변해버린 자신의 모습에 안타까워하는 한편, 그 시절 순수했던 자신을 그려보며 미소를 짓곤 한다. 이같이 어린 시절은 은연중에 떠올라 감정의 치유제 역할을 한다.

어린 시절에 일어난 일들은 대부분 새로운 경험이었다. 새로운 경험을 하면서도 잘못될까 봐 망설였던 사람은 거의 없었다. 미래에 대한 두려움은 인간의 본성이다. 하지만 일어나지 않을 일에 대한 걱정과 두려움에 우리가 얼마나 많은 일을 망설였던가! 어릴 적에는 미지의 장소도 두려움 없이 찾아 나서곤 했다. 어린 시절엔 모험과 도전이 일상이었지만 어른이 되면 현실의 벽에 막혀 용기 넘쳤던 자신의 모습을 잊고 산다. 과거에 묻혀 사는 인생은 어리석지만 어떤 일이든 거침없이 해냈었던 어린 시절의 용기가 없어져가는 것을 알지 못하며 살아가는 것도 안타까운 일이다.

지식은 쉽게 습득할 수 있다. 필요하다면 어느 전문가가 아는 만큼 컴퓨터에서 꺼내어 사용할 수 있다. 하지만 지혜는 지식과는 다르다. 아무리 많은 지식도 살아가는 데 도움이 안 되는 일이 흔하다. 사람은 태어나서 죽을 때까지 선택을 하고 살아간다. 선택해야 하는 상황에서 지식보다 지혜가 더 중요하다는 것을 알게 된다. 어린 시절 경험은 선택의 기준이 되는 가치관의 형성에 도움이 되어 현재를 살아가는 지혜가 된다. 돈은 많이 벌지만 가정이 소홀해지는 직업을 택할지 아니면 돈은 적지만 가족과 시간을 보낼 수 있는 일을 선택할지? 어떤 사람을 반려자로 맞을 것인지? 공부를 하지 않은 아이에게 어떤 말을 건넬까? 하는 수많은 선택의 순간에서 어린 시절 무엇이 자신을 행복하게 했는지 떠올리면 선택하고 나서 후회를 줄일 수 있다.

어린 시절의 모습은 지금 자신의 모습과 분명 연결되어 있다. 자신이 하는 일, 하고 싶은 일, 싫어하는 것, 생활방식, 습관, 가치관 등은 어린 시절 모습이 반영되어 있다. 애플 창업자였던 '스티브 잡스'가 스탠퍼드 대학교 졸업식 축사에서 말한 것처럼 인생에서 과거의 순간들(dots)이 지금의 모습과 연결되어 있다는 것과 같은 이치이다. 과거가 없는 현재는 존재하지 않는다. 어린 시절은 현재의 자신이 있게 해준 싹과 같다. 그 싹이 튼튼한 관목 또는 잡초가 되었는지는 현재 자신으로 가늠해볼 수 있다. 어린 시절의 경험은 그 싹이 자라는 과정에서 관목과 잡초라는 두 갈래 길에서 많은 선택의 기준이 되었을 것이다.

다시 어린 시절로 돌아가고 싶으냐는 질문을 받으면 누구나 그 시절로 돌아가고 싶다고 할 것이다. 그러나 현재 자신과 주변의 일들을 모두 뒤로하고 영원히 어린 시절로 돌아갈 수는 없다. 그래서 잠시만이라도 과거로 다녀오고 싶다. 그곳에 가고 싶은 가장 큰 이유는 그리운 사람이 있기 때문이다. 이 책은 바쁜 일상에서 자신의 어린 시절을 잊고 살고 있는 우리들이 잠시나마 그 시절을 추억할 수 있으면 좋겠다는 바람으로 만들어졌다. 독자들이 책을 읽으면서 그리운 이를 만나고, 잊고 지낸 과거의 모습에서 오늘을 살아가는 용기와 지혜를 얻길 바라는 마음이다. 또한 과거와 비교하여 현재를 반추하고 앞으로 자신의 삶이 어떻게 그려질지 생각하며 지금 이 순간 하나의 올바른 점을 찍었으면 한다.

CONTENTS

제3장 그리운 것들

제4장 자연과 함께한 시간들

제5장 그땐 그랬지

제1장

그리운
사람들

———

어릴 적 함께했던 그리운 이들은 내 곁에 있는가?
없어도 슬퍼하지 말자.
언제든 눈을 감고 맘껏 그리워할 수 있으니.

팥칼국수

내가 어릴 적 살던 곳은 남쪽 지방의 작은 시골 마을이다. 마을 뒷산에서 양 갈래로 뻗은 산줄기 사이 양지바른 곳에 30여 가구가 옹기종기 모여 살았다. 마을 앞에는 갖가지 모양의 논과 밭이 펼쳐져 있고 그 너머에는 학교와 시장이 있는 읍내가 어슴푸레 보인다. 내가 살던 집은 마당이 있는 평범한 기와집이었다. 기와집이라고 하지만 1970년대 새마을운동이 한창이던 시절 초가집 지붕을 걷어내고 기와만 얹은 집이라 벽은 흙벽이고 구조는 단출했다. 두 개의 방, 방 사이에 있는 마루, 그리고 아궁이가 두 개 달린 부엌이 전부였다.

가을 수확이 끝나고 겨울이 찾아오면 시골 부엌 아궁이는 매우 바빠진다. 농번기에는 주로 밖에서 일하지만 일을 할 수 없는 추운 겨울에는 집에서 삼시 세끼를 해결해야 하고 방을 따뜻하게 하기 위해 수시로 아궁이에 불을 지펴야 하기 때문이다. 불이 타오르는 아궁이는 추위를 녹여주기도 하지만, 눈이 펑펑 내리는 날 아궁이의 남은 잔불에 고구마와 감자를 구워 호호 불어가며 먹는 재미도 쏠쏠했다.

아궁이에 군불을 지피는 일은 어린 나도 자주 하고 싶어 했다. 빨간 불꽃이 이글거리는 아궁이를 멍하니 바라보는, '불멍'이 좋았다. 그런데 아궁이 불을 오래 보고 있으면 자연스레 소변이 마렵다. 어른들은 "불장난 하지 마라. 밤에 오줌 싼다."라는 말을 했다. 이 말은 아이들에게 불장난을 하지 못하게 어른들이 지어낸 말이라 불과 소변은 연관성이 없어 보이지만 불을 보고 있으면 이상하게 소변이 마렵다. 추측건대, 어릴 적 대보름날 쥐불놀이를 하거나 밖에서 개구리를 구워 먹을 때 불을 피우고 마지막에 불을 끄면서 오줌을 싸던 습관 때문에 불을 보면 조건반사적으로 소변이 마려웠던 것 같다.

어릴 적 시골은 지금보다 더 추웠다. 지금은 온난화, 도시화로 겨울 추위가 그리 매섭지 않지만 그 시절에는 손발에 동상이 걸릴 정도로 추웠다. 그래서 따뜻한 아궁이 옆에 오래 머물고 싶었는지 모른다. 어머니는 겨울이면 그 아궁이에 팥칼국수를 자주 해주셨다. 보통 동짓날에 팥죽을 먹지만 어머니는 팥죽 대신 팥칼국수를 만들어주셨다. 가을에 추수한 팥이 넉넉하니 겨우내 팥을 넣은 국수를 먹을 수 있었다. 어머니가 팥칼국수를 해주시는 날은 매우 설레고 기뻤다. 그 시절엔 초등학교 졸업식 날 자장면을 처음 먹었을 만큼 밀가루 음식이 귀해서 밀가루로 만든 팥칼국수는 어린 나에게 매우 특별한 음식이었다.

팥칼국수를 만들려면 먼저 팥을 깨끗이 씻어 불린 다음 가마솥에 삶아야 한다. 삶다가 적당한 시간에 가마솥 뚜껑을 열면 하얀 김 아래 선명해진 자줏빛 팥이 드러난다. 한 줌 집어 입에 털어 넣으면 그 파근파근한 식감과 연한 단맛이 어린이 입맛에 안성맞춤이다. 팥이 익는 동안 어머니는 밀가루 반죽으로 칼국수 면발을 만드신다. 다듬이질에 사용하는 홍두깨가 밀가루 반죽 위로 지나가면 신기하게 반죽이 얇게 펴진다. 펴진 반죽은 몇 번 접어 알맞은 면 굵기로 송송 썰린다.

밀가루 반죽을 오랜만에 본 나는 반죽을 한 줌 떼어 눈깔사탕 크기로 둥그렇게 만든다. 그 반죽을 불에 구워 먹을 속셈이다. 아궁이에서는 팥죽을 끓이기 위한 장작이 활활 타오르고 있다. 떼어낸 반죽을 부지깽이에 끼워 아궁이에 넣고 불 위에서 서서히 돌려가며 익힌다. 밀가루 반죽의 겉은 까맣게 타지만 속은 김이 모락모락 나며 흡사 갓 구운 빵과 같아 보인다. 양념이 되어 있지 않아 구운 밀가루 반죽 맛은 맹맹하기만 하다. 그러나 불에 구워진 밀가루 빵을 호호 불어가며 먹는 재미는 어느 고급 빵보다 맛있었다. 어머니는 칼국수 반죽이 모자랄 것 같아 보여도 자식이 스스로 간식을 만들기 위해 애를 쓰는 것을 보고 밀가루 반죽 떼어가는 것을 말리지 않으신다. 아마도 그것을 알고 넉넉하게 반죽을 준비하셨을 거다.

면발이 준비되면 삶아진 팥을 으깨어 체에 거른 후 앙금과 팥물을 가마솥에 넣고 끓인다. 팥물이 팔팔 끓으면 면의 밀가루를 털어내고 흩뿌리듯 가마솥에 넣어준다. 이내 칼국수가 붙지 않도록 팔뚝만 한 나무주걱으로 휘저어 가며 한 솥 끓여내면 드디어 겨울철의 별미 팥칼국수가 완성된다. 칼국수는 초겨울에 담근 김장김치나 동치미와 곁들이면 더 맛있다. 육 남매와 할머니까지 대식구가 모두 옹기종기 앉아 국수를 먹는다. 사람마다 기호대로 설탕을 넣거나 소금을 조금 뿌려 먹었다. 팥의 단맛이 있어 설탕을 더 넣지 않아도 좋으나 그 시절에는 워낙 단맛이 좋았던지라 난 설탕을 듬뿍 넣어 먹었다. 팥칼국수는 밀가루와 단맛이 그리운 시골 아이의 먹는 욕구를 많이 채워줬다. 김이 모락모락 나는 팥죽으로 난 추운 겨울을 잘 보낼 수 있었다.

어머니께서 팥을 씻어 국수를 상에 올리기까지 전 과정을 빼놓지 않고 지켜보아서 팥칼국수를 보면 어머니의 정성이 느껴진다. 자식들을 위해 엄동설한 추위에도 아랑곳하지 않고 찬물에 팥을 씻고 밀가루 반죽으로 국수를 만들어내어 매캐한 연기를 들이마시며 한 솥 국수를 만들어주시던 그 정성이 고스란히 전해져온다. 하얀 수건을 머리에 두르시고 가마솥 뚜껑을 열어젖혀 면을 넣는 그 모습도 선명하게 기억난다. 그 옆에 먹이를 기다리는 제비 새끼처럼 밀가루 반죽을 더 얻으려고 쪼그려 앉아 어머니를 바라보던 내 모습도 보인다.

지금은 인스턴트식품이나 바로 조리된 팥죽도 배달시켜 쉽게 먹을 수 있다. 또한 팥칼국수를 먹으려면 어렵지 않게 맛있는 음식점에 찾아갈 수도 있다. 그러나 내게 있어 팥칼국수는 어머니가 생각나는 특별한 음식이다. 영화 <라따뚜이>에서 악랄하기로 유명한 음식점 비평가가 반해버린 음식은 다름 아닌 어린 시절 어머니가 해주시던 단순한 채소 요리 '라따뚜이'였다. 그 비평가는 다른 어떤 고급 요리보다 어린 시절과 어머니가 떠오르는 음식을 먹으며 행복을 느꼈다.

살면서 음식이 위안을 줄 때가 많다. 특히 어떤 음식을 먹으면 함께했던 사람들, 장소, 그리고 그때 자신의 모습도 연상된다. 가족과 같이 나누었던 음식은 가족을 떠올리게 하고 그때의 감정도 생각나게 한다. 나에게는 팥칼국수가 그런 음식이다. 이제 이 음식을 다른 가족과 함께 먹는다면 그들과 그 음식에 관한 추억이 또 만들어질 것이다. 지금 아쉬움이 있다면 어릴 적 어머니와 함께 먹었던 그 음식을 어머니와 다시 먹고 싶어도 여건이 그리 허락하지 않는다는 것이다. 함께하고 싶어도 함께할 수 없는 시간이 오기 전에 좋아하는 사람과 음식을 나누는 시간을 더 자주 가져야겠다. 지난 후에 후회하지 않도록.

처음 타는 기차

내 고향의 지리적 명칭은 전라남도 강진(康津)이다. 직장 동료들이 고향이 어디냐고 물으면 난 가끔 "뉴스에서 가장 많이 나오는 곳이다."라고 답한다. "특히 지진이 발생했을 때는 하루에도 몇 번이고 뉴스에 나온다."고 말한다. 왜냐하면 뉴스에서는 "오늘 어디에서 강진(强震)이 발생했습니다."라고 하기 때문이다. 그러면 동료들에게 고향을 오랫동안 각인시킬 수 있다.

강진은 인구가 5만 명도 채 되지 않는 자그마한 군(君)이다. 청자를 굽는 도요지가 많았었고, 다산 정약용 선생님이 유배 시절 기거하시던 다산초당이 있다는 정도만 알려졌지 어디에 있는 어떤 곳인지 아는 사람은 드물었다. 그러나 1990년대 초반에 한 권의 책『나의 문화유산 답사기』(저자: 유홍준)로 인해 강진이 '남도답사 일번지'로 소개되면서 사람들에게 알려지기 시작했다. 그러나 여전히 인구나 인프라가 부족하고 도시화가 더뎌 예전 모습을 많이 보존하고 있다.

강진에서 자동차로 약 30분 거리에는 목포시가 있다. 목포는 오래전부터 항구도시로서 산업이 발전되고 조선소가 자리 잡고 있어 인구도 꽤 많아 1980년대는 전남에서 광주 다음가는 제2의 도시였다. 어렸을 적 아버지는 목포에 있는 막걸리 공장에서 사무직으로 일하셨고, 강진에 있는 가족과는 떨어져 지내다가 주말에만 오셨다. 당시에는 토요일에도 오전 근무를 했으니 항상 토요일 오후에 오셨다가 일요일 오후에 목포로 가셨다.

아버지는 당신의 생활에 대해 자식들에게 이야기를 하지 않아 난 아버지가 어떻게 지내는지 알 수 없었다. 일요일에 목포로 돌아가실 때 어머니께서 마련해준 밑반찬과 깨끗하게 빨아진 옷들을 챙겨가시는 것이 내가 기억하는 아버지 모습이었다. 가끔 아버지는 주말에 오시면 여섯 형제 중 막내인 나와 가끔 산책을 하셨지만 당시 세상 아버지들이 다 그랬듯이 자식들과 친밀한 관계는 아니었다.

초등학교 2학년 어느 주말, 아버지는 집에 있는 나와 막내 누나에게 목포에 가지 않겠느냐고 제안을 하셨다. 아버지가 자식들에게 1박 2일 여행을 제안한 것이다. 나와 누나는 여행을 간다 하니 좋아서 아버지를 따라나섰다. 우리가 처음 도착한 곳은 목포 시내에 위치한 아버지의 일터인 막걸리 공장이었다. 아버지 숙소는 공장 1층 한구석에 있는 단칸방이었고 회사 숙직실 비슷한 곳이었다. 처음 보는 아버지 숙소가 예상보다 초라해 보였다.

숙소에 간단히 짐을 푼 후 아버지는 우리에게 공장을 구경시켜주었다. 공장은 막걸리를 만들기 위해 쌀을 찌느라 하얀 김이 여기저기서 나고 찐 쌀을 발효시키는 목욕탕 수조 같은 곳에서는 쿰쿰한 냄새가 났다. 습한 기운과 막걸리 냄새로 채워진 공장을 보고 나서 난 '아버지의 직장이 그리 좋지는 않구나.'라는 생각으로 착잡해졌다.

공장을 나와 아버지가 근무하는 사무실에 갔다. 작은 사무실 안에는 다섯 개의 연두색 철제 책상이 있었고, 거기에는 사장, 전무, 상무 등 직함이 있는 명패가 있었는데 아버지는 그중 상무였다. 아버지 책상 뒤에는 판매량이 기록된 녹색 칠판이 있었다. 상무라는 직함을 가지고 있는 아버지의 사무실 환경 또한 내가 예상했던 것과는 많이 달랐다.

간단한 구경이 끝난 후 숙소로 돌아오니 저녁 시간이 되었다. 아버지는 쌀을 꺼내 양푼에 담아 손수 쌀을 씻으셨다. 그리고 전기곤로에 냄비를 얹어 밥을 지으셨다. 그다음 집에서 가져온 소고기와 벽장 안에 있는 미역을 꺼내어 미역국을 끓이신 후 방바닥에 신문지를 깔아 갓 지은 밥과 미역국, 그 옆에 어머니가 싸 주신 멸치반찬, 김, 김치를 놓고 저녁을 먹었다.

멀리까지 자식들을 데려왔으면 외식을 했을 법도 한데 아버지는 왜 손수 자식들에게 밥을 차려주셨을까? 그다지 구두쇠는 아니었는데! 지금 생각해도 잘 이해되지는 않는다. 하지만 그때 아버지가 손수 저녁을 하시는 것을 보며 난 아버지의 새로운 모습을 느꼈다. '아버지도 요리를 하고 설거지를 하시는구나.' 밥과 밥상을 준비하는 아버지는 평소 근엄한 모습이 아니라 자상한 모습이었다. 그때 그 모습을 보지 못했다면 난 평생 근엄한 아버지에게 잘 다가서지 못했을 것이다.

다음 날 아버지는 누나와 나를 데리고 목포역으로 갔다. 강진에는 기차역이 없어 당시 목포역에서 보는 기차는 매우 신기했다. 우리는 목포에서 1시간 30분 떨어진 영산포로 가는 기차를 탔다. 나와 누나는 첫 기차여행에 매우 들떠 차창 밖으로 지나가는 풍경을 보고 연신 감탄사를 연발했다. 아버지도 차장 밖을 보시고 계셨는데 가끔 미소를 지으시는 모습이 내 곁눈질에 포착되기도 했다. 아버지가 사주신 사이다와 계란을 먹으며 우리는 기차여행을 즐겼다. 먹거리와 볼거리까지 완벽한 기차여행이었다.

기차여행을 마친 후 영산포에서 우리는 다시 강진으로 가는 버스를 탔다. 생각해보니 목포에서 강진으로 오려면 한 시간 정도 버스를 한 번만 타면 되는데 우리는 한 시간 반 기차로 영산포에 가서 다시 강진까지 한 시간 버스를 타고 돌아가고 있었다. 아버지는 우리에게 기차여행이라는 소중한 경험을 안겨주시기 위해 그런 결정을 하셨다. 1박 2일 짧은 여행이었지만 아버지의 검소하고 평범하게 살아가는 모습으로 인해 아버지를 측은하게 생각하는 마음(사랑이라는 감정)이 싹텄고, 아버지의 노고에 더욱 감사하는 마음이 생겼다.

그 시대 아버지들이 다 그랬듯이 아버지는 감정 표현이 서투르셨다. 그러나 난 아버지와 달리 아이에게 사랑 표현을 주저하지 않고 아낌없이 해주려고 했다. 사랑 표현에 서툰 아버지와 표현을 잘하는 내 아이의 아버지는 생각하건대, 같은 모습이다. 다만 시대가 원하는 아버지상이 달랐을 뿐.

곰방대

곰방대는 옛날에 담배를 피우는 파이프 역할을 한 물건이다. 어렸을 적 집 안방에는 항상 곰방대와 재떨이가 있었다. 할머니께서 담배를 태우셨기 때문이다. 난 궁금했다. 왜 그 시절 할머니들은 담배를 즐기셨을까? 옆집 할머니들도 모두 담배를 피우셨다. 같이 모이시면 담배와 함께 담소를 나누셨다. 남성 중심의 유교문화에서 여성이 담배를 피우는 것이 어떻게 정착이 되었을까 궁금했다. 자료를 찾아보니 조선 후기에는 남녀 불문하고 담배가 대중화되었다고 한다. 할머니도 1890년대 출생이시니 당시 유행이었던 담배에 익숙하셨을 거라고 추측된다.

내가 기억하는 할머니의 모습은 80대 중반부터 약 10년간이다. 항상 지팡이를 짚으며 다니셨고 허리는 매우 앞으로 굽어 있었다. 그래도 가끔 텃밭에서 일을 하실 만큼 건강하셨고 아프신 적이 거의 없으셨다. 어머니께서 누나들과 일하실 때 난 어려서 농사일에 도움이 안 되어 할머니와 집에서 보내는 시간이 많았다. 할머니는 어린 손자에게 먹을 것을 챙겨주시며 한없이 다정하셨다.

어릴 적엔 몰랐지만 나중에 할머니가 어떠한 삶을 살아왔는지 부모님을 통해 조금은 알게 되었다. 할머니는 할아버지의 세 번째 부인이셨다. 아버지를 포함해 슬하에 아들 둘과 딸 하나를 두셨지만 할아버지는 주로 강진에서 차로 15분 거리에 있는 장흥에 사셨고, 할머니는 강진에서 아이들을 키우셨다고 한다. 그런데 할아버지가 일찍 돌아가셔서 난 할아버지를 본 적이 없었고 심지어 초등학교 저학년까지 할아버지 이름도 몰랐다. 할머니는 일제강점기를 겪으신 후 6.25전쟁까지 치르며 굴곡진 삶을 살아오셨다.

할머니는 아침에 일어나시면 안방에서 곰방대에 잎담배를 채우고 성냥으로 불을 붙여 아침 담배를 즐기셨다. 그때는 흡연의 폐해가 알려져 있지 않아 어린 나에게 담배 연기가 해롭다는 사실도 모르셨다. 햇살이 따사로운 오후에는 툇마루에 나오셔서 햇살을 즐기며 곰방대를 태우셨고, 비가 오는 날에는 자욱한 연기를 내뿜으시며 담배를 즐기셨다. 습한 공기에 멀리 달아나지 못한 담배연기는 할머니의 주름을 희미하게 만들었다가 이내 사라지면서 다시 선명하게 드러내었다. 할머니의 깊은 사랑을 받으며 많은 시간을 할머니와 보낸 어린 나에게는 '연로하신 할머니가 언젠가 내 곁을 떠나겠지.' 하는 걱정이 항상 있었다. 평소 잔병치레가 없으시고 소일거리를 하실 정도로 건강하셔서 크게 신경 쓰지는 않았지만 할머니의 연세가 80대 후반이라 그런 생각을 늘 가지고 있었다. 내 곁에 있는 가족 중 한 명이 영원히 만날 수 없는 곳으로 가면 어쩌지 하는 그런 마음이었다.

할머니는 내가 초등학교를 졸업할 때 벌써 연세가 90에 이르셨다. 나의 어린 시절에 할머니는 건강한 모습으로 내 기억 속에 남아 계셨다. 사람의 생이 영원할 수 없기에 할머니도 얼마 지나지 않아 무지개다리를 건너 천국으로 가셨다. 아직도 할머니가 돌아가신 날이 선명하게 기억난다. 할머니께서 위독하시다는 말을 듣고 광주에서 유학 중인 나는 강진으로 내려가 할머니의 임종을 지키려고 했다. 나는 어렸을 적 버릇이 있었는데 아침에 일어나면 제일 먼저 할머니의 배를 바라보는 일이었다. 배가 오르락내리락하면 할머니가 살아 계시다는 안도로 아침 일과를 시작했다. 돌아가시던 날 아침에 눈을 떠 옆으로 돌아누워 계신 할머니의 배를 보았다. 느낌이 좋지 않았다. 이불에 덮인 배가 움직이지 않았다. 조심스레 할머니에게 다가가 코 밑에 손가락을 대보았다. 할머니의 호흡을 더 이상 느끼지 못했다. 그날은 유난히 추웠던 어느 해 겨울이었다.

할머니의 장례는 집에서 치렀다. 멍석이 깔린 마당에 큰 천막을 설치하여 손님을 맞이하고, 마당 한편에는 조문을 할 수 있는 곳을 설치했다. 가족들은 모두 하얀 상복을 입었다. 동지섣달 추위는 무척 매서웠다. 비록 천수를 누리다가 돌아가셨지만 나는 할머니를 잃은 커다란 상실감에 빠졌다. 마을 뒤편 꽁꽁 얼어 있는 저수지에 드러누워 하늘에 계신 할머니를 목청껏 불러보아도 슬픔은 쉬이 가시지 않았다. 삼일장을 치른 후 할머니의 상여는 마을을 한 바퀴 돌아 장지로 향했고, 할머니를 흙으로 돌려보내 드렸다.

장례를 마치고 집에 와보니 안방에는 주인을 잃은 곰방대가 덩그러니 놓여 있었다.

동백나무 숲

  강진군 군동면에는 '금곡 마을'이라는 곳이 있다. 어머니의 고향이라 어릴 적 외가 친척들이 그 마을에 살고 있었다. 명절이나 제사 때 그곳의 외할아버지 댁에 가곤 했다. 당시에는 버스도 없어 야산 고갯마루 세 개를 넘어 걸어가야만 했다. 지금은 결혼을 하면 남자의 본가보다 처가를 중심으로 생활하는 부부들도 많다. 그러나 어릴 적 어머니들은 '처가와 뒷간은 멀어야 좋다.'라는 말이 있을 정도로 한 번 시집을 오면 친정에 왕래가 그리 쉽지는 않았다. 특히 당시 어머니들은 시부모를 모시고 살아 부모님 댁에 가는 것이 명절, 제사, 혼례나 장례가 있을 때가 고작이었다.

  어머니는 명절이나 제사가 있으면 나를 데리고 친정에 가셨다. 외할아버지 댁에 가고는 싶었지만 산길을 오래 걸어야 하기에 어린 나에게는 꽤나 힘든 여정이었다. 어머니는 힘들다고 투정을 부리는 나를 업어주시고 손도 잡아주시며 외갓집에 데려갔다. 외갓집 앞에는 실개천이 흐르고 내에 걸쳐진 자그만 다리를 건너면 동백나무 숲이 있었다. 동백나무 숲은 축구장 절반 크기로 수백 그루의 오래된 동백나무가 군락을 이루고 있어 아주 큰 숲처럼 보였다. 나무가 울창해 한낮에도 어두울 정도였다. 특히 겨울에 그곳에 가면 동백꽃이 만개해 하얀 눈이 내린 설원에서 초록색 잎들과 붉은 꽃에 둘러싸여 황홀한 기분이 든다.

외갓집에 가면 나는 항상 그 동백나무 숲에서 놀았다. 동백나무 가지에 매달린 그네를 타고, 울창한 숲속에서 동네 아이들과 숨바꼭질을 하였다. 그러다 입이 심심하면 동백꽃을 쳐다본다. 동백꽃을 따서 뒷부분을 쭉쭉 빨면 단물이 나온다. 그 단맛을 보려고 많은 동백꽃이 희생되었다.

외할아버지는 백발에 하얀 무명옷을 주로 입고 계셨다. 일 년에 두어 번 오는 외손자가 그리 좋으신지 얼굴을 부비며 맞아주신다. 명절에 세배를 하면 허리춤 주머니에 넣어둔 백 원짜리 동전을 꺼내어 세뱃돈으로 쥐어주셨다. 당시 세뱃돈은 2백 원이면 적당한 금액이었다.

외할머니께서 먼저 돌아가셔서 외할아버지는 외삼촌과 같이 살고 계셨다. 해가 갈수록 외할아버지의 건강은 나빠지셨고 건강이 좋지 않은 어느 해에 어머니와 외할아버지 댁을 나서 집에 돌아오는 길이었다. 여느 때처럼 고갯마루를 넘어가야 하는데 첫 번째 고갯마루를 넘으면서 어머니는 자꾸 할아버지 댁을 뒤돌아보셨다. 어머니는 잠시만 쉬어 가자며 고갯마루 정상에서 마을을 바라보고 계셨다. 주홍빛 노을이 어머니의 왼쪽 볼에 비쳤다. 그때 분명 어머니는 가슴으로 울고 있었을 것이다. 아픈 아버지를 뒤로하고 집을 나서는 마음이 오죽했을까!

최근에 금곡 마을을 찾아갔다. 지금 그곳에 살고 계시는 친척은 없다. 그 옛날 친척 집들은 농수 확보를 위한 저수지를 만들면서

없어졌고 할아버지 댁은 다른 사람이 개조해 살고 있었다. 예전 동백나무 숲은 거의 자취를 모를 정도로 축소되었다. 겨우 십여 그루만 남겨진 채 명맥을 유지하고 있었고 나무가 잘려 나간 터는 축사가 들어서 있었다.

어릴 적 추억이 많은 그 아름답던 동백나무 숲이 사라진 게 못내 아쉬웠다. 그 동백나무 숲은 마을 한가운데 자리 잡아 마을 주민의 평화로운 휴식처였었다. 그러나 동백나무 숲 바로 위에 저수지가 생겨 그곳 마을 주민이 다른 곳으로 이주하면서 동백나무 숲을 보존할 의미가 없어졌을 것 같았다. 시간 앞에 영원한 것이 없기에 동백나무 숲도 변화를 피해갈 수 없었다.

그 옛날처럼 동백나무 숲에 들어가 보았다. 몇 개 무덤이 흩어져 있었고 사람들이 들어오지 않으니 잡초가 무성했다. 그래도 몇 그루 남아 있는 동백나무는 여전히 푸르렀고 붉은 꽃을 피우고 있었다. 동백꽃 맛을 보려 손을 올려 동백꽃을 따려다가 멈추었다. 몇 개 남지 않은 동백나무가 오랫동안 남아 있었으면 하는 마음으로.

선생님

_____

　어른이 되면 직장생활과 가정생활로 구분되듯이 어릴 적 생활은 학교생활과 가정생활로 뚜렷이 구분된다. 특히 초등학교는 지식을 얻는 장소일 뿐만 아니라 여러 친구들과 교우관계, 선생님의 가르침으로 인격 형성기인 아이들에게 중요한 영향을 주는 곳이다. 당시 군부가 통치하던 시절 초등학교도 예외 없이 군대문화의 영향으로 엄한 체벌이 허용되었고 매우 엄격한 통제와 규율이 있었다. 하지만 그런 분위기 속에서 선생님들은 제자들이 바른 시민, 바른 어른이 되도록 가르치고 이끌어주시려 많이 노력했다.

　1학년 담임선생님은 여자 선생님이셨다. 평범한 여선생님이었지만 받아쓰기에 대한 체벌은 혹독하셨다. 초등학교 1학년의 필수 시험인 받아쓰기에서 대부분 유치원 교육을 못 받은 학생들은 시험을 잘 볼 리가 없었다. 거의 매일 보는 받아쓰기 시험에서 틀린 개수대로 뺨을 맞았다. 그 어린 초등학교 1학년생 볼에 때릴 데가 어디 있다고 매정하게 휘두른 선생님의 손바닥에 아이들의 볼은 빨갛게 부풀어 올랐다. 그때는 그것도 '사랑의 매'라는 이름으로 허용되었기에 그 선생님이 특별이 잘못되었다고 비난할 수는 없다.

2학년 담임선생님은 이야기 선생님이셨다. 나이가 지긋하신 남자 선생님이셨는데 사회 돌아가는 이야기, 옛날이야기, 우스개 이야기 등 수업 시간에 이야기를 자주 들려주셨다. 아이들은 그런 선생님을 좋아했다. 그 선생님은 군부독재에 대한 비판을 학생들에게 서슴지 않고 하셨다. 당시 그런 말씀이 대단히 위험하고 용기 있었던 행동이란 것을 어른이 되어 알게 되었다.

학교에는 호랑이 선생님이 한두 분 계셨다. 3학년 담임선생님의 별명이 호랑이 선생님이셨다. 체격이 건장한 데다 항상 당구 큐대를 매로 들고 다니셨고 체벌할 때 힘이 좋다 보니 그런 별명이 붙으셨다. 그분은 5학년 때도 담임이셨는데 오랜 시간을 같이해보니 별명과는 다르게 그 선생님은 세심한 부분도 챙겨주시고 따뜻한 말도 잘 건네시는 그런 선생님이셨다. 마치 당시 인기 드라마 <호랑이 선생님>에 나오는 선생님과 비슷했다.

당시에는 선생님이 학생들의 집을 일일이 찾아가는 '가정방문'이 있었다. 하루에 같은 마을 또는 가까운 곳에 사는 3~4명의 학생 집을 선생님이 직접 방문하는 것이다. 가정방문은 부모님 입장에서 여간 신경 쓰이는 일이 아니었다. 일단 집 안 청소부터 해야 했고, 선생님이 오시면 대접해야 할 음식과 알게 모르게 촌지도 준비하셨을지 모른다.

담임선생님이 가정방문을 했을 때 어머니는 삶은 계란을 준비하셨다. 선생님은 이미 두 집을 방문했던지라 음료수나 음식을 드셔 배가 부르시겠지만 성의를 생각해 계란을 하나 드셨다. 나도 덩달아 계란을 하나 들어 껍데기를 벗기려 하는데, 선생님이 삶은 계란의 껍데기를 벗기는 방법은 따로 있다며 계란을 방바닥에 놓고 손바닥으로 살포시 누르고 앞뒤로 왔다 갔다 하셨다. 그랬더니 껍데기들이 잘게 쪼개져 훨씬 껍데기 제거가 쉬웠다. 그 후부터 나는 삶은 계란 껍데기를 항상 그 방법으로 벗긴다.

가정방문은 선생님이 학생들을 이해하는 가장 효과적인 방법이었다. 학생이 사는 환경, 가정, 부모님의 특징, 부모님이 바라는 교육 등을 면담을 통해 알게 되므로 선생님은 이를 바탕으로 학생 지도를 할 수 있어서 학생과 이야기가 잘 통하고 관계도 공고해졌다. 지금 가정방문을 한다면 사생활 침해라고 할 것이다. 당시에도 집이 초라하거나 말썽꾸러기였던 아이들은 선생님이 집에 오시는 것을 꺼려해 이 핑계, 저 핑계 대며 가정방문을 기피하기도 했다. 그렇지만 선생님들은 어떻게든 모든 아이들 집에 가정방문을 하셨다. 아마 의무였을지 모른다. 그러나 그로 인해 말썽을 부리는 아이들에게도 그럴 만한 이유가 있다는 것을 알았다.

때론 무섭고, 때론 재밌고, 다정하신 여러 선생님들로부터 훈육을 받았다. 그중 가장 기억에 남는 선생님은 자신에게 관심을 많이 가져준 선생님일 것이다. 관심의 방법이 체벌이고 따가운 질책일 수도 있지만 어쨌든 학생이 잘되라고 계속 관심을 보여주는 따뜻한 마음을 이제는 이해할 수 있다. 아이를 키우며 관심은 아이의 인격 형성에 많은 영향을 주게 됨을 안다. 물리적인 집에서 단순히 같이 지내는 사람들이라면 훈계나 잔소리와 같은 관심은 필요 없을 것이다. 그러나 가족은 그렇게 함으로써 서로의 인생에 영향을 주고 또 받는 사람이라는 것을 알게 된다.

아옹다옹

조그만 방 안에는 여섯이나 되는 아이들이 나란히 잠을 자고 있다. 어머니는 이불에 솜을 넣고 바느질을 하시며 눈이 침침한지 눈을 비비고 난 후 자고 있는 아이들을 바라보신다. 어떤 생각이 드셨을까? 빨간 볼을 내놓고 옹기종기 누워 있는 모습을 보며 저 어린것들에게 먹고 싶은 것 다 못 해주고 입고 싶은 것 다 못 사주어 측은지심이 드셨을까? 하나, 둘, 셋, 넷 세어가며 자식들을 마냥 기쁘게만 바라보셨을까? 아니면 저 어린것들을 시집, 장가보낼 때까지 뒷바라지하실 생각에 한숨이 나오셨을까? 아마 기쁨, 행복, 근심, 걱정이 수시로 왔다 갔다 했을 것 같다. 좋은 날은 좋은 날대로 기뻐하고 나쁜 날은 걱정이 되셨을 것이다.

80년대 농촌 마을에는 노동력이 중요해 집집마다 아이들이 많았다. 나도 6남매 중 막내였고, 옆집 이장 댁은 5남매, 친구들도 보통 4남매 이상이었다. 형제자매들이 많으면 경제 사정상 새 옷을 입는 것은 매우 어렵다. 주로 형이나 누나 옷을 물려 입기 마련이다. 큰 옷을 입다 보니 소매는 늘어져 있고 바지가 땅바닥을 쓸기도 했다. 성별에 맞게 옷을 물려받으면 그나마 괜찮지만 사정에 따라 핑크색

옷을 입고 있는 남자아이나, 남자 교련복을 입은 초등학생 여자아이도 있었다. 그래도 명절이면 부모님은 새 옷을 사주시려고 했다. 새 옷은 아이들에게 명절을 맞이하는 큰 기쁨 중 하나였고 친구들에게 자랑도 할 수 있었다.

먹을 것이 풍족하지 않은 시절이기에 여러 사람이 부족한 음식을 나눠 먹는 것은 매우 신경이 쓰이는 일이었다. 일단은 공평분배 원칙이 적용되었다. 예를 들어 그 당시 유행했던 일곱 무지개 색깔 알사탕 한 깡통에는 약 50개의 사탕이 들어 있었다. 나눗셈을 하여 한 사람 몫을 정확히 나누고 그래도 남으면 동생들이 더 먹곤 했다. 하지만 닭 한 마리를 삶으면 맛있는 닭다리는 위부터 내려왔고 밑으로 갈수록 가슴살이나 목을 먹게 된다. 당시는 씹던 껌도 벽에 붙여놓고 다음 날 다시 씹곤 하여 자고 일어나면 형제 중에 다른 사람이 껌을 떼어 씹는 일도 많았다.

형제들이 많으면 의식주를 해결하는 데는 다소 불편함이 있었으나 나름대로 장점도 많았다. 일단 잘 놀아주고 보살펴준다. 부모님은 논일, 밭일 하시느라 어린아이들의 육아를 큰 아이들에게 맡겼다. 그래서 큰 아이들은 일상적으로 동생들을 업고, 먹이고, 놀아주어야 했다. 나도 누나들이 많아 누나들 등에서 업혀 자랐다고 한다. 동네 친구들과 많이 놀았지만 형제나 자매들과 여러 가지 놀이를 같이 하며 시간을 보냈다. 그래서 식구가 많은 집은 심심할 리가 없었다. 다만 그 놀이로 인해 다툼도 자주 일어났다.

형제들 간에는 같이하는 시간이 많은 만큼 미운 정, 고운 정이 쌓이게 된다. 같은 공간에서 한정된 자원을 두고 다투기도 하지만 형제가 많다는 것은 든든한 뒷배가 있어 좋을 때도 있다. 동생이 누구에게 얻어맞고 왔다면 형과 누나들이 당장 쫓아가 때린 애를 혼내주니 자신감이 생겼다. 다른 것은 몰라도 동생이 누구에게 해를 당하고 다니면 가족애가 견고하게 작동되었다.

그 시절엔 어린이집, 유치원이 없어 대부분 바로 초등학교에 입학했다. 주로 형과 누나들이 초등학교 입학 전에 한글을 가르쳐주었다. 자음과 모음 그리고 가, 갸, 거, 겨, 고, 교, 구, 규, 그, 기 등 수많은 글씨들을 노트에 그려진 네모 칸에 써가며 때로는 꿀밤을 맞아가며 한글을 깨쳤다. 동생들이 아무리 기가 세다고 하지만 형과 누나들이 한글을 들이대며 "너 이거 읽을 줄 알아?"라고 하면 동생들은 꼬리를 내릴 수밖에 없었다.

그렇게 어린 시절 한 지붕 아래에서 아옹다옹 지냈던 형제들도 커가며 각자 생활에 매우 바빠 일 년에 한두 번 만나기 어렵게 된다. 그러나 형제들 간에는 보이지 않는 실과 같은 인연의 끈으로 항상 연결되어 있는 것 같다. 그래서 오랫동안 못 만나더라도 어떻게 지내는지 생각하게 되고 오랜만에 만나도 반가이 맞아 그 옛날 먹을 것을 두고 싸우고, 같이 놀고, 같이 공부했던 이야기들을 웃으며 나눌 수 있다.

짝꿍

가을이 찾아온 지 엊그제 같은데 노랗고 빨갛던 캠퍼스가 갈색으로 바뀌어 가을의 끝자락에 이른 것 같다. 노랗던 플라타너스 낙엽이 도로 위에서 가을바람에 이리저리 뒹구는 모습이 애처롭기만 하다. 캠퍼스 오솔길에 설치된 스피커에서는 김현식의 <내 사랑 내 곁에>가 애절하게 흘러나온다. 허스키한 가수의 목소리가 흐린 가을과 어우러져 늦가을 정취를 한층 고조시키고 스산해진 가을바람은 옷깃을 더욱 여미게 만든다. 대학 1학년이 되어 학생회, 데모, 엠티, 축제, 동아리 등 새로운 문화에 적응하느라 정신없이 흘러간 시간을 추스르기 좋은 가을 어느 날 친구를 만나기 위해 약속 장소에 급히 가고 있었다.

캠퍼스를 나와 상가로 들어가는 신호등에 서 있었다. 대학가 바로 앞 신호등은 유동인구가 많아 항상 혼잡하다. 신호가 바뀌어 횡단보도를 중간쯤 건너는 순간 어떤 여학생이 나에게 "너 ○○이 아니니?"라고 물었다. 신호등 중간에서 걷다가 우연히 스치는 얼굴들 중에 내 얼굴을 기억하는 사람이 누구일까? 남중, 남고를 거쳐 공대에 입학해 아는 여자라곤 어머니와 가족들뿐인데! 초등학교 6학년 때 짝꿍이었다. 아주 오랜만에 본 그녀에게선 예전 모습이 안 보여 처음에는 알아보기 어려웠지만 몇 초간 바라보니 그녀라는 것을 알 수 있었다. 왜냐하면 그녀를 많이 그리워했기 때문이다.

진한 녹색 페인트로 칠해진 작은 2인용 책상 한가운데에는 38선과 같은 절대로 넘어서는 안 될 선이 그어져 있다. 신체의 일부나 물건이 그 선을 넘어가면 팔이나 손이 꼬집혔고 물건을 뺏기기도 했다. 그렇게 아옹다옹 싸우기만 한 것 같은데 막상 초등학교 졸업식 날 헤어지려고 하니 이제는 다시 볼 수 없게 된다는 서운함이 크게 밀려왔다. 그녀는 다른 여자 친구들과 기념사진을 찍고 있었고 그런 그녀를 난 곁눈질로 계속 예의 주시 했다. 마지막 작별 인사를 할 적정한 시간을 찾으려 했지만 용기가 없었던 난 그러지 못했고 교정을 떠나가는 그녀의 뒷모습만 몇 번 쳐다보았을 뿐이었다. 그것이 그녀의 마지막 모습은 아니었다.

초등학교 졸업 후 학생들은 남자중학교와 여자중학교로 나누어졌고, 그녀는 읍내에, 나는 시골마을에 살아 평소 그녀를 볼 수는 없었다. 그녀의 집도 정확히 알지 못해 보고 싶더라도 내가 할 수 있는 일은 없었다. 눈에서 멀어지면 마음에서도 멀어진다고 했듯이 그렇게 어느 정도 그녀를 잊게 되었다 싶었을 때 학교에서 돌아오다가 정말 우연히 그녀를 보았다.

어떤 1층 집 옥상에서 하얀 원피스를 입고 그녀가 의자에 앉아 쉬고 있었다. 많이 그리워했기에 너무 반가웠으나 까까머리에다가 촌스러운 옷차림인 내 모습에 말을 붙일 용기가 나지 않았다. 그렇게 한참을 멀리서만 바라본 그녀의 모습은 한참 동안 내가 그리워하는 마지막 모습이 되었다. 왜냐하면 그녀의 집을 알았기에 조금은 멀지만 일부러 그 집이 있는 곳을 거쳐 등하교를 했는데도 이상하게 그녀를 다시 보지는 못했다.

보고 싶은데 못 보면 상사병이 난다고 했던가! 그녀에 대한 그리움은 중학교 내내 간절했다. 당시에 유행했던 노래 중 가수 이유진 씨가 노래한 <눈물 한 방울로 사랑은 시작되고>라는 노래의 가사 '철없던 어린 시절 덧없이 가버렸어도 아직도 내 가슴에 남았네. 아픔처럼 여울지면서(작사: 정의용).'가 절절히 가슴에 와 닿았고, 해바라기가 노래한 <모두가 사랑이에요>의 가사 '콧날이 시큰해지고 눈이 아파오네요. 이것이 슬픔이란 걸 난 알아요(작사: 윤경아).' 도 구구절절이 내 이야기를 하는 것 같았다. 그녀를 많이 그리워했기에 가끔 그녀와 함께 보냈던 초등학교 시절이 꿈에 보였다. 그녀를 꿈에서 만나는 날이면 난 꿈 생각만 해도 미소가 지어질 만큼 기분이 좋았다. 그러나 현실에서는 그녀를 찾을 수도, 연락할 방법도 없었다.

그렇게 중학교, 고등학교 6년이란 시간이 지나고 대학교 1학년이 되어 대로에 있는 횡단보도에서 우연히 그녀를 다시 본 것이다. 나는 그녀를 못 알아본 반면 그녀는 나를 한눈에 알아봤다. 난 왔던 길을 그녀와 함께 되돌아갔다. 그녀는 나와 같은 대학교에 다니고 있었고 난 공대, 그녀는 자연대에 다니고 있었다. 약속 장소로 향하던 길이라 시간이 없어 서로의 근황을 묻고 우연한 만남에 대한 감탄을 잠시 나눈 뒤 나중에 밥을 같이 먹기로 하고 헤어졌다.

정말 이상했다. 그리도 오랜 시간 동안 간절히 그리워했던 그녀를 만났는데 신기한 일이 일어났다고만 생각되고 기쁨과 설렘이 상상했던 만큼 샘솟지는 않았다. 나풀거리는 하얀 원피스를 입고 파란 하늘을 쳐다보며 머리를 넘기던 내 뇌리 속 그녀의 모습은 마치 천사와 같았는데 세월에 변해버린 그녀는 공부를 많이 해서 그런지 생활이 힘든지 얼굴은 많이 야위었고, 야윈 얼굴에 두툼한 안경을 쓰고 있었다. 그녀는 중학교 다니는 도중에 도시로 전학을 갔다고 했다. 그래서 내가 그녀의 모습을 볼 수 없었던 것이다. 어릴 적 반에서 일등을 할 정도로 공부를 잘했던 그녀는 대학생활도 도서관과 집을 오가며 거의 공부만 하는 생활을 한다고 했다. 그녀와의 만남은 평범하게 한 번 더 만나고 지속되지 못했다.

그때 난 피천득의 「인연」이라는 수필에 나온 주인공이 그리워했던 아사코를 만나고 난 후 '아니 만났어야 좋았을 것'이라고 느끼는 감정에 공감되었다. 추억 속에서 그리워했던 내가 그리던 그녀의 모습과 실제 변해버린 모습이 달라 추억이 없어져버린 것 같아 만남 자체가 아쉬웠던 것이다. '차라리 그때 그녀를 만나지 않았다면, 꿈에서 가끔 그녀를 만나며 평생 그리워할 수 있었을 텐데.'

살다 보면 정말 한 번은 만나고 싶은 사람들이 있다. 언젠가 라디오에서 「다시 만나보고 싶은 사람」이라는 주제로 사연을 받아보니 역시나 헤어진 첫사랑 연인이 단연코 많았다. 그 마음은 십분 이해한다. 너무 간절하게 만나고 싶은 사람이 있다면 찾아 나서야 한다. 만나지 못하여 평생 후회할 것이라고 생각되면. 그러나 그러기 전에 생각해봐야 할 점은 사람의 감정은 다를 수 있다는 거다. 상대방의 감정이 자신과 같을 것이라는 착각을 우린 자주 한다. 또한 상대방에 대한 자신의 감정도 예전과 같다고 추측하지만 변하지 않은 것은 없다. 그래서 상상했던 감정과 실제 상황에서 감정은 매우 달리 나타날 수 있다. 이런 이유로 첫사랑 연인을 다시 만나면 '차라리 만나지 말 것을'이라는 말을 하게 될 가능성이 높다. 인연은 소중하다. 그러나 과거에 아무리 아름다웠던 인연도 소중한 대로 간직할 때 더 아름다울 수 있다.

여름방학

　녹음이 짙어진 산허리에 걸친 하얀 구름이 다시 내려오기 시작하더니 이내 비가 쏟아진다. 6월 말에 시작된 장마는 '내렸다 그쳤다'를 반복하며 일상에서 햇볕이란 존재를 그리워하게 만든다. 스무날 남짓 계속되는 장맛비가 대지를 충분히 적시면 식물들은 삶의 정점으로 가는 길목에서 7월의 뜨거운 태양을 맞이한다.

　본격적으로 무더위가 시작되면 아이들에게는 여름방학이 찾아온다. 예나 지금이나 7월 말경에 시작해 한 달간 여름방학을 하는 것은 비슷하다. 여름방학이 즐거운 이유는 더워도 활동하기에 좋고 해가 길어 늦은 시간까지 놀 수 있기 때문이다. 특히 여름방학은 즐거운 물놀이를 할 수 있어 더 기다려진다.

　전남 강진에는 '탐진강'이라는 강이 있다. 「강진 탐진강」은 거꾸로 읽어도 같아 사람들에게 그곳을 알려줄 때는 이런 식으로 알려주었다. 탐진강은 전남 장흥에서 시작되어 강진을 거쳐 남해에 이르는 강이다. 상류 쪽 장흥에는 수변공원이 잘 가꾸어져 있고 여름에 '물 축제'가 열린다. 하류 쪽 강진에는 생태습지나 갈대밭이 조성되어 최근 관광객이 많이 찾는다. 하지만 어릴 적에는 개발되지 않은 그저 시골의 강가였다. 하류에는 바닷물이 밀려 들어와 민물과 바닷물이 섞였고 짠물의 특성상 부력이 있어 물놀이를 하기에 좋았다.

여름방학 동안 자전거를 타고 그곳에 가서 친구들과 물놀이를 자주 즐겼다. 오전에 가면 해 질 녘까지 낚시와 수영을 즐기며 놀았다. 당시 낚시는 문방구에서 산 빈약한 줄낚시였지만 '문저리'라는 고기를 잡기에는 충분했다. 문저리는 방언이고 정식 명칭은 '문절망둑'인데 다른 지방에서는 '망둥어'라고도 부른다. 바닷물과 민물이 만나는 곳에서 많이 잡히는 생선이다.

문저리는 머리가 나쁘다고 소문난 생선이다. 보통 물고기는 지렁이를 미끼로 사용하여 잡지만 문저리는 아무거나 삼키니 방아깨비를 미끼로 쓰거나 아예 빈 낚싯바늘로도 낚을 수 있었다. 그래서 머리가 나쁘다는 의미로 '문저리 대가리'라고 친구들끼리 놀리기도 했다.

당시 문저리는 잘 팔리는 생선이 아니라 어른들은 그 생선을 즐겨 먹지 않았다. 하지만 먹을 것이 부족한 아이들은 문저리를 잡으면 머리를 떼어 가지고 온 깻잎에 된장과 마늘을 얹어 쌈으로 먹었다. 처음 먹을 때는 비릴 것 같았지만 전혀 비리지 않고 씹으면 씹을수록 단맛이 나는 그런 생선이었다. 회로 먹고 남으면 불을 피워 꼬치에 구워 먹었다. 한바탕 수영을 한 뒤 배고픔에 구워진 생선은 그야말로 꿀맛이었다. 지금은 문저리도 이색적으로 가끔 먹는 생선으로 잘 알려져 있어 누구나 그 맛을 즐길 수 있다. 하지만 어릴 적 강가에서 고기를 잡아 직접 구워 먹는 그 맛을 누가 말로 설명할 수 있을까!

어릴 적 가장 즐거웠던 추억을 하나 떠올려보라면 보통 남성들은 아마도 '천렵'이 가장 재미있었다고 말할 것이다. 친구들과 사방이 푸르른 강에서 시원한 물에 들어가 고기를 몰고 족대로 잡는 일은 허탕을 치더라도 재미있다. 피리와 같은 물고기는 파리처럼 생긴 가짜 미끼를 이용해 낚시로 잡고 돌 밑에 사는 물고기는 숨어 있음 직한 돌을 큰 돌로 내리쳐 기절시켜 잡았다. 붕어들은 돌 틈이나 수풀 사이에 숨어 있어 그 사이로 손을 넣으면 묵직한 붕어가 잡히기도 했다. 미꾸라지는 흙을 한 삽 뜬 후 흙을 골라내며 잡는다. 이렇게 잡은 고기들은 매운탕으로 먹고 찜으로도 먹는다. 여름날 유유히 흐르는 강가에서 모닥불을 지펴놓고 잡은 고기들로 요리를 해서 먹는 재미는 자연이 주는 해방감과 자급자족 생활에서 느끼는 만족감, 평화로움이 더해져 잘 잊히지 않는 즐거움으로 남아 있다.

천렵을 좋아하기는 서울에서 가끔 시골 할머니 댁에 방학을 이용하여 찾는 도시 아이들도 마찬가지였다. 하얀 얼굴에 옷차림이 시골 아이들과는 많이 다른 도시 아이들은 처음에는 어울리기 어색하지만 산과 들로 함께 돌아다니다 보면 금세 오래 사귀었던 친구처럼 친해진다. 도시 아이들은 장난감과 딱지 같은 주로 돈 들여 사는 물건으로 시골 아이들의 환심을 사고 시골 아이들은 산딸기나 개구리 같은 야생 먹거리를 나누어 주며 이야기하다 보면 서로 몰랐던 부분도 알아가게 된다.

방학이 끝날 무렵이면 친해진 도시 친구들과 헤어지는 것이 많이 아쉬웠다. 만났다 헤어지는 것이 자연스러운 것이지만 어릴 적에는 친한 사람들과 헤어지는 것이 그렇게 감성적으로 느껴졌나 보다.

아이와 함께한 시간에서 아이는 친척들과 3박 4일 여름휴가를 함께 보내고 난 후 헤어질 때는 많이 울었다. 아이의 감성으로는

헤어지면 다시 만날 수 없다고 받아들여져 더욱 아쉬워하는 것 같았다. 어른들은 헤어져도 경험적으로 다시 만날 수 있다는 것을 알기에 만남 후 헤어짐은 매우 익숙하다. 이제는 헤어지고 다시 만날 수 없다고 하더라도 덤덤하게 받아들이는 나이가 되었다.

　사회에서 만난 대부분의 사람들은 만나고 헤어지고 또 새로운 만남과 헤어짐이 반복된다. 사람을 만나고 헤어지는 것이 자연스러워졌다. 어떤 사람을 만나면서 헤어짐을 미리 대비해 만남을 꺼려할 필요도 없고 헤어져도 그리 아쉬워할 필요도 없다. 또 다른 사람과의 관계가 내 앞에 다시 기다리고 있으니까. 그래서 '가는 사람 잡지 말고 오는 사람 막지 말라는 말'도 있는 것 같다. 하지만 헤어질 때는 흐지부지 헤어지는 것보다 끝을 서로에게 인식시키는 것이 필요하다고 본다. 끝을 잘 맺어야 또 새로운 좋은 사람과 시작을 할 수 있기 때문이다.

놀이

    '술래잡기, 고무줄놀이, 말뚝박기, 망까기, 말타기 놀다 보면 하루는 너무나 짧아.'라고 시작하는 노래는 「마빡이」라는 한 TV 개그 프로그램의 테마곡(원곡은 가수 '강인봉' 씨의 <보물>이라는 노래다)이었다. 이 노래에는 어린 시절 아이들이 모여 할 수 있는 다양한 놀이들을 소개해주고 있다. 별다른 도구 없이도 하루 종일 놀 수 있었고 정신없이 놀다 보면 집에서 어머니가 한 명씩 저녁 먹으라고 불러야지만 놀이가 끝날 정도로 시간 가는 줄 몰랐다. 노래에 나온 놀이 외에도 무궁화꽃이 피었습니다, 땅따먹기, 오징어, 사방치기, 자치기, 얼음땡, 비사치기, 공기놀이, 돈가스, 오자미, 딱지, 구슬치기 등 아이들의 놀이 종류는 수없이 많았다.

    그중 나는 '오징어' 놀이가 재미있었다. 흙으로 된 땅바닥에 세모, 네모, 동그라미로 커다란 오징어 모양을 그려놓고 양 팀으로 나뉘어 공격과 방어를 하는 게임이다. 공격하는 팀이 수비하는 팀의 방어를 뚫고 오징어 내부의 특정 장소를 양발로 터치하면 공격하는 팀이 이기고 이를 못 하게 방어하면 수비하는 팀이 이기는 방식이다.

상대방을 밀치고 잡아당기니 옷도 잘 찢어졌고 깽깽이걸음을 한 채로 상대방을 넘어뜨려야 하니 조금은 과격하지만 다양한 전략전술, 협동, 승부욕을 고취시킬 수 있는 게임이었다. 한 게임이 보통 30분을 넘어가니 놀다 보면 금방 시간이 가는 놀이였다.

'돈가스'란 놀이도 심심찮게 자주 했다. 동그란 원을 그려놓고 한 발로 원 안을 밟을 때 "돈"이라고 말한 후 원 밖으로 나오면서 다른 발로 원 밖에 있는 다른 사람의 발을 차거나 밟을 때 "가스"라고 말하므로 「돈가스」 놀이라고 했다. 돈가스를 한 번도 먹어본 경험이 없는 시골 아이들이 돈가스 놀이를 즐겨 했다는 것이 아이러니하다.

여자 친구들과는 '오자미'를 하고 놀았다. 오자미 놀이는 지금의 피구와 유사하다. 네모 안에 들어가 있는 상대방을 모래주머니로 맞히면 아웃되는 방식이다. 다만 상대 팀이 던진 주머니를 손으로 잡아내면 아웃된 자기 팀 한 명을 되살릴 수 있다. 강속구를 정확히 던지는 아이들 또는 날렵한 아이들이 오자미 놀이에서 인기가 있었다.

바닥에 여러 칸을 구분해 각 칸마다 일정한 미션을 정해놓고 돌을 던져 돌이 들어간 칸에 적힌 미션을 수행하는 나름 최신식 놀이도 있었다. 예를 들어, 샘의 물 먹고 오기, 누구 집 대문 만지고 오기, 개 데리고 오기, 특정 식물 찾아오기 등 각자 부여된 미션을 동시에 수행한다. 가장 늦게 미션을 수행하는 사람이 손목을 맞는 벌칙을 받게 된다. 어떤 아이는 계속 물 먹기에 걸려 더 이상 배가 불러 게임을 못 한다고 했다.

'얼음땡'이나 '무궁화꽃이 피었습니다'는 심판이 없는 관계로 술래에게 잡혔는지 안 잡혔는지를 두고 언쟁이 있기 마련이었고 말뚝박기, 말타기, 기마전, 닭싸움 등은 조금은 과격한 놀이라 놀이 중에 다쳐 울고 집에 가는 아이들도 많았다.

어린 시절 수많은 놀이를 하며 많은 시간을 함께했던 친구들은 지금쯤 어디서 무엇을 하고 있을까? 다들 머리가 희끗해지고 중년의 모습을 하고 있을 것이다. 그들도 보통 사람들이 살아온 것처럼 학교를 가고 더 좋은 학교를 가기 위해 도시로 가고, 직장에 들어가고, 결혼을 하고, 아이를 기르고, 더 좋은 환경으로 이사 가는 이유 등 바쁘게 살다 보니 연락이 두절되었다.

옥스퍼드대 던바(Dunbar) 교수는 한 사람이 살면서 관계를 유지할 수 있는 숫자가 150명 정도라고 한다. 우리는 살아가면서 수많은 사람과 만나고 헤어지기를 반복한다. 현재 시점에 나와 관계를 유지하고 있는 사람은 가족 외에 친구, 그리고 사회생활에서 만나는 사람들이 전부다. 이들을 구분해보면 먼저 가족은 가장 친밀한 사람이며 서로 침묵이 흘러도 전혀 어색하지 않다. 그다음 친밀한 사람들은 대화가 잘 끊이지 않고 아무 말이나 거침없이 할 수 있는 오래된 친구들이다. 그러나 자주 만나지만 대화가 끊기면 어색하고 말도 조금은 조심스럽게 해야 하는 사람들이 있으며, 마지막으로는 오며 가며 어쩔 수 없이 만나는 사람들로서 가끔 형식적인 만남이나 사무적인 이야기를 하는 사람들이 있다.

사회생활을 하다 보면 정작 가족이나 친밀한 사람과 함께하는 시간은 줄어들 수밖에 없다. 새로운 사람을 사귄다는 것은 자극이 된다는 점에서 흥미롭다. 그런데 사회생활 중에 만나는 사람들은 가족과 오래된 친구와 같은 관계가 되기 매우 힘들다. 반면에 가족과 친구는 다른 단계로 쉽사리 이동하지 않는다. 다만, 가족과 친구는 상호작용이 약해지면 관계가 희미해지고 최악의 경우는 희미해져 관계를 알아볼 수가 없게 된다. 우리는 사실상 가족과 친구로부터 많은 삶의 에너지와 위안을 얻는다. 그래서 더욱 소중히 생각해야 한다. 관계가 희미해지고 있다는 생각이 들걸랑 바로 채색을 위해 노력해보자. 그들은 내가 손을 뻗으면 항상 손을 내미는 사람들이니까.

장독대

하얀 함박눈이 하늘에서 사뿐히 내려온다. 덩치가 큰 함박눈은 공기 저항에 빨리 내려오지 못하고 건들건들하다가 이내 장독대에 내려앉았다. 장독대는 하늘에서 내려온 손님들을 차분히 맞아주고 은은한 달빛 아래에서 손님과 하늘 나라, 땅 나라 이야기로 밤을 지새운다. 겨울 아침 햇살에 눈을 뜨니 장독들은 하얀 털모자를 하나씩 얹어 쓰고 있었다. 털모자가 너무 아름다워 쉽사리 건드릴 수가 없었지만 어머니는 아침으로 먹을 된장국을 끓이시기 위해 과감히 털모자를 벗겨내신다.

그 된장은 작년 봄에 뿌렸던 메주콩이 싹을 틔우면서 시작되었다. 봄날 따가운 햇볕 아래 구슬땀을 흘리며 콩밭의 잡초를 제거하는 일은 여간 어려운 일이 아니다. 쭈그리고 앉아 호미로 잡초를 제거하고, 한 고랑의 작업을 마치고 나서야 비로소 일어나 허리를 펴면 '우두둑' 소리와 함께 "아이고" 소리가 절로 나온다. 나이가 어린 나도 허리가 아픈데 나이 드신 부모님의 허리는 오죽했겠는가! 그래서 시골 마을 어르신들은 힘든 농사일로 인해 대부분 허리가 굽어져 있다.

잡초 제거 덕인지 잘 자란 콩대의 콩은 잘 여물었다. 가을걷이에 콩대를 수확해 콩이 껍질에서 잘 떨어지도록 마당에 널어 바짝 말린다. 스트레스를 풀어야 할 일이 있으면 콩을 터는 작업이 안성맞춤이다. 작대기로 바짝 마른 콩대를 사정없이 내려쳐 콩대가 바스러지면 바스러질수록 콩이 더 많이 떨어지니 스트레스 해소로 그만한 일이 없다. 다만 먼지가 너무 많이 날리는 단점이 있다. 작대기로 두드린 콩대는 땔감으로 사용할 수 있도록 가지런히 묶어 헛간에 쌓아두고, 바닥에 뒹굴고 있는 콩은 키질을 하여 먼지와 흙을 골라내면 동글동글한 아이보리색 콩만 남는다.

메주를 만드는 날은 일손이 많이 필요해 온 가족이 동원된다. 메주콩은 큰 가마솥에 연신 삶아 내어진다. 메주콩을 삶을 때 가을에 수확한 고구마를 메주콩 위에 올려놓으면 정말 맛있게 쪄진다. 오랜 시간 동안 쪄진 고구마는 흐물흐물해지지만 단맛은 강해지고 콩의 비린 향도 살짝 어우러져 입 안에서 살살 녹는, 텁텁하지만 달콤한 푸딩과 같아진다. 삶아진 콩은 절구통으로 옮겨지고 절구에 의해 으깨진다. 절구질은 처음엔 재미있지만 조금 지나면 절구를 들어 올리기가 버거울 정도로 팔과 허리가 아프다. 그런 힘든 작업을 어머니는 내색 없이 잘도 하신다.

'옥떨메'란 별명이 유행하던 시절이 있었다. 지금은 외모로 사람을 비하하면 안 되지만 '옥상에서 떨어진 메주'라는 의미의 별명은 못생긴 여자아이에게 주로 붙여진 별명이었다. 메주가 옥상에서 떨어진 후 짓이겨지는 모습을 떠올리면 옥떨메의 의미를 이해하기 쉽다.

절구로 으깨진 콩 반죽은 손바닥으로 도자기 빚듯이 붙이고 두드려 메주 모양을 만든다. 그렇게 완성된 메주는 발효를 위해 며칠간 안방의 따뜻한 아랫목을 차지한다. 따뜻한 방에서 발효가 시작된 메주는 강한 냄새를 발산한다. 겨울철 며칠은 메주 냄새와 같이 살아야 하므로 아이들은 그 냄새 때문에 힘들어했다. 그래서 메주가 발효를 마치고 짚단에 엮어져 처마 밑에 매달려지는 날에는 메주 냄새로부터 해방된 기분이 든다.

처마 밑에 대롱대롱 매달린 메주는 눈 오는 날이나 추운 날에도 겨울바람과 햇볕에 잘 말려진다. 2월 중순 즈음 메주는 처마 밑에서 내려와 장독대로 향한다. 봄에 싹을 틔운 콩이 마지막으로 된장과 간장으로 환생하는 날이다.

장독은 깨끗하게 씻은 다음 생솔가지를 태워 연기로 소독을 한다. 메주는 물에 잘 씻어 물기 제거 후 장독에 가지런히 넣어 소금물을 부으면 메주는 나중에 된장이 되고 소금물은 조선간장이 된다. 된장과 간장은 한국 음식 만들 때 없어서는 안 되는 음식 재료이기에 매년 메주로 된장과 간장을 만들었다. 그래서 장독대는 몇년 전 만든 간장과 된장이 담긴 장독들로 가득하다.

된장, 간장뿐만 아니라 김장김치, 동치미도 장독에서 잘 익어가고 있다. 한겨울에 장독에서 꺼낸 묵은지는 그 자체로 완벽한 음식이고 하얀 국물에 아삭한 무가 썰린 동치미는 이가 시리지만 삶은 고구마와 썩 잘 어울렸다.

어른이 되어 시골에 가면 떠날 때 즈음 어머니는 항상 장독대 사이로 분주히 움직이신다. 떠나는 자식에게 된장, 고추장, 간장, 김치 등을 챙겨 주려고 굽은 허리에도 불구하고 수십 번 장독 뚜껑을 여닫으신다. 조금만 싸 달라고 해도 항상 넘치도록 싸 주신다. 어머니께서 싸 주신 음식들이 어떻게 만들어졌는지 알기에 더욱 고맙게 느껴진다.

　한겨울 메주를 만들어 장을 만들고 차가운 물에 배추를 씻어가며 만든 김치들이지만 정작 어머니는 짠 음식, 매운 음식을 못 드시기에 장독 안의 음식들은 온전히 자식들을 위한 마음이다. 자신은 못 드시지만 자식들을 위해 수고를 아끼지 않는 마음은 예나 지금이나 변함이 없다. 그래서 부모는 졸업이 없다고들 한다. 오늘은 모처럼 함박눈이 내린다. 시골 장독대 위에도 함박눈이 내릴 것이다. 함박눈이 바람에 날려 장독대에 앉걸랑 어머니에 대한 나의 고마움도 눈에 실려 장독대에 포근히 내려앉으면 좋겠다.

제2장

순수했던
시절

걱정과 두려움이 없어 뭐든지 도전하던 시절
흰색 도화지처럼 있는 그대로 받아들였던 시절
그때의 마음을 떠올려봅니다.

마라톤

"우리 오늘 저녁 마라톤 할까?" 저녁에 특별히 할 일이 없는 아이들 무리는 저녁 먹기 전까지 실컷 놀다가 저녁 먹은 후 마라톤을 하자고 의기투합한다. 아이들이 왜 저녁에 마라톤을 하기로 했을까? 딱히 이유는 없다. 더 놀고 싶은 거다. 마라톤에 대해 아는 것이라고는 일제강점기에 손기정 선수가 올림픽에서 금메달을 딴 사실과 그냥 숨 고르며 오래 달리면 된다는 것이 전부다.

저녁을 먹고 모인 아이들은 처음 하는 마라톤이지만 왠지 경쟁심이 발동했다. 내일 친구들 사이에서 일등과 꼴등이 누구인지 회자될 것이 분명하기 때문이다. 마라톤 코스는 마을 공터에서 출발해 마을회관과 양어장을 지나 조그만 개울 위 다리를 건너 읍내 근처에 있는 마을까지 갔다가 되돌아오는 코스다. 당시에는 꽤 길었던 것 같았지만 최근 거리 측정을 해보니 고작 왕복 2km이다.

하지만 당시 가로등과 불빛이 전혀 없는 컴컴한 논밭 사이로 난 길을 달리는 것이 아이들에게는 상당한 용기가 필요한 일이었다. 더구나 코스 중간에 있는 지형지물들은 괴담과 같은 무서운 사연을 가지고 있어 담력도 필요했다. 달려야 하는 길 중간쯤 있는 양어장은 원래 고기를 기르는 곳이지만 물이 깊어 그 옛날 사람이 빠져 죽었다는 이야기가 전해지고 있었고, 시골 동네 대부분 다리에 사연이 있듯이 지나가야 하는 다리에는 처녀 귀신이 나온다는 풍문도 있었다.

마라톤 선수들이 동시에 출발하지만 시간이 지나면 선수들 간에 간격이 벌어지듯이 우리들도 함께 출발했지만 양어장이나 다리를 지나칠 때엔 서로 떨어져 그곳에 다다르면 두려움에 가슴이 두근거리기 시작한다. 혹시나 그 무서운 이야기 속의 등장인물들이 오늘 밤 내 앞에 나타나지 않을까 하는 두려움이다. 더구나 달빛이 없는 칠흑 같은 어둠 아래 양어장 물에서는 징그러운 괴물들이 물을 뚝뚝 떨어뜨리며 걸어 나올 것 같고 다리 밑에서는 하얀 소복을 입고 긴 머리를 앞으로 늘어뜨린 처녀 귀신이 다리 위로 기어 올라올 것만 같았다.

어린 시절 두려움은 그렇게 상상에 의한 것이 많았다. 자신이 확실히 모르고 있기에 창출한 이미지와 생각으로 두려움을 스스로 만들어냈다. 어른이 되어도 이런 식의 두려움은 여전히 있다. 우리는 그것을 걱정이라 부른다. '걱정이 너무 많아 고민이다.'라고 어른들은 불평한다. 걱정에 의한 스트레스로 병을 얻은 사람들도 많다. 그럴 땐 자신을 둘러싼 걱정들이 일어날 가능성이 얼마나 있는 것인지 생각해볼 필요가 있다. 어린 시절 양어장 괴물이나 다리 밑 처녀 귀신이 애초부터 없었던 것처럼 우리가 괜한 걱정을 하고 있는지 살펴야 한다.

두려움은 어떤 일을 시작하려 하면 어김없이 우리를 가로막는다.

특히 새로운 일을 할 때 이것저것 생각하느라 주저하는 상황을 자주 마주한다. 그러나 지나고 보면 '그때 그 일을 시작할걸 그랬어.' 라는 후회도 종종 한다. 가보지 않은 길에 대한 두려움과 망설임은 인간의 자기 방어 본능에 따른 것이라 어떻게 보면 당연하다. 하지만 그 두려움이 우리를 완전히 지배하도록 놓아둔다면 두려움에 의한 망설임이 습관이 되어버려 우리 인생은 싱거운 된장국과 같이 새로운 것이 없는 무미건조한 시간들로 채워질 것이다.

돌이켜보면 어린 시절에는 어떤 일을 하려 할 때 두려움과 망설임은 거의 없었다. 친구들과 마라톤을 시작했던 것처럼. 무작정 새로운 것에 대한 기대와 사람들과의 어울림에서 오는 즐거움을 찾아 해보지 않은 것을 오히려 더 찾아 했던 것 같다. 그런 일들은 누가 시키지 않아도 스스로 나서서 했고 말려도 했다.

모내기가 한창인 논에서는 개구리 울음소리가 울려 퍼지고 푸르러 가는 들판에서는 들꽃 향기가 바람에 실려 와 달려가는 코에 부딪혀 흩어진다. 오늘따라 구름 한 점 없는 까만 밤하늘에는 휘영청 밝은 보름달이 빼꼼히 얼굴을 내밀더니 달리는 길 내내 마라톤 하는 우리를 따라온다. 왼쪽에 있었던 달은 우리가 먼 거리를 달려왔으니 분명 뒤쪽에 있어야 하는데 아직도 조금 전처럼 왼쪽에 있다. 참 신기한 일이다.

학교 가는 길

매일 친구들과 30분가량 걸어야 하는 등굣길을 함께 갔다. 학교 가는 길은 새마을운동 당시 다져진 비교적 넓은 신작로를 따라 10분 걷고 논과 밭이 펼쳐진 들판의 샛길을 걷다가 읍내로 접어드는 경로다. 좁은 논둑길을 걸을 때는 조심하지 않으면 물이 가득한 논에 빠질 수 있다. 그래도 논둑길로 가는 이유는 그 길이 지름길이기 때문이다. 한 사람이 겨우 지나가는 논둑길을 가다 보면 뱀이 길 한가운데 똬리를 틀고 사람이 다가가면 머리를 곧추세운다. 이런 상황에선 바쁘지만 뱀이 무서워 왔던 논둑길을 되돌아가야 한다.

학교 가는 길에는 읍내에 들어서기 전 하마장(下馬場)이란 곳이 있다. 하마장이란, 공자를 모신 사당이 정면으로 보이는 장소에서 예의를 갖추기 위해 옛날에 선비들이 말에서 잠시 내려 걸어가야 하는 곳이었다. 마을에는 조선시대 지방에서 중등학교 역할을 했던 향교가 있고 향교 뒤편에 공자를 모신 사당이 있었다. 그 사당으로부터 직선거리로 약 1km 떨어진 곳에 그 하마장이 있었다. 하마장에는 자그마한 개천이 있어 학교를 가려면 그곳을 건너야만 했다.

전날 비가 온 날에는 개천이 넓어져 주변에 돌을 구해 어떻게든 징검다리를 놓아 건너곤 했는데, 문제는 징검다리를 놓을 만한 여건이 안 될 때 읍내로 돌아가느냐 아니면 그곳을 뜀뛰기로 넘어가느냐를 선택해야만 했다. 그때 여자아이들은 주로 돌아가는 방법을 택했으나 호기가 충만한 개구쟁이들은 멀리뛰기로 넘어가는 방법을 택했다. 1984년 LA올림픽 중계를 통해 공중에서 걸어가던 칼 루이스(멀리뛰기 금메달리스트)를 본 아이들은 자신들도 허공에서 두 걸음은 걸어갈 수 있다고 생각했다. 먼저 가방을 반대편으로 던져버리면 읍내로 돌아갈 수 없고 꼼짝없이 그 내를 건너야 한다. 먼저 자신 있는 아이들이 나선다. 10m 후방에서 도움닫기를 시작해 힘차게 도약해 공중에서 허리를 뒤로 젖히고 다리를 쭉 뻗어 착지하는 모습을 보니 칼 루이스가 따로 없다.

그렇게 한 명씩 성공하다 보면 마지막에 자신이 없는 두 명이 남는다. 다른 아이들이 성공했기에 자신들도 어지간하면 할 수 있을 것이라고 생각한다. 남은 아이들 중 한 명이 도전을 했다. 그러나 다른 애들이 도약한 곳보다 20cm 뒤에서 점프를 시작했다. 자신감이 결여된 동작이다. 아니나 다를까 내를 다 건너지 못하고 두 발이 반대편 가장자리에 푹 박혔다.

그 개천은 읍내에서 나온 하수가 흘러가는 곳이라 가장자리에 냄새나는 검은색 퇴적물이 쌓여 있었다. 두 발이 박힌 아이는 울고 나머지 애들은 그 모습이 우스워 배꼽을 잡고 웃는다. 아이는 냄새나는 신발과 양말을 흐르는 물에 대충 헹구고 학교로 향한다. 마지막 내를 건너지 못한 애는 재빨리 다른 길로 발길을 옮긴다. 우리는 맨 마지막 애를 배신자라고 낙인찍는다. 대신 내에 빠진 아이에게는 동지 의식을 느낀다.

사람마다 신체 조건이 다르고 생각, 성격도 다름에도 어린 시절에는 모두가 같은 행동을 해야 하는 것을 당연시했다. 이질적인 행동을 하거나 같은 무리에 어울리지 못하면 자연스레 배신자가 되었다. 심지어 남의 물건을 훔치는 서리와 같은 나쁜 행동조차 같이 하지 않으면 안 되는 문화가 팽배했다. 전쟁을 겪고 경제적으로 어려운 시기를 극복하면서 사회는 단결을 요구했고 다양성을 존중하지 않았다. 다르면 다른 것이 아니라 틀린 것으로 받아들이는 문화가 지배적이었다.

이제 사회는 많이 변했다. 다양성을 존중하고 서로 다름을 인정하는 사회적 분위기가 많이 성숙했다. 하지만 일부 기성세대들은 여전히 화합이라는 미명 아래 개인 간의 차이를 불편해하고 있다. 생각해보자, 맨 마지막에 남은 두 사람 중 어떤 아이가 더 현명한 선택을 하였는지? 그리고 맨 마지막 아이를 지금 시점에서 비난할 수 있는지?

엿장수

'엿장수 마음대로'라는 말은 왜 생겨났을까? 엿장수가 마음만 먹으면 엿을 늘였다 줄였다 할 수 있어 이를 빗대어 어떤 상황을 이렇게 대처할 수 있고 저렇게도 할 수 있다는 말이다. 안 좋은 상황을 유연하게 넘길 때 쓰는 말이고, 의사 결정권자가 자기 맘대로 결정하는 경우에도 쓰인다.

어릴 적 마을에는 일주일에 한 번 엿장수가 찾아왔다. 엿장수는 리어카를 끌고 와 마을 어귀에서부터 가위질을 시작한다. '챙챙' 울리는 가위질 소리는 바람을 타고 집집마다 아이들의 고막에 전달된다. 그 소리는 매우 희미하게 들리지만 엿장수를 기다렸던 아이들은 조그만 소리에도 엿장수가 왔음을 확신할 수 있다.

엿장수는 주로 철로 만든 고물, 가재도구, 공병 등을 수집하고 그 대가로 엿을 준다. 지금으로 말하자면 재활용품 수거업과 유사하다. 구멍 난 솥이나 냄비, 녹이 슬어 못 쓰는 호미, 삽과 같은 농기구나 주방기구, 가끔은 고장 난 가전제품까지 엿과 바꾸어 주었다. 아이들은 달달한 엿이 좋아 엿장수가 오는 날을 기다리며 물물교환 할 무언가를 항상 준비하고 있었다. 준비가 안 된 아이들은 급작스레 무언가를 찾아야 하는 상황에서 멀쩡한 물건을 내어다가 엿과 바꾸어 먹기도 하여 부모님께 혼나기도 했다.

아이들이 가장 쉽게 구할 수 있는 것은 공병이었다. 음료수병, 맥주병, 소주병 등은 집에서 구할 수 있었고, 주변을 둘러보면 버려진 공병들이 꽤나 있었다. 엿장수는 공병을 엿으로 바꿔 주었고 많으면 빨랫비누와 바꿔 주었다. 어떤 엿장수는 공병을 돈으로 교환도 해주었다. 소주병은 십 원, 맥주병은 이십 원의 가격을 쳐주었다. 지금 소주병이 백 원에 환불되고 있는데 사십 년 전에 십 원에 교환되었으니 공병은 상당히 귀한 대접을 받는 재활용품이었다.

엿장수가 공병을 돈으로 바꿔 주기 시작하자 아이들은 용돈을 벌기 위해 본격적으로 재활용품 수집업을 시작하기로 한다. 공병을 많이 모으려면 공병이 많이 버려진 곳을 찾아가야 한다. 첫 번째 대상지는 초등학생들의 소풍 장소다. 당시 학교에서는 항상 같은 장소로 소풍을 갔기 때문에 그곳에 가면 소풍 때 먹었던 각종 음료수병이 많이 있을 것이라고 생각했다. 역시나 소풍 장소에는 음료수병이 지천으로 깔려 있었다. 아이들은 각자 음료수병을 모아 엿장수에게 건네고 천 원씩 받았다.

돈을 번 아이들은 너무나 신이 났다. 천 원이면 당시 자장면 값이 오백 원 정도였으니 아이들에게는 상당한 금액이었다. 여세를 몰아 공병을 모을 다른 장소인 공동묘지를 찾아갔다. 공동묘지에는 성묘객들이 성묘를 하면서 사용했던 술병이 여기저기 버려져 있었다. 주로 소주병이 주를 이루었다. 소주병을 모아 아이들은 다시 각자 천 원의 수입을 올렸다.

얼핏 생각하기에 소풍 장소와 공동묘지를 찾아가 버려진 공병을 주워 돈을 버는 것이 쉬운 일처럼 보일지 모르지만 당시 소풍 장소는 마을로부터 몇 킬로미터 떨어진 곳이었고, 공동묘지는 산에 있어 덤불을 헤치며 공병을 수거하는 일은 만만치 않았다. 특히 한겨울에 공병을 찾겠다고 눈보라를 헤치며 멀리 떨어진 소풍 장소를 찾아가던 일은 지금 생각하면 무모한 일이었다. 아이들이 하는 일이 늘 그렇듯이 이것저것 재보지 않고 무작정 하는 경우가 많아 힘들었지만 그 일은 한참 계속되었다.

그러나 아이들의 재활용품 수거업은 예상외로 다른 곳에서 복병을 만나 중단되었다. 당시 '넝마주이'라는 직업이 있었다. 헌 옷이나 헌 종이, 폐품 등을 주워 파는 직업이었다. 그때는 넝마주의를 양아치(요즘은 품행이 불량스러운 사람을 부르는 말이나 당시에는 폐품을 수집한 사람을 그냥 양아치라 부름)라고 불렀다. 아이들이 공병을 주우러 다니는 일이 넝마주이와 다를 게 없다 하여 가족들이 못 하도록 했기 때문이다. 아마 소중한 자녀들이 그런 행동을 하면 커서도 같은 일을 할까 봐 걱정이 되었을 것이다.

사람은 사회 속에서 관계를 맺고 살아가기 때문에 남의 시선을 의식하지 않을 수 없다. 하지만 남의 시선을 지나치게 의식하면 자칫 창의적이고 열정적인 삶의 가치관을 버리고 사회가 정해놓은 틀 안에 맞추어 살게 한다. 타인과의 관계를 너무 의식하지 않으면 그 또한 독선적이고 화합을 해치기도 한다. 그래서 중용이 중요하다.

중용이란, 양편의 가운데서 왔다 갔다 하며 적당히 살아가는 우유부단과는 다르다. 내가 말하고 싶은 중용이란, 조화롭게 사는 것이다. 살아가면서 주변에 일어나는 일들을 잘 살피어 상황에 맞게 가장 지혜로운 방법을 찾아가는 가치관을 말한다. 그래서 가족과 갈등을 유발시키지 않기 위해 소소한 돈벌이라는 즐거움을 포기한 아이들은 대신 몇천 원 정도의 용돈을 가족에게 요구하여 중용을 실천했다.

꿈

어릴 적 꿈이 무엇이냐는 질문을 많이 받았다. 부모님은 "너는 커서 뭐가 될래?", 학교에서도 선생님들은 생활기록부에 꿈을 적어 낼 것을 요구했다. 시골 마을에 사는 아이들의 꿈은 무엇이었을까? 그 당시에 아이들이 가장 자주 이야기했던 꿈은 '과학자'였다. 하얀 가운을 입고 실험을 하며 무언가를 발견, 발명해내는 모습이 아이들의 눈에는 멋있어 보였던 것 같다. '큰 꿈을 가져라.'라는 주위 사람들의 말을 듣고 대통령이 꿈이라는 아이, 총을 들고 탱크를 타는 군인의 늠름한 모습이 좋아 군인이 되겠다는 아이들이 있었고, 여자아이들은 선생님 또는 '나이팅게일' 이야기를 읽고 간호사가 꿈이라고 했다.

아이들의 꿈은 공부와도 연관이 있었다. 자연 과목을 좋아하면 과학자, 사회를 좋아하면 판사나 변호사, 산수는 은행원, 체육은 운동선수, 음악이나 미술을 잘하면 예술가가 되겠다고 했다. 또한 부모님의 직업이 무엇이냐에 따라 부모님이 운전사면 운전사, 회사원이면 회사원이 되겠다고 포부를 가졌다. 당시 아이들에게 꿈이란, 모두 직업을 의미했으므로 남들 보기에 좋고, 돈 많이 벌고, 폼 나는 의사, 변호사, 사장 또는 교수, 박사, 국회의원 같은 직업들도 인기였다.

어릴 적 꿈을 이뤘다는 이야기는 특별하게 들린다. 꿈은 생각의 결과일 뿐 현실은 그렇게 만만하지 않아 어릴 적 꿈을 이룬 것은 대단한 일이다. 그래서 꿈을 못 이룬 이들은 '꿈은 자주 변한다.'라는 말로 위로를 삼게 된다. 커가면서 경제 상황이나 사회가 변함에 따라 삶에 대한 가치관이 변하니 어릴 적 꿈이 가치가 없어지거나 변할 수 있다. 또한 하나의 꿈만으로 살아가기에는 세상이 너무 크다는 사실로 인해 꿈이 바뀌는 일이 다반사다.

또한 어릴 적 직업을 의미했던 꿈은 이제 여러 가지로 해석된다. 무엇이 하고 싶은지, 무엇이 되고 싶은지, 무엇이 갖고 싶은지, 어떻게 살고 싶은지 등 다양한 인간의 욕구가 꿈으로 표출된다. 물질적 욕구를 충족하고 싶을 때는 무엇이 갖고 싶은지, 무엇을 하고 싶은지 생각하지만 사회생활을 위해서는 무엇이 되고 싶은지가 중요한 꿈이었다. 그러나 이런 꿈보다 '어떻게 살고 싶은지'는 삶의 나아갈 방향을 제시하므로 다른 꿈이나 희망보다 우선적으로 정하고 실천하면 좋을 것 같다.

나이가 들수록 꿈에 대한 열정은 수그러들고 새로운 일에는 실패할까 봐 도전을 꺼린다. 모르는 길은 두렵고 가보지 않은 길은 막막하기만 하다. 어른이 되면 나의 행동으로 인한 결과가 경험에 의해 예측되고, 그 결과가 나와 주변에 미칠 영향에 대해 걱정을 하니 새로운 것을 하면서도 그다지 열정과 기쁨이 샘솟지 않는다.

그러나 어릴 적에는 그러지 않았다. 모르면 일단 부딪혀보고 알아가는 것이 '일상다반사'였다. 물론 어린 시절에는 어른과 달리 제약이 적고 자신의 행동으로 인한 결과에 대해 덜 고민해도 되는 환경이었다. 그런데 어린 시절 열정이 지금과 차이가 나는 것은 이런 차이 때문이라고만 보기는 어렵다. 어릴 적엔 라디오를 분해하지만 다시 조립할 생각에 대한 걱정은 별로 안 했다. 좋아하는 것을 할 때는 밤새 수고를 아끼지 않았다. '이왕 시작한 것 끝까지 해보자. 그다음엔 운에 맡기자.' 하며 최선의 노력도 해보았다.

가수 박지윤이 노래한 <하늘색 꿈>의 노래 가사가 떠오른다. '세상사에 시달려가도 자꾸 흐려지는 내 눈을 보면 이미 지나버린 나의 어린 시절 꿈이 생각나(작사: 최광수).' 노래 가사처럼 어린 시절 대담하게 도전했던 순수함과 열정을 떠올려 다시 도전하는 마음을 가질 수 있으면 좋겠다.

서리

　서리는 도둑질이다. 어릴 적에는 주인에게 큰 해를 끼치지 않는 범위에서 서리가 용인되었고 오히려 하나의 문화라고 여겨졌다. 주로 과일이 대상이었지만 어른들은 닭을 서리해 술안주로 먹었다. 봄에 노지에서 자란 딸기는 귀한 과일이라 아이들의 좋은 서리 대상이었다.

　처음 서리를 하던 기억이 생생하다. 들킬지 모른다는 두근거림은 지금 생각해도 심장이 빠르게 뛴다. 봄 햇살을 받은 노지의 딸기가 탐스럽게 익었다. 녹색 딸기 잎 사이로 빨간 열매가 빠끔히 얼굴을 내민 것을 보니 딸기가 잎으로 가려질 수 없을 만큼 무르익었다.

　아이들은 딸기를 한 입 베어 무는 상상을 하며 오늘 저녁 그 딸기밭을 서리하기로 한다. 낮에 사전 답사로 지형지물을 살핀다. 어느 쪽 길을 이용해 어디로 진입하고 어디로 나오는 것이 좋겠다고 계획한다. 딸기밭 주인은 딸기밭 바로 옆에 산다. 그러나 감시를 위한 오두막이나 가로등이 없어 서리하는 데 어려움은 없어 보인다. 드디어 어둠이 깔리고 약속된 시간에 딸기밭 앞에 모였다. 우리의 계획은 딸기를 서리해 가져갈 게 아니라 현장에서 실컷 먹기로 했다. 어둠이 짙어지자 한 사람씩 밭으로 들어가 손만의 감각으로 딸기를 더듬으며 고랑을 헤쳐 나가기 시작했다.

그런데 어둠 속에서 좋은 딸기를 찾기는 매우 어려웠다. 좀 크다 싶어 조심스럽게 딴 후 입으로 가져가면 향긋한 딸기 냄새가 나지 않고 흙냄새만 났다. 이상하다는 생각이 들었지만 첫 서리를 성공하리라는 생각으로 열심히 딸기밭을 뒤지며 나갔다. 딸기밭을 절반 정도 지나갈 즈음 주인집 마당에 있는 전등이 갑자기 켜졌다. 순간 온몸이 얼음처럼 굳어졌고 서늘한 봄날 저녁 이마에 땀까지 나기 시작했다. 주인이 대문을 열고 딸기밭을 살펴보지 않을까 하는 조바심에 딸기 서리는 잠시 중단되었다. 그렇게 한참을 밭에 납작 엎드려 꼼짝 않고 있으니 얼마 후 주인집이 다시 어두워졌다. 긴장된 순간이 지나가니 온몸에 힘이 풀려 서리를 하고 싶은 마음이 사라졌다. 물론 맛있는 딸기도 찾아 먹지 못해 더 이상 하고 싶지도 않았다. 그래서 나의 첫 서리는 실패로 돌아갔다.

범죄자들이 범죄 현장에 들른다는 말은 확실히 맞는 말인 것 같다. 다음 날 날이 밝아 현장에 다시 가보았다. 딸기밭은 누가 봐도 서리를 맞았다는 사실을 알 만큼 엉망이 되어 있었다. 딸기 줄기와 잎은 사방팔방으로 헤쳐져 있었고 무릎과 몸으로 기어간 흔적이 고랑에 선명히 남아 있었다. 그런데 정작 딸기는 보이지 않았다. 어제 서리를 실패했으니 전날 보았던 싱싱한 딸기들이 보여야 할 텐데? 그것들이 사라졌다. 추론한 결과, 우리가 서리를 위해 답사를 하고 난 후 주인이 딸기를 수확한 것 같았다. 그래서 우리가 서리한 딸기밭에는 쭉정이 딸기들만 남아 있던 거라고 결론 내렸다. '삐삐 마르고 병든 딸기를 먹으려고 우리가 그 긴장감 속에서 땅을 기어

갔던가!' 하는 허탈감이 들었다. 그 일이 있은 후로 서리에 흥미를 잃었다.

어릴 적 서리는 들켜도 꾸중을 듣고 용서를 구하면 없던 일이 되었으나 시간이 지날수록 문화와 범죄의 중간 영역을 넘나들다가 빠른 시일 내에 대부분 범죄로 인식하게 되었다. 특히 예전 생각만으로 남의 밭에 들어가 포도나 단감 등을 한두 개 따 먹다가 들키면 그동안 다른 사람들이 서리한 모든 것을 배상해 줘야 하는 풍토도 생겨났다. 그만큼 다른 것보다 돈이 더 중요시되는 사회로 변했다.

물질은 삶을 풍족하게 해준다. 돈은 개인에게 자유를 준다. 구속되지 않고 자기 하고 싶은 대로 할 수 있게 해준다. 물질적으로 풍요하고 돈으로 개인의 자유가 보장되는 삶을 위해 우리는 밤낮으로 일하고 가족을 일 년에 한두 번 볼까 말까 하는 생활을 해오고 있다. 행복해지려고 돈을 버는데 돈을 벌어도 행복해지지 않은 경우가 많다. 행복해지려면 얼마나 돈을 더 벌어야 하나? 하는 의문이 든다.

그럴 땐 자기 삶이 추구하는 가치를 다시 살펴봐야 한다. 내가 바라는 삶을 이루려면 어느 정도 돈이 필요한지? 내가 행복해지는 데 필요 없는 돈 때문에 인생을 소모하고 있는 것은 아닌지? 그 물건이 내가 행복해지는 데 꼭 필요한 것인지? 그 직위가 꼭 필요한 것인지? 하나하나 가지를 쳐내면 진정으로 필요한 물질과 돈의 수준이 정해진다. 그것을 위해 노력하는 것은 훨씬 더 가치 있어지고 적당히 낮아진 물질적 욕구는 삶을 더욱 행복하게 만들어줄 시간과 여유를 선사하게 될 것이다.

얼음 썰매

밤사이 매서운 겨울바람이 시골집 창호지 방문을 요란하게 두드리더니 세숫물을 받아놓은 대야의 바가지를 떼어낼 수 없을 만큼 물이 꽁꽁 얼었다. 어릴 적 겨울은 무척이나 추웠다. 추운 날씨에 추수가 끝난 논이 얼었고, 저수지도 동장군의 매서운 바람에 얼음의 두께를 더해만 갔다. 그러나 혹독한 추위도 그저 아이들이 노는 것을 거들 뿐이다. 논과 저수지가 얼면 아이들은 빙판 위에서 타고 놀 썰매를 만든다.

나무판자에 앉아 못이 박힌 막대를 양손에 쥐고 앞으로 찍으며 나아가는 썰매가 보통 얼음 썰매다. 썰매를 만들려면 각목과 판자가 있어야 하고 얼음과 썰매 사이에 마찰을 줄여줄 두꺼운 철사가 필요했다. 간단한 썰매는 두 개의 각목 위에 널빤지를 올리고 각목 밑에 두꺼운 철사를 못으로 고정시키면 완성된다. 하지만 아이들은 판자 위에 구조물을 만들어 승마 자세로 앉아 빠르게 썰매를 지칠 수 있도록 대부분 튜닝하였다.

추위에 얼어붙은 논은 얼음이 깨져도 위험하지 않아 썰매 타기에 안성맞춤이었다. 썰매를 그냥 타는 것보다 아이들은 경주를 하거나 골대를 만들어 작은 얼음조각을 이용해 썰매 아이스하키를 하고 놀았다. 동생들은 큰 아이와 함께 썰매를 타거나 썰매 앞에 줄을 매달아 큰 아이가 끌어주었다. 얼음 위에서 놀다 보면 겨울바람에 볼살이 트고 손과 발이 차가워 동상이 걸리는데도 아이들은 아랑곳하지 않고 겨우내 얼음판에서 썰매를 지쳤다.

논에서 타는 썰매는 안전하지만 군데군데 돌출된 벼 그루터기가 썰매에 걸려 아이들은 평평하고 한없이 미끄러지는 저수지로 썰매를 타러 갔다. 저수지의 물은 맑고 투명해 얼음 위에서 깊이 3~4미터 되는 저수지 바닥을 보고 있으면 오금이 저려왔다. 혹시나 얼음이 깨지면 어떡할까 하는 생각이 들어서다. 그래서 저수지에서 썰매를 타더라도 물이 깊지 않은 가장자리에서 썰매를 탔다.

하지만 모험심이 많은 아이들은 저수지 중앙을 가로지르는 놀이를 한다. 처음 한두 명이 시도를 하면 그것을 하지 않은 아이는 겁쟁이가 되기 십상이다. 그래서 무섭지만 함께 간 아이들은 할 수 없이 다른 아이들의 무모한 행동도 따라 해야 했다. 저수지 중앙을 썰매로 가로지르려면 매우 빠른 스피드가 필요하다. 저수지 중앙은 가장자리와 달리 얼음 두께가 더 얇아 그곳에 하중이 오래 전달되면 깨질 수 있기 때문이다.

그날도 추운 겨울이었다. 아이들은 저수지 가장자리에서 썰매를 타다가 속도감과 스릴을 즐기기 위해 하나둘씩 저수지 중앙 가로지르기 놀이를 한다. 나는 내심 하기 싫었지만 하지 않으면 겁쟁이가 되니 한껏 스피드를 올려 저수지 중앙을 향해 돌진했다. 하지만 내 썰매는 앉은 자리를 높여놔 무게중심이 위에 있어 속도가 있으면 조금만 흔들려도 옆으로 넘어질 수 있었다. 아니나 다를까 전속력으로 가다가 저수지 중앙에서 썰매가 전복되고 말았다.

넘어지고 난 후 눈을 떴는데 맑고 투명한 저수지의 깊은 바닥이 보인다. 순간 겁이 덜컥 나고 움직일 수가 없었다. 곧 얼음이 깨질 것만 같다. 그럴수록 몸은 더 말이 안 들었다. 심호흡을 한 후 썰매는 버려두고 몸을 뉘여 옆으로 굴러 가장자리로 돌아왔다. 아까운 썰매와 스틱은 저수지 중앙에 그대로 있었다. 한 번 겁을 먹은지라 썰매를 가지러 갈 수는 없었다. 할 수 없이 썰매를 포기해야만 했지만 친구 녀석이 납작한 돌을 몇 개 가져오더니 지금의 컬링과 같이 돌을 얼음위로 힘차게 밀어 썰매를 맞추어 조금씩 가장자리로 밀어내기 시작했다. 결국 나는 친구의 컬링 실력 덕분에 썰매를 되찾았다.

당시에는 컬링이라는 스포츠가 알려져 있지 않았다. 그런데 그 아이가 저수지 얼음 위에서 납작한 돌을 이용해 컬링처럼 썰매를

쳐내었다. 컬링이란 스포츠가 언제 어떤 이유로 시작되었는지는 모르지만 아마 나와 같은 이유라고 상상하니 웃음이 나온다.

그날 썰매를 타다가 깊은 저수지 한복판에서 넘어져 얼어붙었던 기억은 일종의 트라우마가 되었다. 그래서 그 이후로 저수지에서는 썰매를 타거나 여름에도 수영을 하지 않는다. 남들이 한다고 하여 따라 하다가 겪은 나쁜 예다. 살다 보면 이런 경우가 비일비재하다. 남들이 하니 나도 해야 한다는 것은 개성과 주관이 없는 행동이다. 우리가 공장에서 찍은 로봇이 아닌데 꼭 같을 필요가 있나! 자기 개성대로 살자. 그리고 주관을 밝히자. 개성을 살린다는 것이 남과 어울리지 못한다는 의미는 아니니까.

자전거

코스모스 한들한들 피어 있는 길 / 향기로운 가을 길을 걸어갑니다. / 기다리는 마음같이 초조하여라 / 단풍 같은 마음으로 노래합니다(가수 김상희의 <코스모스 피어 있는 길> 가사 中, 작사: 하중희). 이 노래를 들으면 유유자적 가을바람 맞으며 자전거 타는 모습이 연상된다. 자전거를 타고 노랗게 벼가 익어가는 황금 들판 사이로 쭉 뻗은 농로를 강아지와 함께 달리고 싶다. 놀란 참새들이 푸드덕 날아오르고 머리 위에선 고추잠자리가 삶의 마지막 비행으로 여행자를 반길지 모른다.

자동차가 없던 어린 시절 내가 가고 싶은 곳이 있으면 데려다주는 것이 바로 자전거였다. 초등학교 3학년 즈음 자전거 타는 법을 배웠다. 당시에는 어린이용 자전거가 따로 없었다. 그래서 어른들이 타는 자전거로 배워야 하니 처음에는 자주 넘어질 수밖에 없었다. 마을 앞에는 시멘트로 포장된 신작로가 있어 자전거를 배우기에 좋았다. 다만 신작로 좌우에 논이 있어 균형을 잃었다가는 물이 가득 찬 논에 처박히고 말았다. 비록 옷은 다 젖고 몸은 만신창이가 되지만 시멘트 도로에서 넘어져 까이고 다친 것보다는 나았다.

어른용 자전거는 안장이 너무 높아 안장에 앉아 자전거를 배울 수가 없었다. 할 수 없이 양쪽 페달에 발을 올리되 안장에 앉지 않는 엉거주춤한 자세로 처음 자전거를 배운다. 이 자세는 자전거가 균형을 잃더라도 즉시 땅에 발을 디딜 수 있었다. 그러다가 익숙해지면 과감히 안장에 앉지만 다리가 짧아 아직 발이 페달에 완전히 닿지 않는다. 그러니 한쪽 페달을 위에서 아래로 중간까지만 굴리고 관성에 의해 다른 쪽 페달이 위로 올라오면 다시 그쪽 페달을 아래로 굴리는 방식으로 자전거를 움직인다. 조그만 체구로 성인용 자전거를 용케 잘 타는 모습이 지금 생각하면 어색하지만 그 시절엔 몸에 맞지 않는 자전거를 타야만 하는 실정이었다.

자전거는 학교 통학에도 유용했다. 당시 학교가 많지 않기 때문에 학교에 가려면 상당히 먼 거리를 걸어 다녀야만 했다. 그러나 자전거를 타면 힘이 덜 들고 편하니 자전거로 통학을 하는 아이들은 부러움의 대상이었다. 당시 자전거는 보통 뒷바퀴 위에 사람을 태울 수 있는 안장이 있어 자전거가 없는 아이들은 뒤에 탈 수 있었다. 자전거가 귀하던 시절이라 자전거 뒷좌석에 앉아 집에 가는 것은 하나의 큰 혜택과도 같았다. 자전거가 점차 보급되면서 아이들도 자신만의 자전거를 가질 수 있었다. 비가 오나 눈이 오나 학교에 가나 안 가나 어디를 가든 자전거를 타고 다녔다. 마이카 시대에 오너드라이버가 된 기분과 같았다.

나는 자전거로 가고 싶은 곳을 갈 수 있어 좋았다. 그래서 종종 자전거를 타고 먼 길을 혼자 나섰다. 다른 마을에는 무엇이 있는지, 저기 산 너머에는 어떤 풍경이 있는지에 대한 호기심을 자전거가 해결해주었다. TV에서 봤던 사찰이나 관광지를 실제로 보기 위해 열심히 페달을 밟았다. 목적지에 도달하면 성취감이 들고 또 하나의 추억이 만들어져 기분이 좋았다.

자전거를 타는 또 다른 매력은 하늘, 바람, 구름, 길, 들판과 지나쳐가는 나무, 꽃 등을 많이 보고 느낄 수 있어 좋다. 더러는 바람을 맞으며 씽씽 달리는 기분도 좋다. 덜컹거리는 비포장도로는 역동적이라 매력 있고 작은 농로는 운치가 있어 좋다. 또한 내가 보고 싶은 곳을 구석구석 마음대로 볼 수가 있어 좋다.

자전거 타기는 노력한 만큼만 얻는다는 점에서 정직하다. 자전거는 내가 페달을 밟은 만큼 가기 때문이다. 노력하지 않으면 가고 싶은 곳에 갈 수 없지만 노력하면 보상이 따른다. 오르막을 오르며 숨이 턱까지 차오르지만 열심히 올라왔다면 내리막에서는 속도를 높여 내려오는 짜릿함과 편안함을 누릴 수 있다.

새로운 장소에 날 데려다준 자전거, 나를 싣고 사계절 자연을 느

끼게 해준 자전거, 내가 노력한 만큼 가는 자전거에 난 감사한다. 지금도 자전거는 내 옆에 늘 함께 있다. 낯선 곳에 가기를 좋아하고, 자신이 한 만큼 결과에 만족하며, 화려하지는 않지만 여유로운 자연을 즐기고 싶은 이들에게 자전거를 적극 추천한다.

장난감

아이가 문방구에서 샀다며 무지개 스프링을 내민다. 스프링 양 끝을 손바닥에 올려놓고 춤추듯 움직이니 아이가 놀란다. 아이는 아빠가 어릴 적에 가지고 놀았던 장난감인지 모른다. 물질적으로 풍요하지 않았던 어린 시절에 평소 장난감을 사기는 어려웠으니 소풍이나 명절이 되어야 장난감을 살 수 있었다.

소풍에서 샀던 장난감 중 '삑삑이'는 피리를 불면 피리와 연결된 돌돌 말린 비닐이 주입된 공기로 인해 펴지면서 갑자기 쭉 뻗어나가는 장난감이다. 친구의 얼굴을 향해 삑삑이를 불어 깜짝 놀란 친구를 보고 깔깔거렸다. 소풍 때 장난감 장수는 바람개비, 무지개 스프링, 공기로 달리는 말 등을 가득 담고 소풍 장소까지 따라와 장난감을 팔았다. 공기 주머니를 누르면 고무호스와 연결된 말이 전진하는 장난감은 그 시절 친구들과 누가 빨리 달리는지 내기하며 놀았던 추억을 떠오르게 만든다.

명절에는 주로 장난감 총으로 친구들과 총싸움 놀이를 했다. 총구를 꺾으면 장전이 되는 '꺾기총'은 당시에 인기가 많았던 장난감 중 하나였다. 장전된 총에 작은 돌멩이를 넣고 방아쇠를 당기면 돌멩이가 5미터가량 발사된다. 그 총으로 친구들과 총싸움을 하며 놀았다. 돌멩이에 맞으면 아웃되는 게임 룰을 적용하니 실전과 같은 스릴이 있었다. 물론 얼굴을 향해 쏘면 안 된다는 규칙이 있어 안전에도 신경을 쓰면서 놀이를 즐겼다.

꺾기총 외에 장총이나 화약총도 많이 샀던 장난감이다. 특히 화약 놀이를 할 때 빠지지 않은 것이 '콩알탄'이었다. 콩알 크기의 화약을 던지면 화약이 물체에 닿아 터지는 원리로 만들어져 다른 사람 앞에 몰래 던져 놀래는 데 쓰였다.

그 당시 아이들은 장난감 놀이에 감정이입을 잘 했다. 여자아이들은 종이 인형의 옷을 갈아입히며 소꿉놀이로 역할극을 하고 남자아이들은 로봇 장난감으로 날아가는 바람 소리, 총소리 등을 흉내내고 생동감 있는 대사까지 읊어가며 1인 다역으로 한 편의 영화처럼 놀았다.

블루마블이 나오기 전에 '뱀주사위 놀이판'이라는 주사위 게임이 있었다. 주사위를 던져 나오는 수만큼 전진하여 출발점에서 도착점까지 가장 먼저 도착한 사람이 이기는 게임이다. 게임판 곳곳에 그려진 뱀은 열 칸을 앞지르거나 목적지 앞에서 다시 출발점 근처로 되돌리는 일종의 게임 아이템 역할을 했다. 당시 어른들은 모이면 윷놀이를 즐겨 했고 뱀주사위 놀이는 아이들이 하는 보드게임이었다.

스포츠를 응용한 게임도 있었다. 종이로 그려진 운동장에 선수들이 공을 차는 모습으로 그려져 있고 플라스틱으로 만든 축구공이 해당 선수에 닿으면 그 선수가 볼을 튕길 수 있었다. 볼펜을 쥐고 뚜껑으로 납작한 플라스틱 축구공 가장자리를 누르면 공이 튕겨 나간다. 이를 선수가 공을 차는 것처럼 게임화 하였다. 축구공이 골대로 들어가면 진짜 골을 넣은 것처럼 기뻤다. 친구랑 방바닥에 배를 깔고 마주 엎드린 채 깔깔거리며 그 게임을 했었다.

장난감을 좋아했지만 나는 어릴 적 갈색 곰 인형을 한때 무척 좋아한 적이 있었다. 같이 잠을 자고 대화하며 놀기도 했다. 그 인형이 특별하지 않았지만 나는 그냥 동생과 같은 의미를 부여하고 좋아했다. 어릴 적엔 이유 없이 애착이 가는 물건이 하나쯤 있다.

사물에 의미를 부여하는 것이 어떤 심리나 감정에서 비롯되는지는 정확히는 모르겠다. 사람을 대하는 것처럼 처음부터 정이 가는 물건이 있는가 하면 계속 사용하다 보면 정이 드는 물건이 있다. 십 년 동안 쓰던 중고차가 팔려 견인차에 의해 끌려가는 모습을 보며 눈물을 흘렸다면 정이 많이 들었음이 틀림없다. 물건이 친구가 될 수 있고 물건에서 위로까지 받을 수 있다고 생각하면 살아가면서 삭막함이 덜할 것 같다.

괴담

밤과 어둠은 아이들에게 무서움으로 인식되었다. 시골의 가로등 없는 그믐날 밤은 마치 눈동자에 검은색 셀로판지가 붙여진 것처럼 깜깜했다. 부모님께서는 행여 돌부리에 걸려 넘어질까 봐 밤에 외출하지 말라 하셨다.

내가 살던 집은 위에는 빽빽한 대나무밭이 있었다. 밤에 바람이 불면 대나무들이 흔들려 서로 '딱딱' 부딪치고 이파리를 통과한 음산한 바람 소리가 들린다. 컴컴한 밤에 대나무밭을 쳐다보면 그쪽에서 무언가가 튀어나올 것 같았다. 실제로 악몽을 꾸는 날이면 그 악몽은 항상 유사한 패턴을 가지고 있었다. 대나무 숲에서 괴물이나 귀신이 하나씩 나오면 난 그들과 집 마당에서 UFC경기를 치른다. 하나를 물리치면 연이어 다른 것이 나오는 방식이며 밤새 내내 그들과 싸우다가 잠에서 깨곤 했다.

어릴 적엔 무서운 이야기나 괴담들이 유행을 따라 퍼져 아이들의 마음 어딘가에 자리 잡고 있다가 마음이 약해지거나 무서운 환경이 만들어지면 갑자기 튀어나와 괴롭히곤 했다. 초등학교 시절 유행했던 괴담 중 하나가 「반남반녀」 이야기다. 반남반녀는 당시 유행했던 <마징가 Z>라는 만화에서 반은 남자, 반은 여자인 '아수라 백작'과 유사했는데, 실제로 그런 사람이 존재하고 아이들을 잡아먹는다고 한다. 그 괴물이 전국을 떠돌며 아래 지방으로 내려오고 있고, '현재 어디쯤 왔다더라.' 하니 점점 나와 가까워진다는 생각이 들어 '밤에 혼자 길을 가다 그(녀)를 만날 수 있겠구나.' 하는 두려움이 안 생길 수 없었다.

지역마다 괴담은 달랐지만 학교에서 전통적으로 내려오는 괴담이 있었다. 그중 오래도록 기억에 남는 것은 「통통통」이라는 이야기다. 학교에서 같은 반에 전교 1등과 2등 학생이 있었다. 2등은 아무리 노력을 해도 1등을 차지할 수가 없었다. 2등 학생은 노력으로 안 되니까, 어느 날 1등 학생을 옥상으로 불러내어 옥상에서 밀어버렸다. 그 후로 2등 학생은 1등을 할 수 있었다.

시간이 지난 어느 날 혼자 야간 자습을 하고 있던 2등 학생은 복도 저 멀리서 '통통통 드르륵' 소리를 들었다. 누군가 교실 미닫이문을 열어젖히는 소리가 점점 가깝게 들렸다. 이내 옆 교실에서 '통통통 드르륵' 소리가 들리더니 "없네."라는 작은 여자아이의 목소리가 들려왔다. 겁에 질린 학생은 책상 밑으로 숨었다. 드디어 교실 문이 '드르륵' 열리더니 책상을 향해 '통통통' 소리가 들렸다. 잠시 후 2등 학생은 놀라 심장마비로 죽었다. 여기서 왜 2등 학생이 죽었는지 그 이유가 중요하다. 1등 학생이 옥상에서 떨어질 때 머리부터 떨어져 그 귀신이 머리로 이동하며 '통통통' 소리를 냈고, 책상 아래 숨어 있던 학생은 거꾸로 머리를 튀기며 다가오는 죽은 학생과 눈이 마주쳐 놀라 심장마비를 일으켰다는 이야기다. 이 이야기는 학교에서 늦은 밤 이상한 소리가 나면 자습하고 있는 학생들 간에 자주 회자되었다.

　마을에는 농업용수를 공급하기 위한 저수지와 얽힌 괴담이 있었다. 예전에 그 저수지에 빠져 죽은 사람이 물귀신이 되어 저수지에서 수영하는 사람의 다리를 부여잡고 자꾸 깊은 곳으로 끌고 간다고 한다. 이와 유사한 괴담들이 저수지가 있는 마을마다 전해지고 있었다. 마을 공동묘지에서 자정에 도깨비불을 보았다는 소문이 떠돌았고, 무덤가에서 귀신과 밤새 싸워 쓰러트렸는데 아침에 일어나서 보니 빗자루가 있었다는 이야기도 가끔 전해 들려왔다.

　당시 이런 괴담들은 사실이 아님에도 사실처럼 생각되었지만 지금은 어떠한 귀신도 믿어지지 않는다. 유년 시절의 순수한 마음은 흡사 채색되지 않은 흰색 도화지와 같아 어떤 색깔을 칠하든지 그 색깔 그대로 나타나지만, 어른들의 마음은 흡사 검은색 도화지와 같아 어떤 색깔을 칠하든지 그 색깔이 빛을 발하기는 어렵다. 어른이 되면 우리는 왜 순수한 마음을 갖지 못할까 아쉬워하며 가능한 한 순수해지고자 노력하는 사람들도 있다.

　아이들의 사고는 직관적, 즉 있는 그대로 받아들이는 특성이 있으나 어른들은 경험칙을 바탕으로 사물과 현상에 대해 필터링을 거쳐 받아들인다. 어른들은 나아가 앞으로 벌어질 일까지 생각한다. 예를 들어, 탁자 위에 있는 우유를 보고 아이들은 '우유가 탁자 위에 있네, 마셔야지.'라고 인식하는 반면 어른들은 '냉장고에 있어야 할 우유를 누가 탁자 위에 놓아두었지? 왜 그랬을까? 범인을 밝혀 다음에는 그러지 말라고 해야지.'라고 확장하여 현상을 받아들인다.

　사람은 저마다 하루에 사용할 수 있는 에너지는 총량, 즉 한계가 있다. 에너지를 다 소모했는데 또 다른 일을 처리하려면 많은 스트레스가 발생한다. 평소 에너지를 아껴야 하는 측면에서 우리는 매사에 모든 상황을 심각하게 받아들이면 안 된다. 어른이 되어서도 아이들의 순수함처럼 있는 그대로 현상을 받아들이는 유연함을 갖고 있다면 살아가는 데 여유를 가질 수 있다. 그냥 우유를 냉장고에 넣고 넘어가는 것처럼. 그래야 검은색 도화지에도 밝은 그림을 그릴 수 있다.

칼싸움

늦은 봄 숲속 오솔길을 지나가는 나그네가 향긋한 꽃냄새에 이끌려 도대체 이 향기의 정체가 무엇인지 두리번거리다 위를 올려다보면 포도송이같이 꽃을 늘어뜨린 하얀 아카시아꽃이라는 것을 알게 된다. 아카시아꽃 주변을 맴돌며 열심히 일하고 있는 벌을 피해 꽃한 송이를 따 입에 넣고 오물거리면 아카시아 향이 입 안 가득 퍼진다. 아카시아꽃으로 튀김 요리를 할 수 있다는 사실은 최근에 알았지만 어릴 적에 그 꽃은 맛있지 않았다. 다만 아이들이 아카시아나무를 눈여겨봐 두는 이유는 아카시아나무가 칼싸움 놀이를 하는 목검으로 사용되었기 때문이다.

적당한 굵기로 반듯이 자란 아카시아나무를 목검 크기로 베어낸후 가시를 잘 다듬어 손잡이 부분만 남기고 갈색 껍질을 벗겨내면 제법 근사한 목검이 되었다. 목검으로 하는 칼싸움 놀이는 영화에서 나오는 실제 칼싸움처럼 목검을 부딪치고 휘두르고 찌르고 하다가 상대방 신체에 목검을 먼저 닿게 하면 상대방이 죽었다고 간주하는 게임이다. 보통 열 명 넘는 아이들이 편을 갈라 돌담이 있는 밭이나 잔디가 깔려 있는 야산의 너른 묘지 터에서 진영을 나누어 공격과 방어를 통해 실감 나게 전투를 한다.

전쟁놀이다 보니 상당한 전략이 필요했다. 예를 들어, 일부는 정면 공격을 하지만 일부는 돌아가 상대방의 후미를 공격해 포위 작전을 하거나 숨어 있다가 기습으로 공격하는 방법을 사용하였다. 이를 두고 비겁하다 비난하지만 어느 편에서 생각하느냐에 따라 전략이 될 수 있고 비겁함이 될 수 있었다. 때론 용기와 당당함이 빛을 발하곤 했다. 적의 기습으로 혼자 남아 외로이 싸운 친구가 적군 5명에 의해 포위되었지만 공격적으로 한쪽을 뚫고 가며 한 명씩 물리쳐 승리를 가져오는 짜릿한 실화도 있었다.

전쟁놀이는 칼싸움 외에 총싸움도 있었다. 진짜 총을 사용하지는 않으나 갈대와 유사한 풀을 한 묶음 꺾어 넝쿨로 묶은 다음 총 모양으로 만들면 제법 그럴싸한 풀로 만든 총이 되었고, 바가지 위에 넝쿨을 계속 감고 난 후 바가지를 빼면 영화에서나 볼 수 있는 위장 방탄 모자가 완성되었다.

총싸움은 양 진영으로 나누어 지형지물을 이용해 숨어 있으면서 빼꼼히 내다보고 적이 어디 있는지를 찾아내어 발견된 사람 이름을 부르면서 "땅"이라고 외치면 그 사람은 죽은 것으로 간주되고 한편이 다 죽으면 승리하는 게임이다. 여기에서도 지금의 컴퓨터 전략 게임에서 사용되는 전략이 두루 사용되었다. 먼 곳을 숨어 돌아가 뒤에서 사냥하듯이 적을 섬멸하거나 한두 명이 적을 유인하여 적이 노출되기를 기다려 공격한다.

눈으로 발견하고 먼저 소리로 외치면 이기는 게임의 룰이므로 누가 먼저 상대방을 쐈는지에 대해 다툼이 발생한다. 공정하게 판단해 줄 심판이 없어 한 사람이 양보하기도 하지만 명백하지 않으면 둘 다 죽었다고 간주하는 것이 보통이었다. 때론 야산에서 수풀을 헤치며 영화에서 나오는 장면처럼, 가끔은 동네에서 시가전처럼 최대한 실전과 같이 전투를 즐겼다. 야산에서 놀다가 미리 설치해놓은 토끼 덫(허리 깊이로 판 구덩이)에 토끼라도 한 마리 잡히면 그 토끼를 들고 개선장군처럼 마을로 귀환했다.

편을 갈라 싸웠던 그때에는 비록 누가 이기느냐에 관한 사소한 다툼은 있었을지언정 상대방을 인격적으로 비난하거나 상대방이 일어서지 못하도록 쓰러트리지는 않았다. 언쟁이 있었지만 결국 화해하고 이해하며 화합을 다질 수 있었다. 그래야 다음에 또 재미있는 놀이를 같이 할 수 있으니까.

같은 목표를 가졌던 개인이나 집단이 잠시 생각이 다르다는 이유로 극단으로 치닫는 사례를 많이 본다. 멀리 보면 함께 잘 사는 것이 목표인데 눈앞의 이익에 집착하고 순간의 감정에 매몰되어 돌이킬 수 없이 갈라서는 어른들의 일들을 보면 안타깝다. 양보가 어렵다면 잠깐 물러서 아무것도 하지 않고 지켜봐도 좋다. 상황이 그냥 흘러가도록 내버려 둔다. 그러면 극한 대립과 갈등도 피할 수 있고 때론 시간이 많은 것을 해결해준다.

어느 여름날 방 안에 똥파리 한 마리가 열어놓은 문을 통해 들어왔다. 시끄럽게 날아다니는 소리가 거슬려 모든 문을 닫고 파리채를 들고 똥파리를 잡기 위해 이리저리 뛰어다녔다. 똥파리는 어찌나 잽싸던지 영 잡히질 않았다. 문을 닫고 쫓아다니느라 등에 땀이 흥건해졌다. 난 똥파리가 잠깐 시끄러워 이를 제거하려는 노력을 기울였다. 매우 힘들었다. 끝내 잡지 못했다. 할 수 없이 반대쪽 창문을 열었다. 그러자 똥파리는 두 문을 통과하는 바람에 몸을 싣고 유유히 밖으로 나갔다.

제3장

그리운 것들

문득 아련하게 떠오르는 그리움.
그리움이 밀려들면 고개 들어 하늘을 봅니다.
하늘을 자주 보는 사람은 그리움이 많은 사람입니다.

소풍

소풍 가기 전날은 항상 설렌다. 일상에서 벗어나 새로운 경험을 할 수 있어 기대가 된다. 늘 같은 공간, 같은 시간에 공부만 하다가 자연에서 맛있는 음식을 먹고 즐거운 시간을 보낼 수 있어서다. 그래서 소풍 전날에는 비가 오지 않게 해달라고 기도를 했다. 비가 오면 야외가 아니라 교실의 책상을 한쪽으로 밀고 빈 공간에서 간단히 오락 시간을 가진 후 도시락 먹고 끝내는 시시한 소풍이 되어 버린다.

지금은 소풍대신 체험학습이라 부르고, 체험학습은 전세버스 또는 대중교통을 이용해 명승지에 가거나 공연을 보는 행태로 변했다. 그러나 80년대 초등학생들의 소풍은 군인들이 행군하는 모습과 유사했다. 초등학교 1학년부터 6학년까지 약 이천 명에 달하는 학생들이 두 줄을 지어 도로 한편으로 학교에서 목적지까지 걸어갔다. 지금 검색해보니 소풍날 걸었던 거리가 편도 4km가량 되었다. 어른 걸음으로는 한 시간이면 충분하지만 초등학교 1학년들은 두 시간을 족히 걸어야 했기에 한 시간 걷고 중간에 휴식 시간을 가졌다. 아침에 모여 출발하면 거의 오전 11시경 장소에 도착한다.

아이들이 소풍 때 챙겨 가는 음식은 대부분 비슷하다. 중간 휴식 시간에 먹을 사이다 한 병과 계란 두 개, 점심용 김밥, 그리고 과자 두세 개가 전부다. 그중 김밥은 유난히 맛있다. 당시 김밥은 특별한 날에만 먹었고 야외에서 친구들과 먹는 즐거움이 더해져 그랬을 것이다. 김밥에 들어가는 재료는 분홍색 소시지, 달걀, 시금치, 단무지 딱 네 가지만 들어간다. 간단한 재료로 소박하게 만들었지만 소풍 김밥은 그것만의 고유한 맛이 있었다. 지금 그 시절 김밥 맛을 찾아 여러 음식점을 찾아다녔지만 그 맛을 찾기 어렵다. 집에서 손수 그 맛을 재현하려 해도 잘 되지 않는다. 그 맛의 비결은 무엇이었을까? 항상 궁금하다.

점심을 먹고 나면 장기자랑을 한다. 보통 학년별로 모여서 하는데 한 학급당 두세 팀이 노래를 하거나 춤을 선보인다. '저 친구에게 저런 면이 있었나.' 하며 평소 보지 못했던 학급 친구들의 끼를 확인할 수 있고 그로 인해 모두 즐거운 시간을 가졌다. 다만 한 번 갈채를 받은 아이는 매번 소풍에서 장기자랑을 해야 하는 고충이 있었다. 물론 다들 잘한 것은 아니다. 너무 못해 보기 민망한 장기자랑도 있었다. 시켜서 마지못해 하는 아이들은 그러했다.

장기자랑 시간이 끝나면 소풍의 하이라이트인 보물찾기 시간이 찾아온다. 선생님들은 점심시간을 이용해 여기저기에 보물 쪽지를 숨겨놓으신다. 쪽지는 바위 아래, 나뭇가지 위, 덤불 속 등 학생들이 찾을 수 있을 만한 곳에 숨겨져 있다. 나는 보물찾기에 젬병이었지만 보물을 잘 찾는 아이들이 있다. 내가 무작위로 수색을 했다면 그들은 아마 선생님들의 행동을 예상했을 것이다. 자신들이 선생님이라면 어떤 곳에 보물을 숨길까 생각해 잘 찾을 수 있었던 것 같다. 보물찾기에 서투른 아이들은 애꿎은 돌만 들추어 보다가 여기저기에서 "찾았다."라는 소리만 들을 뿐이다.

소풍에서는 여러 에피소드들이 일어났다. 벌집을 건드려 소풍 장소가 벌을 피해 도망 다니는 사람들로 아수라장이 된 적이 있었는데, 선생님은 벌에 쏘인 학생들을 맥주로 소독해주었다. 몇몇 아이들은 남의 집 과일밭에 들어가 과일을 서리하다 들켰고, 점심시간에 따로 떨어져 낮잠 자는 애를 한참 동안 찾는 일도 있었다. 아이들은 소풍을 통해 새로운 환경에서 일종의 해방감을 맛보았다.

중년이 되면 가슴이 설렐 일이 별로 없다. 아침 회사에 출근하고 퇴근해 집에서 자고 다시 출근한다. 가끔 하는 회식은 의례적인 술자리일 뿐 새로움은 없다. 주말에는 재충전을 위해 쉬고 싶다. 무미건조한 일상이 반복되지만 그 사실조차 모르고 지낸다. 그러한 시간이 지난 뒤 인생을 뒤돌아보면 자기 인생이 풀 한 포기 없는 황무지처럼 느껴진다. 세계 선교지도자 '프레드 미첼(Fred Mitchell)'은 자신의 책상에 항상 '너무 바빠서 삶이 황무지로 변하지 않도록 주의하라.'라는 문구를 붙여놓았다고 한다.

'가슴 뛰는 삶을 살아라.'라는 말이 있다. 가슴이 뛰는 것은 소풍 전날 느꼈던 설렘과 유사하다. 자신이 하고 싶어 하는 일을 하고 목표를 정하여 매진하면서 느끼는 기분 좋은 두근거림, 피곤하지만 뿌듯함, 다시 하고 싶은 마음이 가슴이 뛰는 일이다. 하지만 바쁜 삶은 이를 허락하지 않으니 어떻게 하면 좋을까? 그래서 우리는 작은 것이라도 변화를 주어야 한다. 일상에서 늘 같은 행동, 같은 생각, 같은 방식으로 살아간다면 기계처럼 사는 것과 마찬가지다. 주

변 공간, 시간, 습관 등에서 변화를 줄 수 있는 부분부터 시작해야 한다. 사소한 것이라도 좋다. 예를 들어 아침에 일어나는 시간의 변화를 주거나 밥과 국을 먹었다면 빵과 우유를 먹어보고, 자가용 출근을 대중교통으로 바꾸는 일상에 변화를 주다 보면 그중 자신에게 활력을 주는 것을 찾을 수 있다. 이러한 긍정적 변화가 지속되다 보면 인생의 커다란 변화까지 이르게 된다.

가을 운동회

청명한 가을 하늘 아래 학교 운동장에는 만국기가 펄럭인다. 만국기는 축제가 있음을 알리려고 가을 미풍에도 부단히 나부낀다. 알록달록한 만국기, 청색 유니폼과 머리띠를 한 청군, 백색 유니폼과 머리띠를 두른 백군, 파란 하늘, 흰 구름이 어우러져 아름다운 색의 향연이 열린다.

가을 운동회는 학생들을 청군과 백군으로 나누어 게임마다 점수를 더해가며 최종적으로 합계 점수가 높은 팀이 우승하는 방식으로 진행된다. 운동회는 학생들이 몇 달 동안 연습한 단체 체조나 단체 춤으로 시작해 보통 100미터 달리기, 큰 풍선 굴리기, 줄다리기, 박 터뜨리기, 장애물 달리기 등 게임을 하고 400미터 계주를 마지막으로 치른다.

게임 외에 응원으로 점수를 더할 수 있어 양 팀의 응원전도 만만치 않았다. 수시로 삼삼칠 박수를 치고 응원가를 부르며 열심히 응원전을 펼쳤다. 응원가 중에 이런 노래가 있었다. '따르릉 따르릉 전화 왔어요 / 백군이 이겼다고 전화 왔어요 / 아니야! 아니야! 그건 거짓말 / 청군이 이겼다고 전화 왔어요.' 상대 팀을 야유하는 동시에 자기 팀의 우승을 기원하는 노래였다. 좋은 응원 점수를 받으려 응원단장 리드하에 모두들 열심히 응원했고 가족들도 함께 자녀의 팀을 응원했다. 그래서 가을 운동회는 가족이 다 같이 즐기는 화합의 장이었다.

운동회 게임 중 가장 인기 있는 게임은 박 터뜨리기였다. 큰 대나무 바구니 두 개를 종이로 붙여 둥근 모양으로 만든 후 겉을 종이로 싸서 흡사 「흥부놀부전」에 나온 박처럼 만든다. 높이가 약 3미터 되는 기둥 끝에 그 박을 매달아 두세 사람이 기둥을 받치고 있고, 각 팀의 선수들은 헝겊으로 만든 작은 주머니에 모래나 콩을 넣어 만든 오자미로 박을 맞혀 먼저 터트리면 된다. 형형색색의 오자미가 공중에서 춤을 추고 몇 분간 공중 쇼가 이어지면 한쪽 박이 먼저 터진다. 이긴 팀은 기쁨의 함성을 지르고, 진 팀은 아쉬움의 탄성을 내뱉는다. 터진 박에서 오색 꽃가루가 흩날리며 가을 운동회는 절정으로 치닫는다.

마지막 계주 종목을 남겨두고 선생님들은 이상하게 응원전 점수를 조작(?)하여 이어달리기에서 이기는 팀이 최종 승자가 되도록 설정해놓으신다. 그래서 계주는 양 팀이 치열하게 승부를 가르고 이긴 팀은 머리띠를 하늘 높이 던지며 우승의 기쁨을 만끽한다. 단체전 외에 개인 100미터 달리기는 8명이 한꺼번에 달리는데 1등부터 3등까지는 손목에 몇 등을 했는지 확인할 수 있는 도장을 찍어주고 나중에 도장을 보고 상품을 준다. 보통 1등 상품은 노트 3권, 2등은 노트 1권, 3등 상품은 연필 2자루였다. 달리기를 잘한 아이들은 손목 도장을 자랑하는 반면 도장이 없는 아이들은 달리기를 못한다고 놀림을 받았다. 이를 피하려고 어떤 아이들은 도장 받은 친구들의 손목과 자기 손목을 맞대어 꾹꾹 눌러 도장을 복사하기도 했다.

가을 운동회에 빠질 수 없는 즐거움은 음식이다. 찬합에 담긴 김밥 또는 갖가지 반찬이 담긴 점심 도시락과 밤, 단감, 과자 같은 간식거리 그리고 아이스크림이나 솜사탕을 사 먹을 수 있어 아이들은 더할 나위 없이 행복한 시간을 보낸다.

그러나 모두가 행복하지는 않았다. 집이 가난한 아이들은 김밥을 싸오지 못했고 부모님이 없는 아이들은 가족들과 식사하는 점심시간에 운동장에서 맴돌아야만 했다. 어느 가을 운동회 날 야외 운동장 스탠드에서 가족끼리 점심을 먹고 있었다. 다른 반 한 아이는 부모님께서 안 오시고 매우 연로하신 할머니가 도시락을 싸왔다. 할머니와 그 아이가 앉아 도시락을 열었는데 그냥 맨밥에 반찬은 김치뿐이었다. 순간 아이의 얼굴을 보았다. 실망감과 창피함이 눈과 표정에 고스란히 드러나 있었다. 아이는 말없이 밥을 몇 숟갈 먹더니 자리에서 일어나 어디론가 가버렸다. 할머니는 그 뒷모습을 안타까운 표정으로 쳐다보고 있었다. 모두가 즐거워야 할 운동회 날에 그 아이는 즐겁지 않아 보였다.

같은 환경에 있는 사람들은 같을 것이라고 생각하지만 다름이 너무 많다. 같은 공간, 같은 시간에 있는 수많은 사람들 중에도 각자 처지가 다를 수 있고 목표와 생각이 같더라도 그 방식이 다를 수 있다는 것을 인정하고 '너도 나와 같을 것'이라는 추측은 버려야 한다. '모두가 나와 같지 않음'을 알고 있다면 상대방의 말과 행동을 더 잘 이해하고 그들과 진정한 마음으로 소통하는 데 도움이 될 것이다.

장날

시골에 오일장이 서는 날이면 집집마다 내다 팔 물건들을 챙겨 장에 나간다. 주로 텃밭에서 기른 채소나 가축 새끼들을 내다 팔고 의류나 신발, 잡화 등 필요한 물건을 다시 산다. 일종의 물물교환이 이루어진다. 물건을 팔아야 하고 좋은 물건을 골라야 하는 시끌벅 적한 장날이지만 자세히 보면 소박하고 정겹다. 시골 장에서 먼저 눈에 들어오는 것은 다양한 색깔이다. 옷장수 천막 앞에 걸어진 꽃 무늬 일 바지, 신발가게의 화려한 꽃신, 야채가게의 초록색 야채, 빨간색 과일, 생선가게의 연분홍, 연푸른 생선들, 노점으로 사용되 는 하얀 천막이 장날 풍경에 생기를 더해준다.

색과 더불어 시장에는 다양한 냄새들이 난다. 어시장의 생선 비 린내, 우시장과 닭 잡는 가게의 가축 냄새는 아이들이 싫어하지만 국밥집의 펄펄 끓고 있는 가마솥에서 풍겨지는 음식 냄새, 찐빵집 수증기의 익어가는 밀가루 냄새, 기름에서 튀겨지고 있는 각종 재 료들의 고소한 냄새들은 아이들의 발걸음을 붙잡는다.

시장이 시끌벅적한 이유는 물건 사라고 외치는 소리, 흥정하는 소리, 옷장수의 "골라 골라" 외치는 소리같이 경쟁에서 물건을 하나라도 더 팔려는 열정이 있어서다. 옷장수는 "골라 골라 아줌마도 골라, 아저씨도 골라"를 얼마나 외쳤는지 목소리가 이미 쉬어 있다. 물건 흥정 소리에 정신이 없는데 갑자기 뒤에서 "뻥이요." 하더니 천둥소리가 들린다. 그 당시 시장은 정신이 혼미할 정도로 부산했다.

번잡한 곳을 지나면 시장 한편에 항상 약장수들이 음악을 틀어놓고 사람들을 모으고 있다. 사람들이 모이면 차력이나 간단한 마술을 보여준다. 그런 다음 박카스 병에 담긴 재료도 이름도 모르는 약을 만병통치약이라고 광고한다. 살까 말까 망설이는 사람들의 지갑을 열기 위해 손님인 채 가장한 약장사 직원이 약을 달라고 하면 구경하는 사람들이 덩달아 약을 사간다.

시장에서 아이들은 신기하고 재미있지만 어른들은 치열한 경쟁에서 돈을 벌어야 하고 한 푼이라도 더 깎으려는 노력을 해야 한다. 그래서 물건을 다 팔지 못해 한숨을 쉬는 어른들, 빠듯한 돈 때문에 자녀들의 운동화를 들었다 놨다 하고도 살 수 없는 어른들의 아쉬운 표정도 볼 수 있다.

어렸을 적 어머니는 시장 노점에서 고구마 순, 죽순, 야채 등을 팔았다. 그때는 어린 마음에 부모님이 시장에서 장사를 하고 있는 것이 부끄럽게 느꼈던 적이 있었다. '집이 가난해 시장에서 장사를 해야만 하는구나.'라고 친구들이 놀릴 것 같은 기분이 들어서였다. 같이 자란 시골 마을 친구들은 그렇게 생각하지 않지만 학교에서 알게 된 읍내 친구들은 충분히 그럴 수 있었다. 그래서 혹시나 장사를 하고 계시는 어머니를 친구들과 함께 마주칠까 봐 학교에서 돌아오는 길에는 시장을 피해 오기도 했었다.

그 행동이 지금 생각하면 부끄러운 일이지만 그 시절에도 남의 시선을 의식하지 않을 수는 없었다. 학교에서 '직업에 귀천이 없다.'고 배웠고 그 말이 옳다고 생각되었지만 '남이 어떻게 생각할까?' 하는 우리 사회의 고질적인 생각은 그 시절에 그랬고 지금도 크게 변함이 없다. 인간이 사회적인 동물인지라 대인관계에서 남을 평가하고 자신도 남에게 같은 방법으로 평가받는다는 사실을 인정할 수밖에 없다. 오히려 이를 의식하지 않고 살기가 오히려 더 어렵다.

다만 남을 평가하지만 한 번 평가한 그 사람의 모습, 겉으로 보이는 모습이 전부는 아니라고 믿는다. 예를 들어, 장사는 경제활동의 수단일 뿐이고 그 사람의 진정한 모습은 다른 일상에서 찾을 수 있다. 또한 사회 저명한 인사들이 '미투'에서 밝혀지듯이 겉모습과는 다르게 속물근성을 갖고 있을 수 있고, 평생 폐지를 주워 모은 돈을 계속 기부한 사람이 있는 것과 마찬가지다.

어릴 적 어머니가 시장에 앉아 물건을 파시는 모습이 한때 부끄러웠지만 그것은 잠깐뿐이었다. 어머니는 시장에서 오시면 우리들의 따뜻한 어머니셨고, 특히 돌아오시면서 그 야채들을 팔아 옥수수, 찐빵, 찹쌀떡, 닭튀김을 사오시거나 양말, 새 옷, 신발까지 사가지고 오시니 어린 나는 어머니가 시장에 가시는 날을 오히려 더 기다리게 되었다. 어머니가 시장에 가시면 오실 시간 즈음에는 동네 어귀가 보이는 곳에서 까치발을 하며 어머니의 모습이 보이기를 기다렸다. 오늘은 야채를 팔아 또 어떤 것을 사오실까 하며.

고향 생각

  '나의 살던 고향은 꽃 피는 산골 / 복숭아꽃 살구꽃 아기 진달래 (작사: 이원수)'로 시작되는 <고향의 봄>이라는 노래는 고향을 생각나게 하는 대표적인 노래다. 봄이 오고 있음을 알리는 매화꽃을 시작으로 산수유, 개나리 같은 노란색 꽃이 피고 마을에 듬성듬성 있는 살구나무에서는 분홍색 꽃이, 산자락 끝의 개복숭아나무에서는 진분홍색 꽃이 피어난다.

  산 아래 들판에는 연분홍 진달래가 수줍게 피어나더니 이내 지천으로 퍼져 봄이 한가운데 왔음을 알린다. 봄의 전령들이 지나간 마을에는 봄의 절정을 알리는 벗나무가 화사한 꽃을 터트리고 냇가 수양버들의 흘러내린 연녹색 잎들은 봄의 아름다움을 더해준다. 노랑, 분홍, 연두색 물감을 묻힌 붓으로 캔버스에 무작정 찍어낸 유화처럼 고향의 봄은 여기저기를 둘러보아도 정겹고 화사하다. <고향의 봄> 노래는 한 폭의 그림처럼 우리가 어린 시절을 보낸 그 고향을 노래하고 있다.

  꽃잎은 이른 남동풍에 흩날리고 연녹색 잎들이 한층 그 농도를 더해가면 물을 가득 머금은 들판에는 개구리들이 합창을 하며 초여름이 시작되었음을 알린다. 이즈음 여행 스케치의 <별이 진다네> 노래를 들으면 고향 집 마당에 모깃불을 피워놓고 연한 민트색 박을 따다 하얀 박속을 숟가락으로 파고 있는 상상에 빠진다. '어제는 별이 졌다네~.'라고 시작하는 노래를 들으면 초여름 밤 가장 먼저 눈에 들어오는 북두칠성 별자리, 오리온자리, 카시오페이아자리를 찾아가던 그리움이 노래의 절정 부분에서 '나의 가슴속에 젖어 오는 그대 그리움만이 이 밤도 저 비 되어 날 또 울리고(작사: 조병석)'라는 가사와 함께 별만큼 높이 치닫는다. 고향의 여름밤은 길었고 그래서 그릴 수 있는 추억은 더욱 많았다.

무더웠던 여름이 지나가면서 해가 짧아지고 비스듬히 누운 햇볕이 알맞은 조도와 세기로 들판에 닿으면 벼는 시나브로 익어간다. 쌀밥을 지으려면 일정 시간 강한 불로 끓이고 난 다음 뜸을 들여야 밥맛이 좋은 것처럼 들판의 벼도 한여름 강렬한 태양빛 아래에서 열정을 다해 양분을 만들고 난 다음 여린 가을 햇살에 서서히 익어가고 있다. 가을 들판에서 바라본 마을에서는 저녁밥을 짓는 굴뚝에서 연기가 하나씩 피어오른다. 이런 정겨운 가을 모습을 서정적인 가사와 감성적인 선율로 그려낸 노래가 '1984년 MBC 창작동요제'에서 대상을 수상한 <노을>이라는 동요다.

'바람이 머물다 간 들판에 모락모락 피어나는 저녁연기 / 색동옷 갈아입은 가을 언덕에 빨갛게 노을이 타고 있어요 / 허수아비 팔 벌려 웃음 짓고 초가지붕 둥근 박 꿈꿀 때 / 고개 숙인 논밭의 열매 노랗게 익어만 가는…(작사: 이동진).'

노래 가사가 한 폭의 수채화처럼 고향의 가을 풍경을 색감 가득히 묘사하고 있다. 더구나 이 노래를 부른 아이의 청량한 목소리는 서정적인 가사와 어울려 듣는 이로 하여금 향수에 젖도록 하는 마법을 부린다. 지금은 이런 아름다운 동요를 만날 수 있는 기회가 없어 아쉬움이 있다.

가을 추수가 끝난 들판은 벼 그루터기만 남아 황량하고 을씨년스럽다. 삭풍이 창호지 문틈 사이로 파고 들어와 아이의 빨간 볼 위에 앉으면 이불을 꼭 끌어안으려는 아이를 위해 이불을 여며주시던 할머니의 모습이 그려진다. 시리도록 파란 겨울 하늘에 대열을 맞추어 날아가는 한 무더기 기러기는 무언가를 찾아가는 우리 삶의 모습 같고 우리를 대신해 그리운 이에게 마음을 전해주는 그 무엇 같다.

고향의 겨울을 생각나게 하는 대표적인 노래는 <오빠 생각>이다. '뜸북뜸북 뜸북새 논에서 울고'로 시작해 '서울 가신 오빠는 소식도 없고 나뭇잎만 우수수 떨어집니다(작사: 최순애).' 부분에서 비

단구두를 사가지고 돌아오겠다던 오빠에 대한 그리움은 우리가 그
리워하는 그 무엇으로 치환이 가능해 이 노래는 더욱 애절하게 느
껴진다.

우리가 그리워하고 싶을 때 그리움들을 떠올려주는 이런 노래들
을 더 많은 이들이 알고 좋아해주었으면 좋겠다.

학교생활 1

월요일 아침 전교생이 운동장에 모인다. 월요일 아침마다 거행되는 '애국조회'에 참석하기 위해서다. 조회는 각종 상에 대한 시상식, 새로 부임하신 선생님에 대한 소개, 공지 사항, 그리고 교장선생님의 훈화 말씀 등으로 이루어진다. 먼저 국기에 대한 경례, 애국가 제창, 순국선열에 대한 묵념 등 3가지 국민의례로 시작되는데, 당시 애국가는 4절까지 부르는 일이 많았다. 그래서 학교에 들어가자마자 애국가부터 외어야 했다.

애국가 가사와 더불어 그 시절 많이 암송했던 것이 「국민교육헌장」이었다. 교감 선생님은 국민의례가 끝난 뒤 전교생에게 국민교육헌장을 함께 암송시켰다. 초등학생이 이해하기에는 어려운 단어들이었다. 앞부분을 잠깐 소개해본다. '나는 민족중흥의 역사적 사명을 띠고 이 땅에 태어났다. 조상의 빛난 얼을 오늘에 되살려, 안으로는 자주독립의 자세를 확립하고, 밖으로 인류 공영에 이바지할 때다…' 무슨 말인지 모르는 어려운 글을 무턱대고 외어야 했다.

조회 시간에 싫은 깃 중 하나는 줄 맞추기다. 수백 명의 학생들이 앞과 뒤, 대각선 줄까지 반듯이 맞추어야 한다. 하지만 줄 중간에는 항상 집중력이 없거나 관심이 없는 아이가 있어 '앞으로 나란히'를 수십 번 해야 줄이 어렵사리 정렬된다. 선생님은 그들을 매로 다스리며 조회 전에 줄을 맞추어야 학생들이 규율을 잘 지키고 있다고 생각하셨다. 개인의 자유로운 생각이나 행동보다는 공동체 의식이나 단체행동이 더 중요시되었던 시기라 그랬다.

애국조회에서 가장 힘든 일은 지루한 교장선생님의 훈화 말씀을 견디는 것이다. 끝날 것 같은 훈화는 그런데, 그러나, 그리고, 한편 등 접속사로 이어져 끝날 줄을 모르고 그 순간 학생들은 탄식의 감탄사를 연발한다. 봄과 여름에 강한 햇볕과 더운 날씨에 훈화가 길어지면 여기저기 현기증을 못 이겨 쓰러지는 아이들이 나오곤 했다. 긴 훈화 말씀은 평소 잘 먹지 못해 영양이 부족한 상태의 아이들을 충분히 쓰러트릴 만큼 파괴력을 가지고 있었다. 학생들 중에는 일부러 쓰러져 양호실에서 푹 쉬다가 오는 애들도 있었다. 이러한 조회 문화는 중학교, 고등학교, 군대, 직장에서 계속되었고 그때마다 지루하던 교장선생님 훈화와 쓰러지는 학생들 생각이 떠올랐다.

1980년대 초에는 학생 수에 비해 학교가 부족했다. 당시 한 가정에는 보통 네 명 이상의 자녀가 있었으니 학교가 부족할 만했다. 그 시절 가족계획 포스터를 보면 그 실상을 알 수 있다. '아들딸 구별 말고, 둘만 낳아 잘 기르자.'라는 표어는 어느새 '한 가정 사랑 가득, 한 아이 건강가득'으로 바뀌고 '딸 하나 열 아들 부럽지 않다.'라는 말로 아들을 낳기 위해 계속 아이를 낳던 문화를 바꿔보려 했다.

당시는 학생들이 많아 한 학년 학생을 절반으로 나누어 오전반과 오후반으로 나누었다. 오전반은 8시에 등교해 1시쯤 하교하고 오후반은 1시쯤 등교해 6시쯤 하교했다. 오전반과 오후반은 한 달 단위로 바뀌었는데, 오전반에 익숙해진 아이들은 오후반이 되는 것을 싫어했다. 집에서 늘어져 있다가 점심을 먹고 학교에 가려니 가기 싫고 오후에는 실컷 놀아야 하는데 그럴 수 없었기 때문이다.

학교생활에서 학생들은 반장, 부반장, 총무부장, 학습부장, 미화부장, 체육부장 등 많은 직책이 있었다. 반장은 주로 공부 잘하고 집이 부자인 남자애들이 주로 맡았고 부반장은 여학생이 맡았다. 총무부장은 주로 학급비를 관리하는 역할을 했으며 학습부장은 숙제, 미화부장은 청소, 체육부장은 체육대회와 관련한 일을 했다. 한편으로 보면 학생들의 자치 조직인 것처럼 보이지만 실상은 선생님들이 학생을 통제하기 쉽도록 만든 조직이었다.

예를 들어, 자습 시간에 떠든 사람 적는 것이 대표적이다. 보통 반장이나 부반장이 자습 시간에 장난을 친다거나 옆 사람과 잡담을 하는 사람을 감시해 교실 앞 초록색 칠판에 오른쪽 아래 구석에다 '떠든 사람'이라고 적고 그 아래에 떠든 사람 이름을 적는다. 떠든 사람으로 적힌 학생은 선생님이 명단을 보고 보통 체벌을 가하니 떠든 사람으로 안 적히려고 일반 학생들은 눈치를 보고 감시하는 학생들은 자신의 권력을 과시하기 위해 적어도 몇 명은 떠든 사람으로 적으려 한다. 그래서 학생들 간에 떠들었는지 여부에 대해 말다툼이나 싸움이 종종 일어났다.

선생님들은 수업 시간에 칠판과 분필을 사용했다. 분필은 석회석 가루를 압착해 떡볶이 떡 크기로 만든 것이다. 분필을 사용해 글씨를 쓰고 지우고 하는 과정에서 선생님들은 학생들에게 "내가 너희들 때문에 오래 못 산다. 이 분필 가루가 몸에 얼마나 안 좋은지

아냐?"라고 자주 말씀하셨다. 그만큼 자기 몸을 희생해가며 너희들을 가르치고 있으니 공부를 소홀히 하지 말라는 말씀이었다. 지금은 교실에 분필 가루가 없지만 어린 시절 교실에서는 당번 학생이 쉬는 시간마다 칠판을 지우고 빗자루나 방망이를 이용해 칠판지우개를 털어대니 교실에 분필 가루가 자욱했다. 분필은 훈육도구로도 사용되었다. 수업 시간에 떠들거나 조는 사람이 있으면 선생님은 분필을 부러트려 그 학생의 머리를 조준하여 분필을 던진다. 그 시절 선생님들은 야구를 잘하셨는지 거의 그 학생 머리에 정확히 맞았다.

지금 학교생활은 많이 달라졌지만 여전히 강당에서 교장선생님 훈화 말씀이 있고, 반장은 회장 또는 분임장이라는 명칭만 바뀌었으며, 분필은 가루가 날리지 않는 화이트 펜으로만 바뀌었다. 더 미래에는 교장선생님 훈화는 유튜브 동영상으로, 회장보다는 리더라는 명칭으로, 화이트 펜은 사라지고 말만 해도 글씨가 써지는 방식으로 바뀔지는 모르지만 학교는 어린 시절의 대부분을 보낸 곳이기에 그만큼 추억과 이야기가 많은 곳이다. 그래서 학창 시절은 소중한 그리움의 대상이 된다.

겨울방학

두 달간의 겨울방학은 아이들이 좋아하는 눈이 있고 좋은 날이 많아 즐겁다. 눈 내리는 들판과 얼음 위에서 친구들과 신나게 놀 수 있고, 크리스마스, 새해, 설날 같은 특별한 날이 많다. 한 달을 놀아도 또 한 달이 남아 있어 그만큼 더 여유롭다. 아쉽게 방학이 끝난 후에도 조금 지나면 봄방학을 맞으니 말 그대로 학업에서 벗어나는 시간이다. 그런데 요즘 아이들은 겨울방학에 선행학습과 약한 과목 보충을 하느라 방학의 의미가 학교 대신 학원에 가는 날로 변했다.

겨울방학식을 하는 날은 그해 학교생활의 평가 결과물이 기다리고 있다. 성적 우수자들은 우수상, 최우수상을 받고, 1년 동안 결석을 하지 않은 학생은 개근상을 받는다. 또한 선생님은 학생의 성적과 학교생활에 대한 선생님의 평가가 담긴 '통신표'를 주는데, 아이들은 통신표를 부모님께 보여드려야 하니 결과가 좋지 않은 아이들은 통신표 받기가 두려웠다.

통신표에는 얌전한 아이, 성격이 밝은 아이, 성실한 아이 등 좋은 평가들이 주로 있지만 산만한 아이, 소심한 아이, 잘 싸우는 아이 등 부정적 평가도 거침없이 쓰여 있었다. 통신표 한쪽에는 '수 우미양가' 다섯 단계로 성적이 평가되었다. 수와 우가 많은 아이가 있는 반면, 양이 많은 아이는 "너희 집에 양 키우냐."고 선생님으로부터 핀잔을 들어야만 했다. 상을 받지 않아도 통신표 결과가 좋지 않아도 즐거운 방학이 기다리니 부모님께 한 번 혼나는 것은 대수롭지 않게 생각했다.

겨울방학은 이때에만 할 수 있는 특별한 놀이들이 있어 더 즐거웠다. 아이들은 눈이 내리는 날을 학수고대했다. 검푸르고 황량했던 산야가 눈으로 인해 온통 하얀 세상으로 바뀌는 멋진 풍경도 좋았지만 눈이 내리면 즐거운 놀이를 할 수 있었기 때문이다.

아무도 밟지 않은 하얀 논둑길을 지나 아이들은 저마다 비닐 비료 포장지를 하나씩 손에 들고 저수지 둑으로 향한다. 지금의 눈썰매와 같이 당시에는 비료 포장지로 저수지 둑 경사면을 내려오는 스릴을 즐겼다. 포장지 썰매를 즐기려면 먼저 포장지 안에 눈을 조금 채워 넣어야 한다. 채워진 눈은 바닥과의 충격으로부터 완충 역할을 해준다. 비료 포장지를 엉덩이 밑에 깔고 앉아 경사면 상단에서 두 발을 들어주면 비닐 눈썰매는 처음에는 느리지만 중간 정도를 지나면 빠르게 내려간다. 하얀 눈을 미끄러져 내려오는 기분은 놀이동산이 없던 시절 놀이기구를 탈 때와 같았다. 하지만 바닥이 고르지 못해 자칫 튀어나온 돌에 꼬리뼈를 찍히고 균형 잡기가 어려워 옆으로 넘어지기도 했다. 몇 번을 오르락내리락하면 벌써 바지는 젖어 있고 신발에도 눈이 가득 들어갔지만 마냥 즐거웠다.

눈이 쌓인 날이면 눈싸움은 아이들 사이에 빠질 수 없는 놀이였다. 눈싸움은 항상 처음에는 까르르 웃으며 시작되지만 막판에는 세상에 둘도 없는 전쟁으로 치닫는 경우가 많았다. 눈싸움을 하다가 눈에 파묻힐 만큼 공격당하거나 집중 공격을 받아 얼굴에 눈뭉치를 정통으로 맞으면 상대방에 대한 독기가 오르게 마련이다. 화가 난 아이는 눈에 물을 묻혀 단단한 눈뭉치를 만들거나 눈뭉치 안에 작은 돌을 넣어 사거리 및 파괴력을 업그레이드 시킨다. 이런 눈뭉치를 맞은 상대방은 적의 반칙을 용납하지 않는다. 눈에는 눈, 이에는 이 과격한 눈싸움은 결국 피를 보거가 맞아 울고 집에 가는 상황으로 종종 끝이 난다. 함께 놀자고 시작한 놀이가 상대방을 부수어야 하는 감정싸움으로 변하는 과정에서 왜 그렇게 됐는지 그렇지 않으려면 어떻게 해야 하는지에 대한 생각 없이 그땐 그냥 감정이 흘러가는 대로 행동했다.

겨울에는 농사일이 없어 방학에는 더 맘껏 놀 수가 있었다. 얼음썰매를 타고, 연날리기, 활쏘기, 사방치기, 자치기 등 수많은 놀이를 하며 놀다 보면 겨울의 짧은 하루는 어느새 지나가고 방학이 끝날 즈음이면 두 달이라 길게만 보였던 방학이 쏜살같이 지나갔다고 생각된다. 항상 그랬듯이 방학이 끝나기 며칠 전부터는 밀린 일기를 쓰고 만들기 숙제와 탐구생활을 작성하느라 대부분의 시간을 보내야만 했다.

당초에는 하나의 특별한 이벤트 같았던 그 시간들을 어떻게 보냈는지 습관적으로 돌아보지만 유년 시절 겨울방학은 매번 비슷했다. 그만큼 새롭거나 특별한 일은 없었고 매일 밖에서 노는 비슷한 생활이 계속되었다. 만약, 그 시절로 돌아가 내게 그런 시간이 다시 주어진다면 그 시간 동안 이룰 수 있는 작은 목표 하나 세워 이루려고 노력할 것이다. 그 목표들이 거창하지 않아도 목표를 세우고 그것을 달성해나가는 그 시간들이 훨씬 의미 있고 보람된 시간이 될 것 같다.

이발소

어릴 적 이발은 대부분 집에서 어머니나 누나가 해주었다. 전문 미용사가 아니므로 이발을 하고 나면 앞머리는 항상 반듯한 일자였고, 전체적인 머리 모양은 바가지를 엎어놓은 것 같았다. 당시 남자들은 이발소에서만 이발을 하였고, 미장원은 여성들을 위한 장소라고 여겨 요즘과 같이 남자가 미용실에서 이발하는 것은 상상할 수 없었다.

집에서만 이발을 하다가 읍내에 있는 이발소를 찾게 된 때는 초등학교 고학년이 되어서다. 아버지와 처음으로 함께 간 이발소는 동네 사랑방 같은 분위기였다. 난로 위 노란 양은 주전자 주둥이에선 뜨거운 김이 모락모락 올라오고 은색 라디오에서 나오는 흘러간 노래는 벽을 따라 이발소 안을 맴돌았다. 하얀 가운을 걸친 이발사 아저씨는 거울 앞 우주선 조종석 의자와 같은 큼지막한 두 개의 의자 사이를 분주히 움직이고 있다.

가위와 빗은 양쪽으로 열 수 있는 자그마한 수납함에 편안히 누워 있는 반면, 면도날을 세우는 두툼한 가죽은 거울 앞 선반에 대롱대롱 힘들게 매달려 있다. 자주색 천으로 마감된 낡은 소파에는 기다리는 사람인지 아니면 놀러 온 사람인지 아저씨들이 담배를 피우며 신문을 보거나 가끔은 이발사 아저씨와 이야기를 나눈다.

어른들만의 공간에서 처음으로 이발을 하게 된 나는 하얀 보자기가 목에 걸쳐지고 머리카락이 잘려 바닥으로 뚝뚝 떨어지는 상황이 괜히 서글퍼 눈물이 나왔다. 아파서 우는 것이 아니고 잘려나간 머리카락이 아까운 것도 아닌데 그냥 무언지 모를 감정이 복받쳐 흐느껴 울었다. 그래서 이발소에서 이발을 처음 했던 날에 대한 기억은 생생하다. 다음에 이발소에 오면 안 울겠다고 다짐했지만 나는 그 후로도 이발소에서 눈물을 참기란 어려운 일이었다.

시간이 지나 혼자 하는 이발도 익숙해져 눈물은 안 흘렸지만 이발소는 내가 괜히 눈물을 흘렸던 장소가 되었다. 요즘도 미용실에서 어린아이들이 이발을 할 때 우는 것을 보기도 하지만 큰 아이가 우는 것은 보기 힘들다. 그런데 나는 왜 그리 울었는지 잘 모르겠지만 아마 새로운 것에 대한 어색함 내지는 커다란 의자라는 독립된 공간에서 혼자 신체의 일부인 소중한 머리카락이 잘려나가는 상황을 견뎌야 하는 여린 아이의 감정이 아니었을까?

머리카락을 자른 이발사 아저씨는 난로 위 주전자의 뜨거운 물을 받아 화분에 물을 줄 때 사용하는 조그만 조리개에 절반 담고 차가운 물을 섞어 온도를 맞춘 다음 조리개를 기울여 머리 위에 물을 부으며 머리를 감겨주셨다. 잘려진 머리카락이 뿌려진 물에 흘러가는 것을 보고 있는 찰나 아저씨의 굵은 손가락이 머리를 긁어내린다. 거친 손마디가 느껴질 정도로 아저씨는 힘을 다하여 머리를 감겨주셨다.

머리를 감고 의자에 앉으니 아저씨는 면도 거품을 목과 뒷덜미 그리고 귀 주변에 발랐다. 그리고 면도칼을 가죽에 대고 쓱쓱 몇 번 문지르는데 사뭇 공포영화의 한 장면이 연상되었다. 아저씨는 그 면도칼로 잔털과 머리카락을 정리해주셨다. 면도칼이 얼굴에 닿으면 서걱서걱 털이 깎이는 소리가 들리고 이내 따뜻한 수건으로 면도 거품을 말끔히 닦아주면 개운하다는 느낌이 들었다. 수염이 없는 어린아이까지 면도가 필요한지 모르겠지만 그 당시 이발을 하면 누구에게나 깔끔히 잔털을 제거하는 면도를 해주는 것이 일반적이었다.

지금은 그 시절처럼 면도칼을 이용해 면도를 해주는 이발사는 거의 찾아보기 힘들다. 남자들까지 대부분 미용실을 이용하니 이발소 자체도 찾아보기 힘들다. 미용실에는 가위 수납함, 면도날을 세우는 가죽, 머리 감길 때 사용하는 조리개가 다 사라지고 머리를 감겨주시던 아저씨의 억센 손가락 마사지도 드물다. 면도칼이 지나가던 자리에는 작은 잔털 제거 기계가 지나가고 난로 위 끓인 물로 건네주던 엽차 한 잔은 지금은 아메리카노가 대신한다.

시간의 흐름 앞에 모든 것이 새로운 것으로 대체되었지만 이발소에 대한 추억에서 대체되지 않은 것이 있으니 그것은 아들의 머리를 자르고 있는 모습을 지켜보시던 아버지의 모습이다. 나는 이발을 하면서 아버지의 모습을 거울로 힐끗 보았다. 울고 있는 아이를 보며 아버지는 무슨 생각을 하셨을까? 근심과 걱정으로 지켜보시던 아버지의 모습. 난 내 아이를 미장원에 처음 데리고 갔을 때 아이의 우는 모습을 지켜보았다. 아이도 나처럼 괜히 울었다. 그래서 나는 마음이 착잡했다. 그 옛날 내가 우는 모습을 지켜본 아버지처럼 나도 아이의 우는 모습을 거울을 통해 지켜보고 있구나!

학교생활 2

교실에 들어가려 미닫이문을 드르륵 열면 하얀 분필 가루가 흠뻑 묻은 칠판지우개가 머리로 떨어진다. 장난에 성공한 친구들은 배꼽을 잡으며 웃고 머리가 하얗게 변한 친구는 으레 있는 장난이기에 웃고 넘어간다. 겨울방학과 봄방학 사이에 이십 일가량은 추운 날씨에도 불구하고 학교에서는 정상적으로 수업을 했다. 별도 난방이 없던 시골 초등학교 교실 한가운데에는 난로가 놓여 있고, 난로 위에선 노란 주전자가 따뜻한 보리차를 우려내고 있다.

학교에 도착한 학생들은 밥이 담긴 양은 도시락을 난로 위에 얹어놓는다. 점심시간에 따뜻한 밥을 먹기 위함이다. 보온 도시락이 있는 아이들은 난로에 도시락을 얹지 않아도 밥과 국을 따뜻하게 먹을 수 있었지만 당시 보온 도시락은 흔하지 않았다. 난로에 수북이 쌓인 도시락들은 중간에 한 번 위치를 바꾸어주어야 한다. 그렇지 않으면 맨 밑에 있는 도시락은 너무 뜨거워져 누룽지를 먹어야 했다.

점심시간은 아이들에게 가장 즐거운 시간이다. 삼삼오오 모여 반찬을 나누어 먹었지만 반찬을 뺏기기 싫어 혼자 먹는 아이, 맛있는 반찬을 찾아 교실을 배회하는 아이도 있었다. 당시 가장 인기 있는 반찬은 계란말이, 어묵이었고, 장조림, 소시지는 읍내에 있는 아이들 몇 명만 싸오는 특별한 것이었다. 대부분 김치와 깍두기, 콩자반, 멸치볶음, 김가루, 무말랭이 정도가 일상적이 반찬이었다. 맛있는 반찬은 뚜껑을 열자마자 사방에서 젓가락이 들어와 순식간에 없어진다. 그래서 다른 아이들에게 뺏기지 않도록 계란 프라이를 밥 아래 넣어온 아이들도 많았다.

점심시간에 밥을 엄청 먹어대는 친구가 있는데 살이 안 찐다. 알고 보니 기생충이 많아서였다. 당시 회충, 요충, 십이지장충 등은 흔하여 누구나 한 번쯤은 기생충 약을 먹어야 했다. 기생충은 인분을 비료로 사용해 작물을 재배하던 당시 농업 방식과 흙에서 자주 놀던 문화로 인해 흔했다. 일 년에 한두 번씩 채변검사를 하여 기생충 약을 나누어 주곤 했는데 변을 봉투에 담아 제출해야 하는 일이 여간 더럽고 하기 싫었다. 그래서 어떤 친구들은 개똥을 담아 제출하는가 하면 친구의 변을 담아 제출했다. 그런 친구들은 기생충이 없음에도 제출한 다른 변 때문에 약을 먹어야 하는 웃픈 일도 있었다.

집을 비롯한 마을의 거주환경은 개똥, 쓰레기들이 잘 청소되지 않은 환경이었지만 학교는 특별한 공간이었기에 깨끗한 환경을 만들고자 했었다. 6교시에 수업이 끝나면 청소가 시작된다. 책상을 모두 뒤로 밀쳐 앞부분을 빗자루로 먼저 쓸고 걸레질을 한다. 수건이나 옷가지를 접어 책 크기로 만든 걸레는 학기 초 학생마다 의무적으로 하나씩 만들어 제출한 것이다. 학생들은 일렬로 엎드려 한 손에는 양초를 한 손에는 걸레를 들고 나무로 된 교실 바닥에 양초를 먼저 바른 후 걸레로 열심히 문지른다. 나무로 된 거친 교실 바닥을 매끄럽게 하기 위한 당시 청소법이다. 그래서 걸레질을 하는 청소가 가장 힘들다.

앞부분 청소가 마무리되면 책상을 다시 앞쪽으로 모두 밀치고 뒷부분도 똑같이 청소를 한다. 청소는 책상 옮기기와 비질을 하는 조, 걸레질하는 조, 유리창 닦는 조, 화장실 청소하는 조, 신발장 청소하는 조 등이 있었다. 이 중 화장실 청소가 가장 하기 싫은 반면 유리창 닦는 조는 입김을 불어가며 유리창에 묻은 손때를 제거하는 일이라 그다지 힘들지 않고 유리창 틀에 걸터앉아 유유자적 할 수 있어 가장 선호하는 일이었다. 청소는 우리가 생활하는 공간이므로 깨끗하게 해야 되지만 장학사가 오면 과할 정도로 청소를 했다. 방과 후에도 복도에 일렬로 무릎을 꿇고 앉아 복도가 광이 나도록 며칠 동안 양초질과 걸레질을 계속해야만 했다.

장학사의 일시적인 방문 때문에 그토록 청소를 해야 했던 것이 남에게 보여주기식 행동이라 여겨 당시에는 선생님들의 청소 지시가 마음에 들지 않았지만 그 선생님들도 장학사에게 잘 보이려는 형식적인 것과 아이들을 고생시키지 말아야 한다는 실용적인 것 사이에서 갈등을 했으리라 생각된다.

다만 당시에는 형식이 더 중요했던 시절이라 선생님들이 지나치게 청소를 시켜야 했던 상황이 이해는 된다. 이런 상황은 집에 손님이 찾아오면 주인 입장에서 집 청소를 하는 것과 마찬가지로 학교를 찾은 손님에게 좋은 첫인상을 주기 위한 선생님들의 선의의 행동이었다고 여기면 당시 선생님들의 입장을 더 잘 이해할 수 있다. 상대방 입장에서 생각해보면 같은 상황이라도 달리 보일 수 있다.

샘터

_____

마을 어귀 언덕배기에 높다랗게 서 있는 두 그루의 미루나무 이 파리들이 반들반들한 초록색 앞면과 민트색 뒷면이 바람에 앞뒤로 반짝거린다. 그 너머로는 삼복더위에 달구어졌던 태양이 내일을 기 약하며 서서히 서쪽을 향해 가고 있다. 한낮의 뙤약볕 아래 열기는 어느 정도 수그러들었지만 왕복 십 리나 되는 읍내 길을 다녀온 나 그네는 더위를 식히기 위해 마을 입구에 있는 샘으로 향한다.

마을 입구 샘터에는 먹는 물을 마실 수 있는 샘과 빨래를 할 수 있는 샘이 있다. 먹는 물이 솟아나는 샘이 일정 수준을 넘치면 저 절로 빨래를 할 수 있는 샘으로 물이 흘러가는 구조로 만들어져 있 다. 사시사철 샘에서 솟아나는 지하수는 여름에는 시원하고 겨울에 는 아주 차갑지 않아 약수와 같았다. 마을에는 상수도가 없어 저녁 밥 지을 즈음이면 집집마다 양동이를 들고 먹는 물을 길어야 했다. 힘이 센 어른들은 양손에 양동이를 하나씩 들고 물을 길었고 아주 머니들은 수건으로 똬리를 만들어 항아리에 물을 담아 머리에 이고 다니셨다. 샘은 가뭄에 줄지 않고 추워도 얼지 않아 항상 넉넉히 물을 공급해주었다.

샘터는 먹는 물을 얻는 곳인 동시에 동네 아주머니들이 빨래를 하는 곳이라 의사소통의 공간이기도 했다. 빨래를 하며 이런저런 이야기를 나눈다. 자식 자랑, 남편 험담, 농사일 등 다양한 주제로 이야기꽃을 피웠던 곳이다. 스트레스가 쌓이면 방망이로 빨래를 연신 두드리고 빨래판에 얹어 빡빡 문지르면서 스트레스를 풀었다. 빨래를 물에 헹굴 때 옷에 묻은 때가 빠져나가라는 소리로 "쉬~~ 시~~" 소리를 내며 빨래에 물을 끼얹어 주물러댔다. 빨래가 깨끗해지는 것을 보고 있으면 마음도 개운해진다.

샘터는 아이들의 놀이 공간이기도 했다. 샘터를 빙빙 돌며 얼음땡 놀이를 하다가 쫓아오는 술래를 피하려는 아이들이 미끄러져 넘어지거나 빨래 샘터에 빠진다. 빨래 샘터는 길이 약 5미터 너비 약 2미터 되는 직사각형이라 그 주변을 계속 돌면서 술래가 쫓아간다. 잡히려면 "얼음" 하고 소리치면 그만이니 쫓아가던 술래는 맥이 빠진다. 아주 더운 여름에 아이들은 샘터에서 등목이나 물놀이를 하였다. 가끔은 물고기를 풀어놓고 잡기 놀이를 하며 즐거운 시간을 보냈다. 아이들의 깔깔거리는 웃음소리와 빨래 방망이 두드리는 소리가 샘터를 둘러싼 벽에 부딪쳐 마을로 울려 퍼졌다.

샘터 물이 흘러가는 개천에 나뭇잎을 띄워놓고 누구의 이파리가 더 빨리 떠내려가는지 나뭇잎을 쫓아가다 보면 그 나뭇잎은 마을 앞 논으로 흘러간다. 마을 앞 논은 샘터에서 나온 물을 이용해 대부분 벼농사를 지었다. 그러나 1990년대 웰빙 바람을 타고 미나리 농사가 인기를 얻었다. 마을에서는 벼농사 짓던 논을 미나리꽝으로 만들어 대부분 미나리를 재배해 팔기 시작했다. 미나리는 물이 많이 필요한 식물이라 미나리꽝 주변에 너도나도 지하수를 얻기 위한 관정을 뚫었다. 미나리 농사를 위한 지하수 사용이 급격히 증가해 샘에서 나오는 물은 현저히 줄어들었다. 그리고 마을에 상수도가 공급되고 가정에 세탁기가 공급되면서 샘물은 더 이상 먹는 물이나 빨래 용도로 사용되지 않았다. 시간이 많이 흘러 시골에 가보니 그 옛날 샘터는 흙으로 메꿔져 주차장으로 변해 있었다.

주차장으로 변해버린 샘터에서 그곳이 샘터였다는 흔적은 찾아보기 힘들었다. 삼복더위에 더위를 식혀주던 시원한 샘물도 정겨운 이야기를 나눈 빨래터도 더 이상 보이지 않았다. 주차장이 되어버린 샘터를 보며 기억을 더듬어 그곳에서 뛰어놀던 어린 시절 아련한 모습들을 투영해보았다. 저 아래 어딘가에서 친구들과 깔깔거리던 모습이 콘크리트로 변해버린 주차장에 오버랩 되었다.

변하지 않았으면 하는 바람이 있었지만 시간의 흐름에 버티지 못한 샘터가 불쌍해 보였다. 내가 간직하고 싶다고 해도 변화의 요구에 지킬 수 없었던 것들과 유사해 보였다. 다들 어쩔 수 없었다는 이유는 있고 지키려 최선을 다했다고 위로할 수 있지만 상실감에 대한 아쉬움은 남는다. 그래서 영원한 아쉬움으로 남기 전에 정말 바꾸어야 하는지는 먼 미래를 내다보고 더 중요한 가치가 없는지 숙고해야 할 필요는 있는 것 같다.

수학여행

버스 안에는 3명의 아이들이 2인용 좌석에 촘촘히 앉아 있다. 그 상태로 초등학생들이 먼 여행길에 나섰다. 친구들과 수다를 떨고 게임도 하며 즐거운 시간을 보낸다. 하지만 버스를 타본 경험이 적은 시골 아이들에게는 멀미가 문제였다. 선생님은 학생들에게 개인용 위생봉투를 나누어 주고 멀미약을 챙겨 먹을 것을 당부했다. 그러나 차 타기가 익숙하지 않은 아이들의 멀미는 막을 수 없었기에 버스 안에는 여전히 시큼한 냄새가 진동한다. 그러나 아이들은 창밖으로 지나가는 낯선 풍경에 "저거 봐." 하며 신기해하고 즐거워한다.

시골에서는 버스를 타고 다른 도시로 여행을 갈 기회가 드물어 초등학교 5학년이 되어야 갈 수 있는 수학여행은 아이들에게는 꿈만 같은 여행이었다. 그러나 수학여행을 모두 갈 수 있는 것은 아니었다. 당시 수학여행 비용이 5~6만 원이었지만 많은 친구들이 돈이 없어 여행에 참여하지 못해 그 기간 동안 학교에 나와 자습을 해야 했다. 여행을 가지 못했던 친구들이 가난을 싫어했던 적이 그때가 아니었을까 싶다.

초등학교 수학여행은 당시 광주 상무대(군의 장교 교육기관)에 있는 안보전시관을 관람한 후, 전북 남원의 광한루, 경남 합천의 해인사를 들러 당시 개통된 88고속도로(지금은 광주-대구 고속도로)를 달려 지리산 휴게소를 거쳐 오는 여정이었다. 지금 생각해보니 초등학생에게 안보, 문학, 역사 및 경제에 대한 여러 가지를 보여주었던 알찬 프로그램이었던 것 같다. 상무대 전시관에 들어가니 북한이 파놓은 땅굴 모형과 각종 대포 포탄을 전시해놓았다. 당시 배달의 기수를 보며 자란 아이들은 군과 관련된 전시물들을 보고 아주 좋아했다.

광한루 안에는 이도령이 성춘향의 그네 타는 모습에 반했다는 이야기를 재현하기 위한 커다란 그네가 설치되어 있었다. 당시 신분을 뛰어넘는 사랑으로 사랑의 참모습을 보여주는 본보기가 되는 춘향전 이야기는 지금 생각해보면 현실의 벽을 뛰어넘기 위해 그들이 겪었어야 할 심리적 고통으로 그들의 삶이 평탄치만은 않았을 것 같다.

만약 내 자녀가 이도령과 같이 사랑을 이루려고 많은 것을 포기하거나 모험을 감수하겠다고 하면 허락할 수 있을까? 자녀라고 하지만 나와는 별개의 독립된 존재이고 삶은 그들의 것이니, 그들이 자신의 선택을 후회하더라도 그 또한 그들의 인생이니 자녀가 선택한 대로 내버려 두고자 한다. 해보지 않은 것에 대해 평생 후회하느니 경험해보고 후회하는 편이 인생이 더 풍요해질 것 같기 때문이다.

경남 합천 해인사에는 국보 32호인 팔만대장경이 보관되어 있었다. 팔만대장경은 고려시대 몽골이 우리나라를 침략했을 때 부처님의 힘을 빌려 몽골군을 물리치려고 만들어졌다. 어릴 적 팔만대장경을 다룬 영화가 TV에서 가끔 방영되었다. 목판으로 된 불경을 머리에 얹어 운반하는 우리나라 사람을 몽골군이 칼로 베고 화살로 쏘지만 그 떨어진 대장경을 다른 사람이 다시 들고 가는 모습이 인상적으로 그려졌었다. 그 장면이 기억에 남아 영화에서 보았던 팔만대장경을 직접 눈으로 볼 수 있어 경이로웠다.

수학여행의 재미 중 하나는 숙소에서 아이들과 합숙을 하는 것이다. 방에서 베개 싸움, 말뚝박기 놀이를 하고, 짤짤이로 돈 따먹기를 하며 밤늦도록 놀다가 선생님의 지도로 겨우 잠자리에 든다. 잠자리에 들면 아이들의 장난이 시작된다. 먼저 잠든 아이들은 다음 날 아침에 일어나 얼굴을 보면 경악하게 된다. 얼굴에 점이나 수염 그리는 것은 애교다. 얼굴이 아예 도화지가 되어 그림이 그려진 친구들도 있었다. 이보다 심한 장난도 있었다. 잠자고 있는 친구의 발가락 사이에 타다 남은 성냥을 끼워 불을 붙이면 까맣게 그을린 성냥이 심지처럼 타들어 가니 결국 비명과 함께 깨어난다. 일명 이를 '불침'이라 불렀다. 이렇게 밤에 일어난 일들은 수학여행 중 잊지 못할 일화가 된다.

2014년 「세월호 사고」로, 한동안 아이들의 수학여행이 중단된 적이 있었다. 정말 가슴 아픈 사고였기에 우리 사회가 수학여행을 정상적으로 받아들이기에 시간이 필요했었다. 아이들이 더 많이 보고, 느끼고, 친구들 간에 여러 감정을 나누면서 더 성장할 수 있는 수학여행이라는 기회를 한동안 할 수 없어서 안타까웠다. 우리 아이들이 여행을 통해 더 많이 배울 수 있도록 우리 사회가 안전을 중시해야 하는 이유도 여기 있다.

혹자는 여행은 하나의 인생으로 두 개의 삶을 사는 것과 같다고 했다. 그만큼 여행으로 삶이 풍요해진다. 또한 여행에서 보고 느끼는 것들은 삶을 바라보는 시각을 넓혀줄 뿐만 아니라 한 걸음 물러서 볼 줄 아는 여유도 가르쳐준다. 그러니 기회가 된다면 언제든지 지금 있는 자리를 박차고 나가보자.

초등학교 수학여행 때 찍은 단체 사진을 지금 다시 보니 빛바랜 사진 속에서 친구들의 얼굴이 여행이 주는 설렘과 기쁨으로 하나같이 상기되어 보인다.

겨울밤

저녁밥을 짓고 국을 끓이는 동안 아궁이 속 뜨거운 불꽃은 구들장을 쉴 새 없이 달군다. 그래도 시골집은 춥다. 아궁이와 가까운 방 안의 아랫목은 장판 색깔이 거뭇해질 만큼 열기가 전달되지만 다른 공간은 창호지로 발라놓은 문틈 사이로 차가운 북풍이 계속 들어와 이불을 덮고 있지 않으면 손이 시릴 정도다. 부엌, 안방, 마루, 작은방으로 구분된 집에 안방과 작은방은 '토방'이라 부르는 작은 마루로 이어져 있다. 토방은 여름에는 시원하지만 겨울에는 매서운 북서풍에 바로 노출된 공간이라 겨울에는 주로 방에서만 지내게 된다.

저녁 식사를 마치고 나면 가족들은 TV 앞에 모인다. TV를 켰는데 잘 나오지 않는다. 아마 바람에 안테나가 방향이 틀어진 모양이다. 안테나는 마당을 건너 밤나무에 매달려 있다. 안테나를 돌려 주파수를 제대로 잡으려면 눈이 소복이 쌓인 마당을 가로질러 가야 한다. '가위바위보'에서 진 나는 할머니의 털신을 신고 눈밭을 지나 안테나에 다다랐다. 안테나를 돌리려고 안테나를 만지는 순간 차가워진 금속 안테나는 손바닥의 피부를 강한 힘으로 끌어당겼다. 손을 떼어내려 하자 피부가 찢어질 것 같았으나 아주 천천히 손을 움직여 무사히 임무를 마치고 방으로 귀환한다.

TV를 보며 가을에 추수한 고구마를 먹는다. 겨울날 장독에서 바로 꺼낸 동치미와 먹는 고구마는 한 번에 여러 개도 맛있게 먹을 수 있었다. 다만 소화에 따른 화학작용의 결과가 인체 밖으로 나오려 하면 아쉽지만 소중히 간직했던 방 안의 따스한 공기를 차가운 바깥 공기와 바꿔줘야만 했다.

겨울밤에는 홍시도 많이 먹었다. 차가운 곳에 오래 놓아둔 홍시는 자연스러운 강한 단맛을 주어 맛있다. 속살이 떨어져나가지 않도록 조심스레 껍질을 벗긴 후 큰 수저로 푹 떠서 한 입 넣으면 이가 조금 시림을 느끼기 전에 코와 혀끝으로 전해지는 단맛을 느낄 수 있다. 이가 부실하신 할머니께서 즐겨 드시던 홍시! 가수 나훈아의 <홍시>라는 노래 가사에서 '홍시가 열리면 울 엄마가 생각난다(작사: 나훈아)'처럼 홍시를 보면 돌아가신 할머니가 생각이 난다.

겨울밤 주전부리로는 은행이나 밤도 제격이다. 은행은 기름을 두른 프라이팬에 살짝 볶아 먹었는데 한 번에 많이 먹으면 해롭다고 하여 열 개 이상은 먹지 않았다. 밤은 화로에 구워 먹어야 제맛이다. 화로에 구우려면 껍질을 살짝 벗겨야 밤이 부풀어 올라 껍질과 함께 알맹이가 폭발하는 사태를 막을 수 있다. 구워진 밤을 손바닥에 놓고 호호 불어가며 껍질을 다 벗겨 손바닥에 가득한 누런 밤 알갱이들을 입으로 털어 넣으면 구수함과 파근파근함이 입 안 가득 느껴진다.

시골 마을의 겨울밤은 일찍 내려온다. 오후 5시부터 캄캄한 커튼이 서서히 드리워지더니 저녁밥을 다 먹었지만 겨우 6시다. TV를 보며 이것저것 먹다 보면 어느새 잠잘 시간이 된다. 어릴 적 9시 뉴스 시간이 되면 "어린이 여러분, 이제 잠자리에 들 시간입니다. 일찍 자고 일찍 일어나는 착한 어린이가 됩시다."라고 안내방송을 했다. 그러나 나는 그 시간이 오기도 전에 잠들었던 적이 많았다. 안방에서 TV를 보다가 잠이 들면 나는 어머니 등에 업혀 토방을 거쳐 작은방으로 옮겨졌다. 나는 어머니 등에 업히고 싶어 안방에서 흔들어 깨워도 잠든 척했다. 어리광을 부리는 나를 어머니는 모르는 척 받아주었을 것이다.

작은방은 어머니와 단둘이 자는 공간이라 사람의 온기가 부족해 방문을 열고 들어가면 입김이 날 정도로 추웠다. 어머니는 미리 깔아놓은 두꺼운 홑이불 속으로 재빨리 나를 밀어 넣으신다. 홑이불은 두꺼운 솜으로 만들어져 처음에는 매우 무겁게 느껴진다. 이불의 무게를 이용해 이불 안의 따뜻한 공기가 밖으로 새어 나가지 않게 하는 원리이다. 홑이불에 쏙 들어가 조금 있으면 이내 아늑함이 느껴진다. 그리고 내 발로 어머니의 발을 만지며 어머니가 옆에 있음을 확인하고 긴 겨울밤 꿈나라 여행을 떠났다.

졸업식

'빛나는 졸업장을 타신 언니께 꽃다발을 한 아름 선사합니다… / 잘 있거라 아우들아 정든 교실아 선생님 저희들은 물러갑니다… / …냇물이 바다에서 서로 만나듯 우리들도 이 다음에 다시 만나세.' 초등학교 졸업식에서 울려 퍼지는 졸업식 노래 가사(작사: 윤석중)의 일부다. 1절은 후배가 졸업생에게, 2절은 졸업생이 후배와 선생님에게, 3절은 졸업생이 졸업생에게 이야기하는 내용이다. 오랫동안 정들었던 사람과 석별을 하면서 전할 수 있는 고마움, 아쉬움, 기약 등의 감정들이 모두 담겨 있는 아름다운 가사다.

그 당시 학교에는 졸업식을 할 만한 강당이 없었다. 실내 행사가 있을 때 사용하기 위해 세 개 교실을 구분하는 벽 대신 막아놓았던 미닫이문을 제거하면 그곳에서 졸업식을 할 수 있었다. 행사장이 좁으니 규모는 단출했지만 격식은 제대로 다 갖추어 진행되었다. 보통 축사, 연혁소개 등 의례적 절차가 진행된 후 졸업생 대표가 감사하는 마음과 서운한 마음을 담아 「졸업사」를 낭독하면 이때부터 여기저기에서 훌쩍거리는 소리가 들리기 시작한다. 후배의 「답사」 낭독을 들으며 분위기는 고조되고 졸업식 노래를 부를 때는 많은 학생들이 울음을 참지 못하고 흐느낀다.

강당에서 행사가 끝나면 각자 교실에서 성적표나 개인 상장을 수령하고 사진을 찍기 위해 가족들과 교정으로 향한다. 세종대왕, 이순신 장군, 독서하는 여인과 같은 동상 앞에서 꽃다발을 들고 가족, 친구와 기념사진을 찍는다. 당시 중학교는 남녀공학이 없어 여자 친구들과는 졸업식 날이 마지막이다. 그래서 그런지 자꾸 6학년 내내 짝꿍이었던 친구에게 눈길이 간다. 그 친구도 가족들과 기념사진을 찍느라 정신이 없어 보인다. 그쪽으로 가 사진이라도 같이 찍자, 또는 작별 인사라도 건네고 싶지만 쑥스러워 하지를 못하겠다. 그렇게 서성이다가 말 한마디 건네지 못하고 영영 못 만나는 현실 앞에서 그 아이는 그리움으로 남게 된다.

졸업식이 있던 날 처음으로 자장면을 먹었다. 자장면은 가장 인기 있는 외식 메뉴였고 당시 가격이 오백 원이었다. 시골에서는 외식문화가 거의 없어 자장면은 졸업식 같은 특별한 날에만 먹을 수 있는 음식이었다. 졸업식이 끝나고 중국집에 들어서는 순간 후각을 자극하는 자장면 냄새만으로도 행복했다. 막상 자장면을 함께 먹는 시간은 매우 짧았지만 테이블에 가족이 함께 앉아 맛있는 음식을 함께 먹는 것이 특별한 경험이었기에 오랫동안 기억된다. 지금처럼 탕수육과 같은 다른 요리를 곁들이지 않고 자장면만 먹었지만 배부르고 행복했다.

끝이 있으면 다시 시작이 있듯이 2월 졸업식이 끝나면 3월에 초등학교에서는 1학년 신입생을 대상으로 입학식을 한다. 당시에는 콧물을 흘리는 학생이 많아 신입생들은 모두 왼쪽 가슴에 하얀 손수건을 채웠고 손수건 위로는 노란 이름표를 달았다. 3월 꽃샘추위에 볼이 빨개진 아이들은 '앞으로 나란히'라는 초등학교 내내 듣고 지낼 그 말을 처음 듣고 어리둥절하지만 이내 눈치껏 손을 내밀어 줄을 맞춘다.

부모님의 품에만 있다가 학생으로서 첫발을 내딛는 아이들의 얼굴에는 기대감보다는 두렵고 어색함이 가득하다. 그들을 바라보는 부모님의 마음은 코흘리개 아이를 학교에 보내는 것이 걱정되지만 한편으론 아이가 많이 자라 대견하다는 생각이 든다.

당시에는 학생 수가 많아 한 학급 학생 수가 50명 정도였다. 키가 작은 순에서 큰 순으로 학생 번호를 부여하거나 생일순으로 번호가 정해지기도 했다. 선생님은 많은 학생을 통제하기 위해 체벌을 아끼지 않으셨고 줄 세우기, 단체 기합, 용의검사 등 군대식 문화는 코흘리개 초등학교 학생들에게도 여지없이 적용되어 그런 문화를 일찍부터 습득하였다. 그래서 사회생활을 하는 지금도 개인보다 조직이나 단체적인 행동을 먼저 생각하는 고정관념은 쉽사리 바뀌지가 않는다.

졸업과 입학이 계속 이어지는 2월과 3월이면 끝과 동시에 시작이 있다는 것을 실감한다. 초등학생은 중학생으로 다시 시작하고 학생은 졸업하면 사회인으로 다시 시작한다. 군대를 제대하면 민간인으로 시작하고 연인관계가 종료되면 또 다른 연인을 찾는다. 환갑을 맞이하면 다시 인생 2막이 시작되고 누군가가 죽으면 세상에서의 인연이 끝나는 것이 아니라 남은 사람에게 각인되어 소중한 추억으로 남는다.

인생 전체를 놓고 보면 물질적으로 무에서 나와 무로 돌아가는

것이다. 그러나 소중한 인생이 아무것도 없는 무의 상태로 돌아간
다고 믿고 싶지는 않다. 그러면 인생이 허무해질 것 같다. 내가 이
세상에 존재했음을 다른 사람은 모를지라도 자신은 안다. 그러니
내가 간직할 삶은 더욱 의미 있고 소중하게 살고 싶다.

곤로

어머니께서 시장에 가시며 나더러 할머니 점심을 챙기라고 하셨다. 아침에 끓인 된장국을 데우려고 석유곤로에 불을 피운다. 먼저 곤로 하단에 있는 손잡이를 돌려 심지를 위로 올린 다음 성냥을 그어 그 불을 곤로 심지에 대면 석유를 머금은 심지에 불이 붙는다. 처음에는 까만 그을음이 올라오지만 심지를 좌우로 몇 번 움직여 주면 이내 그을음이 사라져 곤로에 냄비를 올려 국을 데울 수 있다.

김치와 다른 반찬은 어머니가 외출하시기 전 그릇에 소분시켜 꽃무늬 상보자기로 부엌 한쪽에 덮어놓으셨다. 반찬을 상에 올리고 국을 담아 부엌에서 밥상을 들어 안방으로 간다. 안방 아랫목에서 이불을 들춰 공깃밥을 꺼내어 밥상에 올리면 점심이 차려진다. 당시 전기 보온밥솥이 없어 밥이 식지 않도록 아랫목에 공깃밥을 놓고 이불로 덮어 두었다.

유교문화의 영향으로 당시에는 대부분 남자들의 부엌 출입을 삼가시켰지만 나는 비교적 부엌에 자주 들러 어머니께서 요리하는 모습을 지켜보며 가끔 간이나 맛을 보는 역할도 했다. 당시 시골 마을 집의 부엌은 어디를 가나 비슷했다. 아궁이가 보통 두 개 있고 아궁이 반대편엔 땔감을 놓았다. 각 아궁이에는 검은색 무쇠 솥이 얹혀 있다. 아궁이 앞에는 나무 손잡이에 굵은 철사를 꽂아 만든 부지깽이가 그을려진 채 누워 있고 불을 지필 때 사용하는 앉은뱅이 나무의자가 있다. 손잡이를 돌리면 바람이 나오는 풍로는 신식 기계처럼 위풍당당하게 땔감 옆에 자리 잡고 있다.

부뚜막 맞은편에는 설거지통과 그릇을 넣어두는 대나무를 엮어 만든 찬장이 있다. 설거지통은 허리높이의 절구통 위에 놓인 고무대야가 전부이고 찬장에는 일부 사기그릇과 스테인리스 그릇이 놓여 있다. 수저통에는 시집올 때 가져오신 할머니의 놋수저만 빼면 전부 스테인리스 수저. 일본 강점기 말기에 일본이 전쟁 물자를 수탈하기 위해 집 안에 있는 놋쇠 그릇이나 놋쇠 요강까지 모두 가져갔지만 할머니는 놋쇠 수저를 잘 감추어 뺏기지 않으셨다 했다.

부뚜막은 시멘트로 포장되었지만 세월의 흔적으로 반질반질해졌다. 부뚜막 위 나무기둥에는 쌀을 씻기 위한 조리와 밥을 퍼내는 데 사용하는 커다란 나무주걱이 매달려 있고 스테인리스 국자도 하나 걸려 있었다. 나는 가마솥에 밥을 하는 일을 자주 담당했다. 불을 지피다 보면 솥뚜껑 아래로 하얀 김이 나면서 밥물이 넘쳐 흘러나오는데, 이 시점부터는 타고 있는 장작을 일부 꺼내어 불을 잘 조절해야 한다. 세심히 뜸까지 들이고 난 후 밥을 퍼내기 위해 가마솥 뚜껑을 열 때 뭉게뭉게 피어오르는 하얀 수증기가 부엌을 가득 채우면 그 속에서 하얀 쌀밥 냄새가 난다. 구수하면서 따뜻한 그 냄새, 눈을 아련히 감으면 맡을 수 있을 것만 같다.

밥을 덜고 나면 가마솥에는 누룽지가 남아 있다. 나무주걱으로 긁어낼 수 있을 만큼만 긁어내고 물을 부어 숭늉을 만든다. 옅은

둥글레차 맛의 숭늉은 지금은 전기밥솥이 대중화되어 좀처럼 먹기
가 어렵다. 한쪽 솥에서 밥을 짓고 다른 솥은 나물을 삶거나 국을
끓인다. 나박나박 썰린 무와 소고기를 조금 넣고 끓인 소고기 무국
은 내가 좋아했던 국이었다. 소고기도 기름이 대부분이지만 기름기
가 있어 고소하고 무는 시원한 맛을 더해주어 좋았다. 나물 중에는
'데친 배추 무침'을 좋아했다. 배추를 삶은 후 소금이나 조선장으로
간하여 참기름과 마늘, 깨만 넣어 조물조물 무쳐내면 배추의 단맛
과 고소한 참기름 맛이 어울려져 삼삼한 맛이 일품이었다.

　어머니는 매 요리에 MSG가 들어간 조미료를 사용하셨다. 당시
'미원'은 부엌의 필수품이었고, 부엌 한쪽 양념장이 놓인 곳에 항상
중심을 잡고 있었다. 어릴 적 내 입맛은 조금은 자극적인 조미료
맛에 길들여져 있었다. 그래서 지금도 가끔 식당에서 밥을 먹으면
맛있다는 생각이 든다.

　얼마 전 집에서 가족모임을 했는데 시골에 계시는 어머니께서 올
라오셨다. 어머니는 아들 집에 오시면서 미원을 챙겨오셨다. 아직
까지 그것이 있다는 것에 놀랐고 웃음이 나기도 했다. 어머니는 당
신이 만드신 음식에는 아직도 조금씩 미원을 넣는다고 하셨다. 대
부분의 가족들은 조미료가 건강에 좋지 않다는 여론 때문에 조미료
를 안 먹는 추세라 어머니께서 조미료를 넣는 것을 의아해했다. 시
간이 흘러도 변하지 않는 어머니의 요리 비법은 소량의 미원이었던
것이다.

　그러나 조미료가 들어가 있다 하더라도 그 음식 맛은 세상에서
어머니 한 분만 만들 수 있기에 가치를 평가절하 할 수 없을 것

같다. 어머니가 요리에 넣으신 조미료는 추억을 떠오르게 하는 '추억의 조미료'이지 건강에 좋지 않은 조미료라는 생각은 들지 않는다. 추억의 조미료가 들어간 소고기 무국과 데친 배추 무침이 그리워진다.

제4장

자연과 함께한
시간들

"세상에서 가장 아름다운 것이 무엇인가요?"
"사랑을 주는 것입니다."

자연은 항상 아낌없이 주므로 가장 아름답습니다.

봄날

───────────────

연초록 나뭇잎들이 봄 햇살 아래 점점 색을 더해가고 살구꽃, 복숭아꽃으로 채색된 분홍색 산과 들은 이제 아카시아, 이팝나무 꽃에 의해 하얀색으로 변했다. 바람을 타고 툇마루에 내려앉은 송홧가루는 아기 고양이가 어디로 갔는지 알 수 있을 만큼 수북이 쌓였다. 따스한 햇살과 함께 실려 오는 바람은 꽃향기를 가득 전해주고, 들에는 아지랑이가 갓 피어오르기 시작하더니 어느새 오월의 봄비가 대지를 적시고 물기를 머금은 산과 들은 눈이 부시도록 푸르르다.

'날아라 새들아 푸른 하늘을 / 달려라 냇물아 푸른 벌판을 / 오월은 푸르구나 우리들은 자란다 / 오늘은 어린이날 우리들 세상.' 봄의 싱그러움 속에 새싹처럼 자라는 어린이를 잘 비유한 <어린이날 노래>(작사: 윤석중)가 생각나는 계절이다.

오월에는 쉬는 날이 많아 좋다. 그 시작은 어린이날이다. 당시 어린이날에는 지금처럼 아이들에게 장난감을 사주거나 놀이공원에 가는 이벤트는 없었다. 학교에 가지 않고 놀 수 있는 것만으로도 좋았다. 그러나 내게는 어린이날이면 한 가지 기다리는 선물이 있었다. 아버지는 어린이날이면 냉동만두를 사가지고 오셨다. 막내아들이 좋아한다는 이유에서다. 만두가 귀하던 시기에 따뜻하게 쪄내어 호호 불며 먹던 만두는 특별했다. 스무 개들이 만두 한 봉지를 한 번에 맛있게 다 먹었다. 그 모습을 보고 아버지는 나더러 '만두 귀신'이라고 했다. 나도 어른이 되어 매주 금요일에 아이에게 치킨을 사주었다. 그러니 아버지가 나에게 왜 만두를 계속 사주셨는지 그 이유를 알았다. 아이가 맛있게 먹는 모습을 보면 내가 행복해지기 때문이다.

오월엔 어버이날이 있어 부모님에 대한 감사의 마음을 한 번은 되새기고 갈 수 있다. 어린이날을 만든 소파 방정환 선생님께 감사 드리지만 어버이날을 만든 분께도 감사드린다. 부모님 가슴에 붉은 카네이션을 달아드릴 때 부모님은 어떤 마음이셨을까? 그땐 몰랐지만 부모가 되니 알겠다. 자녀들은 부모를 존경하고 사랑하는 마음이 있지만 대부분 표현에는 익숙하지 않다. 그러나 어버이날만은 거리낌 없이 표현할 수 있고 그 표현을 받은 부모는 사랑을 확인한다.

사랑을 꼭 확인해야 좋은 것은 아니지만 확인하면 더 견고해질 수 있다. 항상 근엄하신 모습을 보인 아버지도 어버이날 카네이션 만큼은 하루 종일 가슴에 달고 다니셨다. 지금은 카네이션 바구니가 선물로 대체되었다. 과거 옷핀으로 부모님 가슴에 붉은 카네이션을 달아드릴 때는 '울컥'하는 무언가가 있었다. 주는 사람도 받는 사람도 그 순간은 감사와 사랑의 감정을 느낄 수 있었다. 아직 그 붉은 꽃을 전해드릴 수 있다는 것에 감사하며 돌아오는 어버이날에는 옷핀으로 카네이션을 꼭 달아드리고 싶다.

오월은 본격적인 농번기가 오기 전 무르익은 봄을 즐기기에 안성맞춤이다. 그래서 소풍 겸 봄나들이를 즐기는 사람들로 작은 유원지는 가득 찬다. 시골 마을에는 '꽃동산'이라고 불렸던 작은 유원지가 있었다. 개나리, 진달래가 지면 벚꽃과 철쭉으로 이어지는 꽃의 향연을 계속 즐길 수 있는 작은 공원이었다. 어른들은 술과 음식을 마련해 음악을 크게 틀어놓고 봄을 즐기고 아이들은 유원지에서 파는 솜사탕이나 과자를 먹으며 즐거운 시간을 보내곤 했다. 어른들은 동그란 원을 그려 박수를 치며 노래를 합창하신다. '눈물을 보였나요 / 내가 울고 말았나요 / 아니야 아니야 / 소리 없이 내리는 빗물에 젖었을 뿐이야(중략).' 당시 유행가였던 <어차피 떠난 사람>(작사: 김동찬)의 일부분이다. 아이들도 덩달아 신나 원 안에 들어가 춤추고 같이 봄을 즐긴다.

봄이 무르익을 즈음 석가탄신일엔 읍내에서 행사가 있었다. 학생들은 전야제 행사로 연등을 들고 밤에 거리행진을 했다. 종교와 상관없이 재미있었다. 연등을 들고 오월 봄날의 시원한 밤에 친구들과 장난을 하며 도로를 활보하는 것은 평소할 수 없는 특별한 경험이었다. 오월의 밤하늘을 수놓은 별들 아래 오색 빛깔 연등들이 찰랑찰랑 도로를 흘러가고 한적한 시골 읍내에 불경과 목탁 소리가 은은하게 울려 퍼지는 평화로움이 좋았다. 가끔 연등 안에 들어 있던 촛불이 연등 종이에 옮겨 붙어 소란도 일어나고 오래 걸어 다리가 아파 도중에 집으로 돌아가는 친구도 있었지만 봄날 밤에 그리는 추억 하나로 남아 있다.

오월에는 언제나 어디든지 자리를 박차고 나가도 좋다. 따스한 봄바람 맞으며 어디를 가든 봄의 싱그러움을 느낄 수 있어 좋다. 봄날에 떨어지는 벚꽃 아래에서 좋아하는 사람과 술 한잔 기울일 때, 마시는 잔 속에 건네는 잔 속에 떨어지는 연분홍 꽃잎을 보면 인생의 가장 행복한 시간을 보내고 있다는 생각이 든다. 아름다운 것을 보면 즐겁고 사는 것이 즐거우면 삶이 아름답게 느껴진다. 오월에 우연히 밖을 보니 날씨가 좋거들랑 회사일이든 가정일이든 만사 제쳐두고 밖으로 나가기를 추천한다.

새참

    새참은 일을 하다가 잠시 쉬는 사이 먹는 음식이다. 봄, 가을 농번기에 농민들은 아침 일찍 나가서 쉴 새 없이 일을 해야 했기에 점심 먹기 전 새참으로 소진된 에너지를 보충해야 했다. 새참은 소박하지만 정이 넘치는 음식이다. 고된 일 뒤에 먹는 거라 푸짐하게 담아주며 더 먹으라고 권하는 음식이다. 음식을 먹으며 도란도란 살아가는 이야기를 한다. 인기 있었던 드라마 <전원일기>에서는 들과 논으로 새참을 가져가는 아낙네의 모습과 야외에서 새참을 먹는 소박한 농민들의 모습이 평화롭게 자주 그려졌다.

    여러 종류의 새참이 있지만 따가운 봄 햇살 아래 콩밭을 매다가 잠시 커다란 나무 그늘 밑에서 열무김치와 함께 먹는 국수는 별미였다. '봄에는 며느리에게 일을 시키고 가을에는 딸에게 일을 시키라.'는 말이 있다. 봄볕은 너무 따가워 밭일을 하면 얼굴이 까맣게 그을려진다. 그러니 힘든 일은 며느리에게 시키고 가을에는 햇볕이 약해 얼굴이 그을리지 않고 오히려 비타민 D 합성에 도움이 되므로 좋은 일은 딸에게 시킨다는 말이다. 그만큼 봄날 햇볕은 매우 강하고 그 아래에서 잡초를 제거하는 일은 실로 극한작업 중 하나다.

봄날 콩밭을 매는 상황은 모정을 노래한 <칠갑산>이라는 노래의 가사에 절절히 표현되어 있다. 그 노래의 가사를 빌리자면 '콩밭 매는 아낙네야 / 베적삼이 흠뻑 젖는다(작사: 조운파).'라고 노래하는데 콩밭의 잡초를 제거하면서 땀을 얼마나 흘리기에 물 흡수가 잘 안 되는 옷이 다 흠뻑 젖는다 말인가! 콩밭을 매는 일이 얼마나 고된 일인지 이 노래가 사실대로 말해주고 있다. 한 고랑 작업을 하고 나면 허리를 한 번 펴고 다시 쪼그려 앉아 다음 고랑을 작업한다. 허리와 다리가 얼마나 아파겠는가! 우리 어머니들께서는 그렇게 힘든 김매기를 봄마다 하셨다.

힘든 김매기를 하는 날에 새참은 조금은 시원하고 달달한 음식이 필요했다. 그래서 준비한 새참은 국수다. 국수는 육수를 넣지 않고 삶은 국수에 시원한 물만 부어 만들었다. 여기에 피로회복을 위해 설탕을 많이 넣어 단맛으로 먹는다. 설탕국수는 열무김치와 함께 먹기 때문에 다른 조미가 필요 없다. 일단 시원한 설탕 국물을 한 모금 마셔 갈증을 풀고 국수를 한 움큼 쥐어 입으로 밀어 넣은 상태에서 열무김치 한 젓가락을 입으로 가져가 볼이 터지도록 씹는다. 시원하면서 상큼하고 달달하다. 목이 멘다 싶으면 설탕 국물을 더 마시거나 열무김치 국물을 마시면 된다. 그렇게 서너 젓가락 먹고 나면 국수는 바닥이 난다. 국수가 부족하다 싶으면 삶은 감자를 열무김치에 곁들여 먹는다. 콩밭에는 배추흰나비 한 쌍이 꽃을 찾아 지그재그 날아가고 시원한 바람이 농부의 땀을 스치며 간다. 바로 이 평화로움이 새참의 맛이다.

농번기에는 일손이 부족해 아이들도 일을 도와야만 했다. 모내기는 고난도 기술이 필요해 보이지만 어른들에게 심는 요령을 한 번만 배우고 나면 아이들도 어른 못지않게 모내기에 큰 보탬이 되었다. 당시 시골의 모내기는 모두 수작업으로 했다. 노동력이 많이 필요한 작업이라 순서를 정해 서로 상부상조하면서 한 집씩 모내기를 하였다. 그래서 비가 오는 날에도 모내기를 건너뛸 수가 없었다. 지금은 종영된 예능 프로그램 <무한도전>에서 재미있었던 에피소드 중 하나가 '모내기편'이었다. 출연자들이 비 오는 들판에서 새참을 머리에 이고 논두렁을 달리는 게임을 하는데 논두렁에서 미끄러지며 각종 몸 개그를 보여주었던 그 장면은 그 옛날 모내기의 추억과 동시에 어린 시절의 추억을 소환해주어 재미있었다.

모내기에서는 일정한 간격으로 모를 심기 위해 논두렁을 가로지르는 줄을 이용한다. 줄에는 빨간 띠로 모 심을 위치가 표시되어 있어 그 표시 앞에 모를 심으면 일정한 간격으로 심을 수 있다. 한 줄에 모가 다 심겨지면 줄을 들어 일정 간격만큼 앞으로 이동해 다시 한 줄을 심는 방법으로 모내기를 한다. 초여름이지만 하루 종일 비를 맞으며 차가운 논에 들어가 모를 심는 작업이 쉽지는 않다. 어느 정도 하다 보면 체온이 내려가니 따뜻한 음식이 생각난다. 때마침 비를 피할 수 있는 정자로 새참이 온다. 새참을 담은 광주리를 덮은 보자기를 여는 순간 김이 모락모락 나는 부침개와 고춧가루가 흩뿌려져 있는 겉절이가 담겨 있다. 물론 어른들을 위한 막걸리도 있다. 부침개는 여러 사람이 먹기에 충분했다.

모내기를 위해 물이 가득 채워진 논에 절반쯤 모가 가지런히 심겨 있다. 모내기가 되어 있지 않은 논은 작은 호수처럼 빗방울이 떨어져 작은 파동으로 물꽃을 만든다. 모내기할 때는 안 보이던 개구리들이 새참을 먹을 시간에 논으로 나와 바리톤 조의 음악을 선사한다.

야생간식 1

"엄마, 백 원만!" "뭐 하게?" "과자 사 먹게." "없어." "소원이에요, 백 원만 주세요!" 과자를 사먹고 싶은 나는 누운 채로 발을 하늘로 향해 구르며 백 원만 달라고 조르고 있다. 며칠 전 친구에게 얻어먹었던 뽀빠이 과자가 엄청 먹고 싶었다. 달콤한 별사탕을 찾아 먹는 재미를 다시 맛보고 싶었다. '백 원이 평생소원이라는 소박한 꿈'이 한심스러웠는지 어머니께서는 못 이긴 척하시며 백 원을 주셨다.

항상 배가 고팠던 어린 시절에 돈으로 사야 하는 과자는 먹기 어려웠지만 돈 없이 구할 수 있는 먹거리들로 배고픔을 해소할 수 있었다. 이른 봄 들판의 꽃들이 질 무렵이면 야생 간식들은 하나씩 모습을 드러내기 시작한다.

하얀 손톱만 한 꽃이 지고 나면 산딸기는 초록색 열매를 맺기 시작하는데 아이들은 산딸기 군락이 있는 산비탈 아래 골짜기를 지날 때마다 하루라도 빨리 익기를 바랐다. 산딸기가 익을 즈음엔 가방을 던져놓고 산딸기를 따 먹기 위해 매일 그 골짜기로 간다. 빨갛게 익은 것은 향긋한 향을 풍기며 입 안에 넣으면 달콤하다. 배고픈 아이들은 아직 덜 익은 주황색 딸기까지 모조리 따 먹어보지만 시큼한 맛에 고개를 몇 번 흔들어댄다.

산딸기 옆에는 하얀 꽃을 떨어뜨린 찔레나무에서 어린순이 자라고 있다. 야들야들한 새순을 꺾어 가시를 뜯어내고 껍질을 벗겨 한 입 베어 물면 아삭거리는 식감, 적당한 수분, 달짝지근한 맛을 느낄 수 있다.

개구리 울음소리가 커져가는 들판에는 삐비(표준어는 '삘기')가 지천으로 깔려 있다. 너무 자란 삐비는 하얗게 피어버려 맛이 없으므로 그전에 뽑아 먹어야 한다. 통통한 삐비를 뽑아 즉석에서 까먹거나 한 움큼 집으로 가져와 소금과 같이 씹으면 껌을 씹는 기분도 들어 그 시절 학교만 갔다 오면 들로 삐비를 뽑으러 다녔다.

초여름에 텃밭에 가면 마늘종, 가지, 오이 등 먹을 수 있는 채소들이 많지만 아이들은 밥상 반찬거리는 뒤로하고 야생의 먹거리를 찾아다녔다. 마을 어귀 잡초가 우거진 곳에는 어김없이 까마중이 자라고 있다. 우리 마을에선 까마중을 '먹띠알'이라 불렀다. 까마중은 팥알 크기의 동그란 초록색 열매들이 까만색으로 익으면 먹을 수 있다. 방울토마토가 터지듯이 입 안에서 터지는 까마중 열매는 새큼달큼한 맛이 나고 먹고 나면 혀와 입 안이 까맣게 변해 혀를 내밀고 서로 웃곤 했다.

먹는 풀 중에는 괭이밥이라는 것도 있었다. 토끼풀처럼 세잎클로버 모양이고 그 잎을 뜯어 씹으면 굉장히 신맛이 난다. 요즘 아이들이 신맛 과자를 먹는 모습처럼 괭이밥을 먹고 나서 한쪽 눈을 찡그리며 신맛을 표현하곤 했다.

단것이 먹고 싶으면 꽃을 찾았다. 겨울에서 봄으로 넘어가는 계절에는 하얀 눈 위에 떨어진 붉은 동백꽃이 만발해 있다. 특히 방금 땅에 떨어진 동백꽃에는 단맛이 진했다. 동백꽃의 꼬투리 부분을 입에 대고 쪽쪽 빨면 단물이 나왔다. 그러나 나무에 피어 있는 동백꽃을 일부러 따서 빨아보면 단맛이 별로다. 우리는 그것들은 아직 익지 않았다고 여겼다.

단맛은 학교 교정 화단에 심겨 있는 사루비아(학명: 샐비어) 꽃도 가지고 있었다. 사루비아는 빨간색 꽃을 깨꽃처럼 무수히 피웠다. 사루비아꽃의 꼬투리를 쪽쪽 빨면 달콤함이 느껴진다. 단맛에 중독된 아이들이 쉬는 시간마다 사루비아를 먹으니 교감선생님께서는 사루비아꽃 따 먹는 것을 금지시켰다.

가을에 쉽게 만날 수 있는 먹거리는 '포리똥'이었다. 보리수나무 열매를 우리는 그렇게 불렀다. 포리똥은 큰 것은 앵두 크기만 하고 작은 것은 콩알 크기다. 큰 보리수나무 아래쪽에 있는 열매는 빨갛게 익기 전에 아이들의 손에 사라지지만 높은 곳의 열매는 무동을 태우거나 장대를 이용해 수고를 들이면 먹을 수 있었다.

풍성한 가을이 지나고 겨울에는 좀처럼 야생에서 먹을 것을 찾기 어렵다. 그나마 먹을 수 있는 것은 칡이었다. 낙엽을 다 떨어트린 나뭇가지들 사이에서 거미줄처럼 내려와 있는 칡넝쿨을 발견하기란 그리 어렵지 않았다. 굵기가 가느다란 넝쿨 밑을 파보면 팔뚝만 한 칡이 나오고 두꺼운 넝쿨 밑을 파면 종아리 굵기의 칡이 나오기도 했다. 쌉쌀한 맛의 칡은 먹을 것이 부족한 아이들에게 좋은 간식거리였지만 이가 누렇게 변하는 현상은 감수해야 했다. 그래도 '없어서 못 먹는다.'는 말이 일상화될 만큼 항상 아이들은 무언가에 고파했고 무언가를 열정적으로 찾아다녔다.

목마른 사람이 우물을 판다고 한다. 어린 시절엔 항상 배가 고파서 누가 시키지 않아도 학교에서 돌아오면 먹을 것을 찾아 산과 들로 열심히 다녔다. 반면, 지금 아이들은 물질적으로 풍족하다. 이 풍족한 환경 속에서 그들이 스스로 열정을 가지고 할 만한 것이 무엇일까? 그런 것들을 찾도록 어른들이 도와주어야 한다. 예전처럼 무언가를 결핍시키면 아이들이 스스로 우물을 파듯이 자신의 일을 찾아갈 수 있을까? 지금의 시대는 그 옛날과 다르다. 그들이 스스로 열정적으로 할 수 있는 그 무언가를 찾게끔 많은 경험을 쌓아주고 가까이서 응원해준다면 아이들은 그 경험을 토대로 자신들이 원하는 바를 찾을 것이다.

보리타작

고구마를 수확한 밭은 어느새 하얀 서리가 내려 겨울이 시작되었음을 알려준다. 겨울이 오면 고랑이 깊었던 고구마밭은 보리를 심기 위해 평평한 밭으로 변신한다. 밭을 오가며 잘 말려진 보리를 흩뿌리고 농기구로 흙을 골라주면 보리는 땅속으로 들어가 겨울에 싹을 틔울 준비를 마친다. 보리는 흙 이불을 덮고 찬 서리와 흰 눈 속에서 인고의 시간을 갖고 엄동설한에 초록색 어린싹을 대지 위로 밀어내기 시작한다.

보리 싹이 나기 시작하면 얼었던 대지가 녹으면서 흙과 함께 뿌리가 뜬다고 하여 이 시기에 보리를 밟아주었다. 풀은 밟으면 죽지만 보리는 밟아주면 더 잘 자란다는 어른들의 말이 잘 믿어지지 않았지만 꼼꼼히 밟으며 애써 심은 보리가 죽지 않기를 바랐다.

부드러운 보리 순은 훌륭한 된장국 재료가 되었다. 이른 봄에 나오는 쑥과 냉이와 더불어 보리를 넣어 끓인 된장국은 눈과 입으로 즐기기 전에 그 향만으로 땅이 주는 선물 같았다. 듬성듬성했던 보리는 쑥쑥 자라 보리밭은 금세 초록색으로 물들여지고 이른 봄 분홍 꽃이 한창인 풍경과 대조적으로 싱그러움을 준다. 바람에 하늘거리는 보리밭을 바라보는 것이 좋다. 무언가 시작하는 이들의 풋풋함이 있는 것 같고 일렁이는 초록의 움직임을 보면 마음이 편해진다. 그래서 가끔 도시를 벗어나 드라이브를 하다가 일렁이는 보리밭을 보면 저절로 그 옛날 고향이 그려진다.

보리밭에 가면 보리피리를 불고 싶어진다. 보릿대를 양쪽에 막힌 곳 없이 자른 후 한쪽 끝부분을 양 갈래로 갈라 불면 중저음 대역의 피리 소리가 난다. 또한 한쪽이 마디로 막혀 있는 보릿대는 윗부분을 2센티미터가량 세로로 가른 후 막혀 있지 않은 부분으로 있는 힘껏 불면 갈라진 틈새로 공기가 새어 나오면서 매우 높은 음역대의 소리가 난다. '삑삑', '삐리리리' 울리는 보리피리 소리가 아이들에 의해 산과 들로 퍼지면 가끔 피리 소리를 친구 소리로 착각하는 산새들이 응답한다.

봄볕에 누렇게 익은 보리는 초여름이 되면 추수할 시기가 된다. 보리 베기와 타작은 매우 힘든 작업 중의 하나였다. 날씨는 덥고 드넓은 보리밭의 보리를 허리 숙여 낫으로 베는 작업이 너무 힘들다. 또한 '까끄라기'라고 부르는 보리 수염이 옷 속이나 코 안으로 들어가 가렵고 보리를 기계로 타작할 때 나는 먼지는 숨이 막힐 지경이다.

보리를 다 베고 나면 경운기와 탈곡기를 기다란 고무벨트로 연결해 탈곡을 시작한다. 탈곡이 시작되면 'ㄱ' 자로 생긴 탈곡기 위 송풍구에서는 탈곡되어 잘게 부서진 보릿대가 바람에 날려 차곡차곡 쌓이기 시작한다. 보릿대가 산처럼 쌓이면 어느새 해가 뉘엿뉘엿 넘어가려 하고 끝나지 않을 것 같던 보리타작도 끝이 보인다.

보리타작은 이삭줍기로 마무리된다. 어머니는 그 넓은 보리밭에 흩어진 이삭 하나라도 더 줍기 위해 몇 번을 왔다 갔다 하신다. 그 많은 보리를 수확했는데 그것까지 다 주워야 하나 생각했지만 당시 곡식과 농사의 소중함을 아이인 나로서는 모르기에 할 수 있는 불평이었다. 이삭을 줍다가 가끔 보리밭에 뿌리를 내린 밀 이삭을 주울 때가 있다. 밀은 보리보다 알갱이가 더 크니 구워 먹기에 좋았다. 불에 구워진 밀 이삭을 손으로 비벼 알갱이를 입에 털어 넣으면 겉은 바싹하지만 톡 터지는 풋풋한 밀 알갱이의 비린 맛과 고소한 맛이 어우러졌다.

보리밭은 추수가 끝나면 또 다른 식물의 경작을 위해 일부러 불을 놓아 태웠다. 지금은 대기가 오염된다고 보리밭 태우기를 금지시켰지만 보리 추수가 끝나갈 무렵 당시 시골에서는 보리밭을 태운 연기가 여기저기 피어 올라왔고 그 냄새가 결코 싫지만은 않았다. 과거에 저물어가는 노을을 배경으로 밭에서 피어오르는 연무가

정겹기까지 했었지만 지금 생각해보면 대기가 매우 오염되었다고 추정된다. 시간이 흐르면서 중요한 가치가 변하듯이 그땐 농사일이 다른 것보다 중요했지만 지금은 농사일보다 환경이 더 중요한 가치로 변했다.

그러나 시간이 흘렀어도 변하지 않은 것은 싱그러운 보리밭을 보면 여전히 아름답다고 느껴지는 반면 밀레의 '이삭줍기'라는 그림을 보면 평온한 느낌보다는 그들이 이삭을 줍기 위해 얼마나 고생이 많았을까 하는 생각은 변함이 없다. 왜냐하면, 나는 어머니에게 드넓은 보리밭에서 끝없이 이어지는 이삭줍기를 그만하자고 계속 투정을 부렸기 때문이다.

닭

　지금이나 예전이나 시골에서 닭은 아주 유용한 동물이다. 동이 틀 무렵이면 어김없이 우렁찬 목소리로 잠을 깨워주고 매일 싱싱한 계란을 공급해주며 고기가 귀하던 시절에 단백질을 보충해주는 고마운 존재였다. 어릴 적 집에서 닭을 길렀다. 닭들은 보통 한낮에는 마당에서 활동하며 땅을 파 지렁이를 잡거나 텃밭에서 풀을 먹고 밤에는 닭장에서 지낸다. 닭은 수시로 계란을 낳고, 병아리도 금세 자라 다시 닭이 되니 그 숫자가 늘어나면 시장에 내다 팔기도 하여 가정 경제에 큰 도움이 되었다.

　닭을 키울 때 가장 재미있는 일은 아침에 계란이 몇 개 있나 확인하는 거다. 계란은 별다른 수고 없이 매일 받는 선물과 같았다. 짚을 엮어 만든 둥지 안에는 언제나 두세 개의 계란이 있었다. 어른들은 갓 꺼낸 계란을 이빨에 톡톡 부딪혀 작은 구멍을 만든 다음 훅 빨아들여 계란을 먹었지만 아이들은 비리다는 이유로 프라이로 먹거나 삶아 먹었다. 하지만 닭의 개체수가 줄어들면 병아리를 기다리며 계란을 그냥 놔두었다.

　초봄 겨우내 얼었던 흙으로 된 마당이 녹으면 수분을 머금은 마당은 진한 고동색으로 변한다. 이맘때 그 마당 한쪽의 작은 꽃밭에는 항상 노란 수선화가 핀다. 담벼락 밑에는 봄의 전령인 개나리가 이미 활짝 피었다. 갓 부화된 노란 병아리들은 따스한 봄 햇살 아래 흙을 발로 헤치며 먹이를 찾는다. 모든 것이 신기한 병아리들은 새로운 환경에 몸을 가누지 못해 뒤엉키고 넘어지기 일쑤다.

그런데 닭이 마당에 풀어져 있으면 나는 긴장된다. 닭 중에서 수탉은 어린 나에게는 매우 무서운 존재였다. 덩치가 육중하고 부리는 단단하며 발톱도 날카로웠다. 또한 자신의 영역을 지키려는 본능으로 내가 암탉이나 병아리 쪽으로 다가가려 하면 공격하는 태세를 취했다. 그래서 나는 수탉 옆을 지날 때면 수탉의 눈을 피했다. '너와 나는 무관한 존재다.'라는 기분으로 수탉 옆을 살금살금 피해 다녔다. 나에게 기세등등한 수탉이지만 침입자에게는 나약한 존재였다.

어느 날 아침 닭장에 가보니 닭의 깃털이 흩어져 있고 닭 한 마리가 사라졌다. 가는 철사로 만들어진 닭장에 상당한 크기의 구멍이 나 있었다. 족제비가 수탉을 잡아갔다. 닭장 안에 들어오는 족제비를 보고 닭들은 얼마나 놀랐을까. 그리고 친구가 잡혀가는 모습을 보며 어떤 생각이 들었을까? '나만 아니면 돼.'라고 생각했을까? 아니면 처절한 광경을 보고도 도와줄 수 없는 자신의 신세를 한탄하며 비통해했을까? 기억력이 좋지 못하고 어리석은 사람을 비유해 '닭대가리'라고 부르는 것을 감안하면 닭들은 그 순간에는 슬퍼했을지언정 아침이면 지난밤에 아무 일이 없었다고 지내는 것 같았다.

닭을 정성스레 키웠던 이유 중 하나는 고기가 귀하던 시절 고기를 먹을 수 있게 해주었기 때문이다. 닭을 잡는 날이면 난 특별히 즐거웠다. 어머니가 양념에 무쳐주신 생 닭똥집을 먹을 수 있어서다. 신선한 닭똥집을 깨끗이 손질한 후에 알맞은 크기로 잘라 간장, 설탕, 참기름, 간 마늘, 고춧가루 등을 넣어 양념을 한다. 생으로 먹는 닭똥집의 식감은 아삭거리고 약간 냄새가 날 수 있다는 선입견은 맛있는 양념에 없어진다. 지금은 닭똥집을 날것으로 먹는다면 이상하게 생각하지만 그때는 최고로 맛있는 음식 중 하나였다.

닭고기는 삶아 백숙으로 자주 먹었다. 당시 닭들은 알을 품고 있어 닭을 삶으면 배 안에 자라고 있는 작은 계란들을 먹는 재미가 쏠쏠했다. 항상 닭다리는 아들들의 차지였고 부모님은 자식들이 맛있게 먹는 모습을 지켜보시고 난 후에 몇 점의 고기를 드셨다. 먹거리 중에 닭이 더 중요한 재료가 된 것은 치킨이 등장해서다. 초등학교 시절 부모님을 따라 시장에 갔는데 어디선가 고소한 냄새가 났다. 바닥에 큰 가스버너를 두고 그 위에서 닭을 튀기고 있었다. 당시 닭튀김은 밀가루 반죽만 엷게 입혀 튀긴 것이었고 한 마리는 그 양이 푸짐했다(닭발, 닭똥집, 심지어 닭대가리마저 튀겨 넣어주었다). 처음 치킨을 먹었을 때 고소하고 짭짤하면서 바삭거리는 맛이 신세계가 열린 듯했다.

지금은 그때보다 더 맛있는 치킨들이 많이 등장했다. 고추맛, 파닭, 간장맛 등 먹어보면 약간 자극적이지만 맛있다. 그러나 어린 시절 시장에서 처음 먹었던 그 고소한 치킨은 찾기가 어렵다. 만약 그 맛을 잘 재현해낸다면 그 치킨은 대박이 날까? 아닐 것이다. 시장은 변하고, 경제활동은 철저히 돈의 흐름에 따라 움직인다. 예전의 고소한 튀김은 추억의 맛은 될 수는 있지만 돈을 많이 벌지는 못할 것 같다. 그래서 옛날 통닭은 주요 치킨브랜드에서는 찾아보기가 어렵고 가끔 재래시장에서나 볼 수 있다. 추억을 상품화하면 성공할 것 같지만 성공하리라는 보장은 없다.

추억도 항상 삶을 즐겁게 해줄 수는 없다. 추억에 묻혀 사는 것은 발전이 없는 어리석은 짓이다. 추억은 가끔 먹는 옛날 통닭처럼 문득 떠올렸을 때 그 진가를 발휘한다. 누군가 그립고 위로가 필요할 때 우린 추억한다.

가을의 여유

　가을 아침 들녘에는 밤새 드리워진 안개가 자욱이 깔려 있다. 게으러진 가을 햇살은 안개를 쫓아내기에는 역부족인지 한참이 지나서야 파란 가을 하늘이 조금씩 눈에 들어온다. 어느새 안개가 산허리를 지나 자취를 감추면 선명히 드러나는 산야에는 익어가는 가을색이 완연하다. 산은 연주황, 선한 노랑, 연갈색으로 갈아입었고 들판은 황금색으로 물들어 가고 있다. 가을은 어디를 가더라도 아름답다. 아이들은 가을 속으로 들어가기 위해 산과 들로 향한다. 마을 귀퉁이에 자리 잡은 감나무는 가을 햇살 아래 감을 주렁주렁 매달고 있다. 아직 홍시가 되지 않아 먹을 수는 없지만 담장 너머로 늘어진 감나무 가지에 주홍빛 감들은 바래져가는 나뭇잎들과 어우러져 가을의 정취를 더해준다.

　까딱거리는 강아지풀과 하늘거리는 은빛 억새들의 배웅을 받으며 언덕배기 밭둑을 넘어가니 너른 밭에는 아직 수확하지 않은 고구마가 자주색 덩굴 밑에서 마지막까지 당분을 저장하고 있다. 아이들은 산과 들에 먹을 것이 많을 거라는 예상으로 고구마는 그냥 지나친다.

오늘 아이들의 주목표는 산 중턱에 있는 야생 밤나무밭이다. 야생 밤나무는 주인이 없기에 밤이 익을 무렵이면 날마다 한 번씩 들러 밤을 주워 오곤 했다. 밤은 시간이 되면 저절로 껍질을 벌려 탐스러운 진갈색 알맹이를 드러내고 땅으로 떨어지니 일부러 장대를 이용해 딸 필요는 없다. 다만 벌어진 밤송이를 두고만 볼 수 없다면 조금 흔들어주면 된다. 그런데 밤나무 밑에 있다가 떨어진 밤송이에 머리를 정통으로 맞아본 사람들은 그 두려움을 알기에 누가 밤나무를 흔들면 소스라치게 놀라 도망을 간다.

밤나무가 많다 보니 한 시간만 주워도 금세 주머니에 밤이 가득 찬다. 줍다가 배고프면 생밤을 먹고 또 줍다 보면 밤 줍는 재미에 시간 가는 줄 모른다. 아직 벌어지지 않은 밤송이는 양쪽 끝부분을 신발로 밟고 지그시 눌러주면 밤 알맹이가 툭 하고 튀어 오르고 더 단단한 밤송이는 나뭇가지나 준비한 도구로 손쉽게 깔 수 있다. 가을이 주는 선물과 같은 밤을 주우면 '수확이 주는 재미가 이런 거구나.' 느낄 수 있다.

밤을 가득 담은 아이들은 가을 산이 주는 또 다른 먹을거리를 찾아 나선다. 야생 머루는 항상 있던 자리에 있어 그 장소를 아는 아이들은 가을에 그곳을 찾아간다. 머루는 알맹이가 작아 잎에 가려져 아이들이 찾기 전까지는 남아 있었다. 가을 햇살에 당분을 가득 담은 머루는 한 움큼 먹으면 그 달콤함이 입 안에 쫙 퍼진다. 세상에 없는 달콤함이다. 자연이 이렇게 단맛을 만들 수 있나 할 만큼 가을날 야생 머루는 자연스러운 단맛이 강하다. 머루를 먹은 아이들은 혀를 내밀어 서로의 혀를 확인하고 웃는다. 붉어야 될 혀는 쪽빛으로 변해 있고 그 색은 여간하여 잘 없어지지 않는다.

가을 산야는 걷는 것 자체가 즐거움이다. 아이들은 가을을 더 만끽하려고 쉬이 집에 가지 못한다. 그러다가 높다랗게 서 있는 나무에 배는 아니지만 배와 비슷한 열매를 발견한다. 나무 밑에 떨어진 것을 옷으로 슥 닦아 먹어보니 완전한 단맛은 아니지만 먹을 만한 새큼달큼한 돌배다. 크기와 익은 정도가 다양한 돌배는 크고 잘 익은 것만 골라 한 입 베어 물면 아삭하고 배즙도 그럭저럭 나온다. 배는 비싼 과일이라 돌배로 배를 맛볼 수 있다는 자체가 아이들에게는 즐거운 일이었다.

먹거리로 배를 채우고 일용할 양식을 챙겨 산에서 내려와 언덕배기 고구마밭으로 돌아오니 어느새 가을 해는 서산으로 뉘엿뉘엿 넘어간다. 황금빛 들판은 저녁노을을 받아 더욱 빛나고 마을 집집마다 연기가 하나 둘씩 피어올라 더없이 정겹기만 하다. 저녁노을에 비친 아이들의 주황색 얼굴에는 가을빛 미소가 가득하고 집으로 향하는 발걸음은 더없이 가볍다. 아이들이 지나가고 노을색 바람이 부는 길에는 내일 아침 먹이를 잡으려는 거미가 하얀 거미줄을 치고 있다.

강아지

조용한 시골 마을에 낯선 사람이 오면 제일 먼저 본 개가 짖기 시작한다. 개들은 자신의 존재 이유를 알리려고 옆집 개가 짖으면 같이 짖어 잠시 후 온 동네 개가 짖는다. 1980년대 개는 지금의 반려견과 같은 존재가 아니라 하나의 가축이었다. 다만 집을 지켜주고 반갑게 맞아주기에 다른 가축보다는 더 친근했다. 당시에 지어준 개 이름은 대부분 '메리'나 '해피'였다. 왜 그랬는지는 정확히 모르겠으나 당시에는 영어 이름이 대세였다. 색깔에 따라 한국식 이름인 누렁이, 흰둥이, 바둑이, 검둥이도 있었다.

어릴 적 부모님은 시장에서 강아지를 사오시곤 했다. 작고 털이 뽀송한 강아지는 너무나 귀여웠다. 낯선 곳으로 온 강아지는 적응하느라 며칠간 계속 울어댄다. 엄마를 그리워하는 목소리 같았다. 당시에는 강아지를 집 안에서 기르지 않고 야외 창고와 같은 헛간에서 기르니 어린 강아지가 캄캄한 저녁에 무서웠을 것이다.

강아지는 보통 3개월이 넘어야 면역력이 갖추어지고 잘 자랄 수가 있는데 그 전에 병에 걸리면 병원도 없어 달리 방법이 없었다. 어느 해 겨울 유난히 추웠다. 세 달 키운 강아지는 그날도 헛간에서 자야 했다. 날씨가 너무 추워 종이 박스를 구해다 볏짚을 깔아 강아지의 잠자리를 마련해주었다. 그날 겨울밤은 유독 추웠다. 아침에 일어나 바로 헛간으로 가보니 애석하게도 강아지는 싸늘한 주검이 되어 있었다.

처음으로 같은 추억을 가진 누군가가 죽었다는 게 실감이 나지 않았다. 그래서 펑펑 울었다. 당시 개들이 병들어 죽어도 잘 손질해 먹었으나 난 부모님께 그 강아지를 땅에 묻어주겠노라 했다. 추운 겨울날 야산의 양지바른 곳에 고사리손으로 언 땅을 판 후 강아지를 묻고 흙을 덮어주었다. 작은 봉분을 만들고 나무 십자가를 봉분 위에 꽂았다. 길지는 않았지만 같이 있었던 시간 동안 정이 들었었다.

키웠던 강아지를 떠나보내고 얼마 지나 어머니는 장에서 다른 강아지를 사가지고 오셨다. 보통 강아지는 1년 지나면 제법 어른 개가 되어 산과 들로 같이 다닐 수 있다. 여름이면 강으로 수영을 같이 가고 겨울에 눈 내리는 벌판을 같이 달린다. 자전거를 타고 읍내에 가려 하면 헐떡거리며 따라오고 산으로 나무하러 갈 때, 밭으로 일하러 갈 때도 어디든지 함께 따라나선다. 학교에 갈 때는 자신이 따라가지 말아야 할 곳인 줄 알고 따라오지는 않는다. 아마 학교 가방을 메고 집을 나설 때 따라오려다 몇 번 쫓겨나니 그 경험으로 알고 있는 것 같다.

그렇게 정이 들면서 키우던 동물이지만 당시 시골에서는 개를 가축으로 생각했기에 적당한 시기가 되면 잡아먹거나 장에 내다 팔았다. 특히 여름 복날에는 개장수들이 동네를 돌아다니며 어슬렁거리는 개들을 몰래 잡아가 동네의 많은 개들이 사라지곤 했다. 어른들은 개를 고기로 잘 먹지만 같이 지냈던 개를 어린 나는 차마 먹지는 못했다. 다만, 다른 집에서 가져다준 고기는 먹었다. 지금은 '어떻게 키우던 개를 잡아먹을 수 있지.'라는 생각이 들지만 당시 개는 그런 운명을 지닌 가축이었기에 가능했다.

살아오면서 만난 많은 개들 중에 어떤 개는 나에게 친구로서 의미를 갖지만 어떤 개는 나에게 가축 그 이상의 것은 아니었다. '내가 그의 이름을 불러주자 그는 내게로 와 꽃이 되었다.'는 김춘수 님의 「꽃」이라는 시처럼 내가 의미를 주었을 때 어떤 것은 내게 즐거움을 주고 추억이 담긴 소중한 것이 되지만 의미를 주지 않으면 탄소로 이루어진 물체에 불과하다.

주변의 상황이나 존재에 의미를 두는 것은 자신이 그들과 함께 영향을 주고받으며 세상을 더불어 살아가고 있음을 알게 해준다. 그러나 자신의 주변에 모두 존재와 상황에 의미를 부여하고 그 의미들이 도움이 되는 것이라면 더욱 좋겠지만 이는 너무 복잡한 세상을 살아가기에 좋은 방법은 아니다.

때로는 자신이 남에게 잊히거나 과거에 의미 있었던 사람이 내게 의미가 없어지더라도 너무 신경 쓸 일은 아니다. 살아가며 모든 사람에게 의미 있는 존재가 되고 만나는 사람마다 큰 의미를 부여한다면 너무 피곤하다. 그래서 적정한 의미부여와 그에 맞는 열정의 투입이 중요하다. 우리의 열정은 한계가 있으니까.

고구마

어릴 적 고구마는 가장 친숙한 작물이었다. 초여름 보리 베기가 끝나고 장마가 시작되기 전에 고구마를 심는다. 보리를 베고 난 밭에 고구마를 심으려면 경운기로 먼저 '로터리 작업(경운기에 기계를 부착해 땅을 고르는 작업)'을 해야 한다. 마을에서는 오직 이장님 댁에만 경운기가 있어 이 시기에 이장님은 이 집 저 집 작업을 해주시느라 분주하셨다. 로터리 작업을 하는 경운기 소리는 보리농사가 끝나고 다른 농사가 시작되는 시기를 알렸다. 작업으로 평탄해진 밭에는 다시 경운기나 농기구로 고구마를 심기 위한 고랑을 만든다.

고구마는 다른 밭에 따로 심어놓은 고구마 넝쿨을 잘라 새로 심는 밭의 이랑(흙이 파인 고랑과 반대로 흙이 솟은 부분)에 옮겨 심으면 그만이다. 초여름 뜨거운 볕 아래 심긴 고구마는 금세 줄기가 축 처져 금방이라도 죽을 것만 같다. 그러나 하루 이틀 뒤에 비가 오고 나면 고구마는 생기를 찾고 대지의 기운을 받아 옆으로 쭉쭉 뻗어나간다. 뻗은 줄기가 그 아래 뿌리를 내리고 태양에서 받은 양분을 뿌리에 저장하면 새알 크기의 고구마는 가을에 주먹만큼 커진다.

고구마는 열매뿐만 아니라 줄기도 유용하다. 줄기 끝부분의 여린 잎과 줄기는 살짝만 데쳐 된장에 무치면 좋은 나물이 된다. 또 다 자란 고구마 순은 하나하나 껍질을 벗겨 볶음을 해 먹거나 생선조림에 같이 넣어 먹으면 맛있다. 한여름에 고구마 순은 무럭무럭 잘 자라니 솎아내도 가을에 열매를 맺는 데는 아무런 영향을 주지 않는다. 그래서 시골에선 여름에 껍질을 벗긴 고구마 순을 시장에 내다 팔았다.

　어머니께서도 고구마 순을 장에 내다 팔았기 때문에 나는 고구마 순이 자랄 때면 순의 껍질을 벗기는 일을 자주 해야만 했다. 장맛비가 내리는 여름날 토방에 앉아 처마 밑으로 흘러내리는 빗물과 마당에 떨어져 부서지며 튀는 빗방울을 멍하니 바라보고 있으면 마치 하늘에서 미꾸라지가 땅에 떨어져 퍼덕이는 것처럼 보인다. 비 내리는 모습을 보며 하는 작업이 평화로워 보이긴 하지만 단순한 작업을 계속 반복하다 보면 껍질을 벗기는 기계를 발명해서라도 이 지루함에서 벗어나고 싶다는 생각을 자주 하곤 했었다. 그렇지만 고구마 순이 생계에 많은 도움을 주었다는 사실은 부인할 수가 없다.

　고구마 순을 장에 내다 파는 일이 얼마나 고된 일인지는 그 과정을 보면 알 수 있다. 고구마 순이 한창일 때 어머니는 새벽에 일어나 가마솥에 고구마 순을 삶고 동이 트기 전 그것을 머리에 이고 시장까지 30분을 걸어가신다. 그리고 시장 좌판에 고구마 순을 놓고 하염없이 손님을 기다리신다. 어느 정도 팔리면 아침 먹기 전 장에서 돌아오시면서 옥수수나 찐빵을 사오시곤 했다. 전날 작업의 노고에 대한 보답이다.

아침을 먹고 나면 어머니는 밭에 나가 당일 작업할 고구마 순을 넝쿨째 베어 오신다. 그리고 가져온 넝쿨에서 고구마 순을 하나씩 분리해낸다. 한두 시간 이 작업을 하면 오전이 다 간다. 분리된 고구마 순은 껍질이 잘 벗겨지라고 소금물에 한 시간 담가놓는다. 점심을 먹고 나면 본격적으로 고구마 순 껍질을 벗기기 시작하는데 어머니, 할머니, 나, 누나 네 명이 두세 시간 작업을 해야 두 팔로 안을 크기의 고구마 순 두 다발이 완성된다. 벗겨진 고구마 순은 다음 날 새벽에 삶아진다. 이런 일을 어머니는 여름 내내 매일 하셨다.

고구마 수확은 가을에 벼베기나 다른 추수가 한창인 시절에 진행된다. 그래서 가을 농촌은 무척이나 바쁘다. 수확을 하려면 먼저 고구마 줄기를 말끔히 걷어내야 한다. 그다음 힘이 좋은 남자가 쇠스랑(삼지창처럼 생긴 농기구)으로 흙을 파헤치면 여자와 아이들이 호미로 흙을 조금씩 파내며 고구마를 캐낸다. 수확된 고구마는 방 한편에 큰 냉장고 포장 박스를 두어 그 안에 저장해둔다.

저장된 고구마는 겨우내 생으로 깎아 먹거나 가마솥에 삶아 동치미와 곁들여 먹었다. 밀가루 반죽을 입혀 튀김으로도 먹고 함박눈 내리는 날에는 모닥불에 구워 호호 불어가며 먹었다. 또 삶은 고구마를 절편으로 썰어 약간 말리면 단맛이 훨씬 강한 이색적인 간식이 되었다. 겨우내 먹다 남은 고구마는 약 1센티미터 두께로 잘라 햇볕에 잘 말린다. 말린 고구마는 전분가루가 필요한 과자 공장에서 좋은 가격으로 구매해 간다. 그렇게 고구마의 일생은 초여름에 시작되어 겨우내 방에서 친구로 지내다가 겨울이 끝나면 과자 공장으로 팔려나갔다.

어린 시절 고구마는 지겹도록 고구마 순을 작업을 해야 하니 좋아할 수 없고 그렇다고 많은 것을 안겨다 주니 미워할 수도 없는 그런 작물이었다. 사람도 좋아할 수도 미워할 수도 없는 그런 사람이 있다.

허수아비

1982년 MBC 대학가요제 대상 수상곡 <참새와 허수아비>의 가사는 참새를 쫓아내야 하는 허수아비의 운명을 통해 이루어질 수 없는 사랑을 잘 그려냈다. 가사의 일부를 잠시 빌리자면 '들판에 곡식 익을 때면 날 찾아 날아온 널 / 보내야만 해야 할 슬픈 나의 운명 / 훠이 훠이 가거라 산 넘어 멀리멀리 / 보내는 나의 심정 내 님은 아시겠지(작사: 임지훈).'라고 노래하고 있다. 사랑하지만 이루어질 수 없는 사랑인 것을 알기에 떠나보내야 하는 연인의 마음이 애절하게 녹아 있다. 이 노래를 들으면 물결치는 황금빛 들판 위로 참새들이 여문 벼를 찾아 이리저리 옮겨 다니는 모습이 떠오른다. 겉으로 보기엔 더없이 평화로워 보이지만 가을 들판은 항상 참새들과 전쟁이 있는 곳이었다.

지금은 참새가 많지 않지만 어릴 적에는 매우 많았다. 참새가 많았다는 사실은 아마 전래동화 「콩쥐팥쥐전」에서 계모가 착한 콩쥐에게 엄청난 양의 벼를 모두 까놓으라고 시켰는데 갑자기 한 무리 참새가 나타나 벼를 다 까주었다는 이야기에서도 알 수 있다. 백여 마리 무리를 지어 다니는 참새가 잠시 동안만 내려앉아 벼를 까먹어도 그 손해는 이만저만이 아니다. 그 당시 쌀을 귀하게 여겼던 농경문화에서는 참새를 쫓아내려고 모든 수단을 동원했다.

어른들은 가을 추수로 바빴기에 참새들과의 전쟁은 주로 학교를 마치고 돌아온 아이들의 몫이었다. 아이들은 학교에서 돌아오면 가을 논둑 위에 자리한 오두막으로 향한다. 오두막에는 깡통과 이를 두드리는 나무막대가 준비되어 있다. 논 양 끝과 중간에는 무섭고 우습기도 한 허수아비 세 개가 서 있다. 허수아비는 처음 며칠 동안은 효과가 있지만 며칠이 지나면 영악한 참새들은 허수아비 팔이나 머리에 올라가 유유히 휴식을 취하고 있다.

바람에 흔들리는 반짝이는 셀로판 줄로 참새를 막는 방법도 일시적인 방편은 될 수 있었으나 계속적인 효과는 없었다. 그래서 아이들은 새가 오면 깡통을 열심히 두드리고 '훠이 훠이' 하며 소리를 질러 새들을 쫓았다. 새들로부터 곡식을 지키는 막중한 임무인지라 어머니는 옥수수나 고구마를 삶아 간식으로 주셨다. 오두막에 앉아 황금빛 들판을 마주하고 살랑거리는 가을바람 맞으며 옥수수를 먹는 여유로움은 요즘 흡사 남태평양 섬에서 수영을 하고 나와 아이스커피를 마시며 바다를 바라보는 것처럼 여유롭다. 눈을 감으면 파도 소리처럼 벼가 익어가는 소리가 들려온다. 그래서 요즘도 관광지에서 오두막을 보면 한번 걸터앉아 보고 싶은 충동이 생긴다. 오두막에 앉아 주위를 둘러보고 있노라면 눈앞에 그리움이 펼쳐지기 때문이다.

참새를 쫓는 일은 비단 아이들만의 소일거리는 아니었다. 농사를 제일로 여기던 당시 수확기에 새를 쫓는 것은 도둑으로부터 재산을 지키는 것과 같았다. 할 수 없이 어른들까지 이 일에 동원되었는데 그 방법은 아이들과 달랐다. 어른들은 화약을 터트려 폭발음을 내는 화약총을 이용해 새들을 쫓았다. 새들이 논으로 올 때만 화약을 터트렸지만 약 30초마다 화약총 소리를 내는 기계도 활용되어 가을 들판 소리는 흡사 총을 쏘는 전쟁터를 방불케 했다. 화약총 소리는 참새를 놀래는 효과가 탁월했지만 사람마저 깜짝깜짝 놀랐고 낮 동안 내내 화약총 소리를 들어야 하는 소음공해는 만만치 않았다.

어른들 중에는 참새를 단순히 쫓아내는 소극적인 방법을 넘어 근본적으로 참새를 죽여 없애는 적극적인 방법을 사용했다. 마을에 공기총을 가진 어른들은 콩알 크기만 한 납덩어리를 탄환으로 사용하여 참새를 사냥했다. 어떤 어른들은 참새가 잘 다니는 길목에 기둥을 세우고 기둥 사이에 그물을 설치해 참새를 잡았다. 잡힌 참새들은 깃털이 벗겨져 구이가 되고 그것은 막걸리 안주가 되었다.

시간이 지남에 따라 쌀의 수확량이 늘어나고 참새의 개체수가 줄어들어 가을 들판에서 참새와의 전쟁은 사라져갔다. 그래서 들판에 정겹게 서 있던 허수아비는 이제는 거의 볼 수 없다. <참새와 허수아비> 노래에서 사랑하는 이를 떠나보냈던 허수아비는 이제 더 이상 필요가 없어 더 서글프게 느껴진다. 수십 년 동안 더우나 추우나 우리의 곡식을 지켜준 허수아비가 새삼 고마워지고 어디선가 우연히 만나면 수고했다고 인사라도 하고 싶다. 잊힌 것들, 잊혀가는 것들이 무수히 존재하고 그들에게 '시대가 변했으니 어쩔 수 없어.'라는 말보다는 '그동안 고마웠고 너로 인해 우리의 삶이 풍요로울 수 있었다.'고 인사를 건네다 보면 시간의 흐름 속에서 우리가 어떻게 살아왔는지가 더 뚜렷이 기억되고 그 삶을 지내온 자기 자신이 대견하게 느껴진다.

텃밭

  따가운 봄볕이 수십 일 계속되더니 대지는 메마르고 아지랑이가 피어오를 만큼 달궈졌다. 모내기하려고 평탄작업을 해놓은 논에는 물이 없어 모내기를 못 하고 마을을 돌아 내려가는 조그만 개천은 물고기가 헤엄치기 어려울 정도로 물이 줄었다. 비가 내리지 않아도 보리는 누렇게 잘 익어만 가는데 텃밭의 식물들은 더위에 지쳐 고개를 숙이고 있다. 야속한 하늘을 바라보지만 태양을 중심으로 방사되는 강렬한 햇빛이 눈에 닿으면 미간이 찡그려진다. 그러나 자연은 한쪽으로 치우치면 다시 균형을 맞추는 것 같다. 끝나지 않을 것만 같던 봄 가뭄도 오월의 단비에 해갈을 맞이한다.

  오랜만에 비가 내리니 개들이 마당을 이리저리 뛰며 먼저 비를 반긴다. 무엇보다 비를 반기는 것은 텃밭의 식물들이다. 시골에서 텃밭은 자급자족을 위해 없어서는 안 될 공간이다. 반찬으로 사용되는 대부분의 채소는 텃밭에서 공급된다. 가끔 텃밭의 채소를 팔아 다른 먹거리를 살 수 있어 텃밭은 어느 가정에서나 정성껏 돌봤다.

  비가 내리는 텃밭에 나가 보았다. 텃밭에 있는 토란대 잎을 잘라 임시방편으로 비를 막는다. 토란 잎은 물방울이 둥그렇게 모아져 또

르르 굴러 떨어지는 일종의 방수기능을 갖고 있다. 그래서 갑자기 비를 만나면 주변 텃밭에서 토란 잎을 구해 우산처럼 쓰고 다녔다.

텃밭에는 각종 채소가 자란다. 상추, 고추, 가지, 마늘, 파, 양파, 오이, 호박, 당근, 생강, 깻잎, 부추, 배추, 무, 열무, 갓, 유채, 시금치 등 시장에서 파는 대부분의 채소가 자란다. 옥수수, 수수, 완두콩, 땅콩 등이 한편에 자리를 차지하고 수박, 참외, 토마토 등 여름 과일도 텃밭 모퉁이에서 넝쿨을 뻗으며 열매를 맺곤 한다. 요즘 아이들은 배가 고프면 냉장고를 열지만 그때는 배가 고프면 텃밭으로 갔다.

노란 오이꽃이 지고 나면 그 자리에 손톱만 한 열매가 맺히고 그 열매는 열흘이 지나면 먹을 수 있을 만큼 자란다. 오이 덩굴을 헤치며 먹을 만한 오이를 찾는 것이 보물찾기와 비슷해 재미있다. 개중에는 노각이 되도록 일부러 따지 않는다. 오이가 목마름과 배고픔을 달래주었다면 단맛을 주는 것은 의외로 옥수수였다. 동남아시아에서 사탕수수 즙을 파는 것처럼 옥수수 줄기에는 사탕수수 정도는 아니지만 한 번 베어 잘근잘근 씹으면 제법 단물이 나왔다. 다만, 옥수숫대는 조금 거칠기 때문에 먹고 나면 입 안에 상처가 날 수 있다는 단점이 있었다.

텃밭은 여름 식탁에 끊임없이 상추, 깻잎, 고추를 제공하고, 가을에는 고구마, 호박 같은 끼니를 대신할 수 있는 채소도 주었다. 느린 가을 햇볕을 받으며 담벼락 아래서 노랗게 익어가고 있는 호박을 보면 '저 호박을 어떻게 요리해서 먹을까?'라는 생각이 들어 군침이 나온다. 늙은 호박은 주로 호박죽이나 호박떡으로 해 먹었지만 호박을 큼지막하게 잘라 그냥 아무것도 넣지 않고 오랫동안 푹 삶으면 별미가 되었다. 오랫동안 삶아진 호박은 다른 것을 첨가하지 않은 채 따뜻할 때 숟가락으로 떠먹으면 자연스러운 단맛, 특유의 호박향이 어우러진 순수하고 향긋한 음식이다.

텃밭에는 봄부터 늦가을까지 채소들이 계속 자라고 있어 싱그럽다는 생각이 든다. 노란 유채꽃과 보라색 가지꽃이 화려함을 더해주고, 고추나 감자에도 작은 하얀 꽃이 피는 것을 유심히 관찰하면 볼 수 있다. 한여름 깻잎과 토란은 키가 어른 키만큼 자라 텃밭에서 숨바꼭질이 가능하고 가지런히 심긴 배추와 무는 텃밭에도 일종의 질서가 있음을 보여준다. 초겨울 김장철에 텃밭에 있는 배추, 무, 당근 등 마지막 채소들이 김장을 위해 뽑히고 나면 텃밭은 더 이상 생명이 자라지 않는 황폐화된 공간처럼 보인다.

특히 서리가 내린 텃밭은 더 이상 신선한 채소를 공급해주는 텃밭으로서의 기능을 상실한 것처럼 보인다. 그래서 겨울 텃밭에 가면 쓸쓸함이 피어오른다. 깻잎이 자랐던 자리는 잘려진 깻잎대의 밑동만 남아 있고 일부 수확하지 않은 배추나 무는 시래기처럼 축 쳐져 있다. 쭉쭉 뻗어나가던 덩굴들도 말라 비틀어져 불쏘시개로나 쓰이고 고추를 지탱했던 지지대들이 쓰러질 듯 꽂혀 있거나 텃밭에 널브러져 있다. 그리고 아이들도 더 이상 먹거리를 찾아 텃밭을 찾지 않는다. 외관상으로 보기엔 겨울 텃밭은 버려지고 더 이상 쓸모없는 곳이라고 생각된다.

하지만 겨울 텃밭은 보기와는 달리 생명력이 유지되고 있음을 자세히 보면 알 수 있다. 시금치는 볏짚을 엮어 만든 거적 밑에서 파릇파릇 자라고 있고 서리를 맞은 배추는 죽은 것 같지만 배추속대는 땅에서 영양분을 받아 얼었다 녹았다를 반복하면서 단맛을 저장하고 있다. 또한 추운 날씨에 잘 견디는 갓이나 봄동들은 텃밭 여기저기 흩어져 몰래 자라고 있다.

겨울 텃밭은 살아 있을 뿐만 아니라 내년 봄의 또 다른 시작을 준비한다. 텃밭에 남은 채소들은 내년 봄에 땅이 골라지면 다음 세대를 위한 자양분이 되고 봄에 파종되는 채소들은 남겨진 영양분을 밑거름으로 쑥쑥 자라게 된다.

가끔 나는 '아이를 위해 무엇을 남겨줄까?' 생각한다. 돈을 남겨줄까? 공부를 시켜줄까? 물질이나 지식도 필요하지만 한시적인 유산일 수밖에 없다는 생각이 든다. 그래서 살아가는 방법에 관한 지혜를 남겨주는 것이 가장 바람직하다고 본다. 지혜를 단순히 주입식으로 전달하지 않고 함께 삶을 공유하다 보면 아이가 자연스럽게 지혜를 체득할 수 있을 것 같다. 그런 지혜가 다시 다음 세대 그다음 세대로 전달되다 보면 우리 사회에는 자유, 평등, 사랑, 박애, 평화, 행복 등 중요하고 보편적인 가치들이 자연스레 남고 버려야 할 것들은 점점 사라질 것이다.

가축

　시골에서 가축은 가정 경제에 큰 보탬이 되었다. 소, 돼지, 염소, 토끼 등을 시장에 내다 팔아 자녀들의 학비나 생활비로 충당했다. 특히 소는 매우 비싸 소 몇 마리만 가지고 있으면 부자라고 여겼다. 국립축산과학원 기록에 따르면, 1978년 소 한 마리 가격이 58만 9,000원이고 당시 국립대 1년 등록금이 최고 11만 3,500원이었으니 소가 당시 얼마나 중요한 재산이었는지 알 수 있다.

　그래서 소는 계속 신선하고 좋은 풀을 먹여가며 애지중지 길렀다. 아이들은 학교에 다녀오면 소를 데리고 나가 한두 시간 풀을 먹이는 일을 담당했다. 아이들은 소를 줄고 끌고 가는 것보다 등에 올라타기를 더 좋아한다. 당시 소 등에 앉아 풀피리를 불고 있는 모습이 한가로운 농촌의 대표적인 풍경이 되었던 이유다. 가끔 초동이 조는 사이에 소가 풀을 뜯다가 사라져 온 동네 사람들이 귀한 소를 찾으러 다니는 일도 있었다. 소는 아주 많이 먹는 동물이라 저녁에도 식사를 준비해야 했다. 작두를 사용해 볏짚을 일정 크기로 자른 후 가마솥에 물을 넣고 푹 삶아 한 양동이를 또 먹인다.

　소는 쟁기를 끌 수 있어 농사에 중요하게 사용되었지만 80년대 초 경운기가 농촌에 많이 보급되면서 들판에 쟁기를 끄는 소의 모습은 점점 사라졌다. 이제 쟁기는 박물관에서나 볼 수 있을 만큼 시간은 농촌의 모습을 많이 변화시켰다.

어른들은 잔치를 위해 가끔 소를 직접 도축했다. 소를 죽이는 모습이나 갓 잡은 소의 피를 먹는 모습은 끔찍해 묘사를 하기가 좀 그렇다. 소 한 마리가 해체되면 즉석에서 동네 사람들에게 부위별로 팔기도 했다. 신선한 소의 간과 처녑(소의 위)은 그 시절 자주 먹어본 경험으로 지금도 고깃집에서 생간과 처녑을 주면 맛있게 먹을 수가 있다. 그러나 어렸을 적 그런 것들을 먹어보지 않은 사람은 그 맛을 몰라 먹기 거북스러워한다.

소가 1등 가축이라면 2등은 돼지였다. 돼지는 먹이를 따로 마련할 필요 없이 사람이 먹다 남은 잔반을 주니 키우기가 수월했다. 다만 돼지우리 청소는 진짜 힘들었다. 돼지의 배설물을 얼마간 치우지 않으면 우리 안에 엄청 쌓이니 날을 정해 돼지를 잠깐 우리에서 빼내고 삽으로 배설물을 퍼내야 한다. 그리고 물로 깨끗이 청소해주면 돼지도 깨끗해진 자기 집을 무척 좋아한다. 생각해보면 사람이 돼지를 지저분한 곳에서 키워서 그렇지 돼지가 본래 지저분한 동물은 아니다.

우리는 가끔 어떤 현상의 단면을 보고 판단하는 경향이 있다. 돼지는 더러운 우리에서 아무렇지 않게 잘 사는구나. 맛없는 잔반도 잘 먹는구나. 그래서 돼지는 지저분한 동물이라고 간주한다. 그러나 우리에 갇혀 있지 않은 돼지는 더러운 환경을 좋아할 리 없고 사람이 잔반을 주지 않으면 곡식이나 야채를 먹고 잘 살 것이다.

염소도 풀을 먹이러 데리고 나가야 한다. 그런데 염소들은 자주 싸운다. 염소 싸움을 실제로 보면 무섭다. 마주 보며 달려들어 앞발을 들어 몸을 세운 다음 내려오는 탄력에 체중을 실어 이마에 있는 뿔로 상대방을 가격한다. 보통 동시에 서로 부딪치기 때문에 "빡" 하는 큰 소리가 난다. 공룡 중에 박치기 공룡(파키케팔로사우루스)이 있다. 싸우는 모습을 보면 염소의 조상이 박치기 공룡이 아니었나 의심할 정도로 염소는 박치기를 잘한다.

토끼는 새끼를 많이 낳는 동물이라 짧은 시간에 돈을 벌 수 있는 가축이다. 한 번에 4~12마리 새끼를 낳을 수 있고 3~4개월이면 또 임신을 할 수가 있다. 이론상 한 쌍의 토끼가 1년에 최대 800마리가 될 수 있다고 한다. 토끼는 신선한 녹색 풀을 좋아한다. 그래서 하루에 한 번은 토끼 식사를 꼭 챙겨야 한다.

소, 염소, 돼지, 토끼를 다 키우는 집도 있었다. 하루 종일 농사일, 집안일을 하시는 부모님을 대신해 가축을 돌보는 일은 주로 아

이들이 맡았다. 그 시절 아이들은 어려서부터 누구를 보살피는 일을 해본 적이 있었다.

　남자들은 보통 육아를 힘들어한다. 그 이유 중 하나가 자기 일이 아니라고 생각하기 때문이다. 어렸을 적 가축을 돌보는 일은 자기 일이라고 생각하고 책임감을 가지고 힘들지만 묵묵히 했다. 그러나 보통 육아는 여성의 일이라고 생각한다. 남이 하는 일을 조금 도와주고 있으니 힘들면 하지 않을 권리도 있다고 생각한다. 그래서 자주 부부간에 육아 문제로 갈등이 발생한다.

　생각의 전환이 필요하다. 아이는 엄마의 아이가 아니라 부부의 아이이므로 남자도 육아에 대한 절반의 책임이 있다. 그 절반의 경계가 무엇인지는 부부간에 협의와 배려로 정하는 것이 좋다. 그러면 육아 문제로 다투는 일은 훨씬 줄어들 것 같다.

아지트

영화 <기생충>에 나오는 박 사장 아들은 마당에 텐트를 치고 텐트 안에서 지내기를 좋아한다. 자기만의 공간에서 하고 싶은 일을 할 수 있어서다. 어릴 적 아이들은 삼삼오오 모여 아지트에서 함께 있는 것을 좋아했다. 당시 아지트는 범죄자의 은신처로 인식됐지만 아이들에게는 그들만의 세상을 실현할 수 있는 곳이었다.

아지트로 가장 좋은 장소는 동굴이었다. 어릴 적에는 부랑자들이 많이 있었다. 집이 없이 이 마을 저 마을 다니며 동냥을 하거나 미친 사람처럼 보이는 사람들이 마을마다 꼭 한두 명은 있었다. 어떤 사람은 혼자 고래고래 소리 지르면서 세상을 비판하며 일상을 보냈다. 부랑자가 살았던 산 중턱에 있는 동굴은 좋은 아지트가 됐다. 집에서 가져온 간식거리와 놀이도구를 펼쳐놓고 몇 시간씩 놀곤 했다. 그러나 동굴 아지트는 폐쇄된 공간이라 어둡고 답답한 면이 있어 아지트로서 오래가지는 못했다.

그래서 다음으로 발견한 아지트는 산에서 내려온 물이 저수지로 흘러가는 수로에 설치된 콘크리트 흄관이었다. 동그란 튜브 모양에 지름이 1.5미터 되는 흄관은 서너 명의 아이들이 함께 들어가 놀

수 있는 공간이었다. 흄관의 한쪽은 저수지로 한쪽은 산 방향으로 트여 있어 경치가 좋았고 농로 아래 있어 다른 사람이 볼 수 없는 공간이었다. 그곳에서 만화책을 보거나 딱지(그림이 그려진 동그란 딱지)를 가지고 놀았다.

여우비가 내린 날 아지트에서 놀다가 비가 그쳐 나오니 멀리 무지개가 떠 있었다. 해가 질 무렵인데도 하늘은 선 주황색으로 물들어 환하게 빛나고 그 가운데 무지개가 다리를 만들고 있었던 신비하고 아름다운 그 광경은 아지트가 준 하나의 추억으로 남아 있다.

아지트에서 심심하면 불을 피워 띠기(달고나, 뽑기, 똥과자 등 지역마다 부르는 이름이 다양하다)를 만들어 먹었다. 또한 배가 고프면 주변 밭에서 고구마나 옥수수를 구해 먹었다. <나는 자연인이다>라는 프로그램처럼 자연에서 먹을 것을 구해 먹었다. 그 프로그램에 나온 출연자들은 대부분 자기만의 아지트에서 만족하며 살고 있다고 말한다. 독립된 공간에서 자신의 삶을 살아가는 것, 자신이 원하는 자연과 함께하는 삶이 어떠한 매력이 있는 것일까?

우리는 보통 가족과의 관계에서 누구의 자녀, 누구의 배우자, 누구의 부모로서 또는 사회에서 만난 사람들과의 관계에서 자신에게 주어진 역할을 하며 살아간다. 자녀들은 학교생활을 잘하고 안정된 직장을 목표로 삶에 충실해야 하며 배우자와 부모는 가정을 위해 경제생활을 해야 하고 자녀를 위해 많은 시간과 노력을 들여야 한다. 자기가 세상을 살아가는 방식을 정하는 것이 아니라 세상에서 정해진 방식에 따라 일정한 틀 안에서 맞추어 살아가야 한다.

바쁜 현대인이 자신만을 위한 삶을 살기는 매우 어렵다. 자연인으로서 산다는 것은 이러한 현대인의 보편적인 삶의 방식과는 많이 다른 자신만의 방식으로 살아가는 일종의 '자유'를 얻었다는 점에서 큰 매력이 있다고 본다. 그러나 자연인들 중에는 떨어진 가족을 그리워하고 언젠가는 가족과 함께할 수 있음을 기대하는 사람도 있었다. 사람이 더불어 살아가야 하는 존재임을 다시금 상기시켜 주는 대목이다.

가사노동과 육아에 지친 여성이 다 내려놓고 잃어버린 자신을 찾아 조금은 긴 여행을 떠났다. 여행을 통해 아내로서 엄마로서 삶을 되돌아보았지만 자신만을 위한 삶을 살기란 현실적으로 어렵다는 것을 안다. 다만 돌아와 자신의 시간을 찾아 더 노력하는 삶을 살아갈 뿐이다. 직장에서 바쁜 업무와 상사와의 갈등, 집에 돌아오면 지쳐 아무것도 할 수 없는 시간들이 반복되다 보면 나는 무엇인지, 내가 무엇을 위해 살아야 하는지, 내 인생은 어떤지에 대한 의문이 든다. 그래서 나를 찾고 싶고 나를 위한 시간을 갖고 싶다. 그러나 현실적 제약은 운동이나 하고 싶은 취미생활에 시간을 조금 할애함으로써 만족한다.

자신만의 삶을 살 것인지 다른 사람과의 관계에서 주어진 역할에 충실한 삶을 살 것인지는 균형과 조화의 문제다. 두 가지 방식은 장단점이 있지만 한쪽으로 치우친 삶은 행복한 삶을 살았다고 하기에 채워지지 않은 무언가가 있다. 자신만의 삶을 살려면 현실적으로 혼자 살아야 한다. 작은 수정란에서 시작되어 흙으로 돌아가는 삶에서 혼자 왔다가 혼자 사라지는 삶이 유의미하다고 보기는 어렵고 다른 사람과 관계에만 충실하다 보면 나라는 특별한 존재에 대한 의미가 희미해진다.

　세상에 없던 존재가 세상에 나왔으니 자신은 특별하다. 자신의 생각과 의지는 세상에서 유일한 것이다. 그러나 인간이 함께 살아가는 세상에서 자신의 특별함은 혼자 살아가면서 구현될 수는 없기에 타인과의 관계에서 조화롭게 구현될 수 있다면 세상을 가장 잘 살아가는 방법이 아닐까 싶다. 슈바이처 박사는 의술이라는 재능과 타인을 사랑하는 특별함을 가지고 있었다. 이러한 자신만의 특별함을 아프리카의 가난하고 병든 이들과 함께 구현하며 한 번뿐인 삶을 잘 살았다고 평가된다.

곤충

　얼마 전 도시에서 30여 년을 살다가 매형의 정년퇴직으로 시골에서 살아보겠다고 한 작은누나는 몇 개월 살더니 시골 살기가 어렵다고 호소했다. 그 이유 중 하나는 거미, 나방, 귀뚜라미 등 누나가 싫어하는 곤충이 너무 많다는 것이다. 곤충은 도시에도 있지만 시골엔 여러 가지 곤충이 있다. 어릴 적 시골에는 파리, 모기, 지네와 같은 해충을 비롯해 개미, 나비, 잠자리, 풍뎅이, 메뚜기, 방아깨비, 여치, 사슴벌레 등 친숙한 곤충들이 지천으로 많았다. 곤충들은 장난감이 부족한 아이들의 호기심을 채워주는 도구로 활용되었다.

　그중 파리 경주는 매우 이색적이었다. 먼저 파리를 산 채로 잡아야 하기에 이불 위에 앉아 있는 파리를 손으로 낚아채 잡는다. 잡힌 파리는 날지 못하도록 두 날개를 떼어낸다. 지금 생각하면 잔인한 방법이었다. 볼펜에 들어 있는 작은 스프링을 일부 잘라 마차처럼 바퀴와 연결고리를 만들어 그 고리를 파리의 엉덩이에 꽂는다. 그러면 파리가 끄는 마차가 완성된다. 친구와 파리 마차를 동시에 책상 위에 올려놓고 누가 결승점에 빨리 도달하는지 내기를 한다. 두 날개가 없는 파리는 여섯 다리를 이용해 마차를 제법 잘 끈다.

　잠자리는 빨랫줄이나 나뭇가지 끝에 잘 앉는다. 앞쪽에서 검지손가락을 빙빙 돌리며 접근하여 잠자리가 손가락을 따라 머리를 빙빙 돌리는 순간 손으로 잽싸게 잡는다. 잡힌 잠자리를 방 안에 풀어놓고 이리저리 도망가면 쫓아다니며 놀았다. 또 잠자리 꽁무니에 실을 묶어 실만 잡고 있으면 잠자리는 헬리콥터처럼 공중에 떠 있으나 도망가지는 못하고 아이들의 날아다니는 장난감이 되었다.

고목나무에 가면 항상 풍뎅이를 잡을 수 있었다. 아이들은 풍뎅이를 잡으면 풍뎅이가 뒤집어져도 원상태로 뒤집지 못하도록 여섯 다리의 절반 마디를 각각 떼어낸다. 그다음 풍뎅이를 뒤집어 놓고 손바닥으로 바닥을 '탁탁' 치면 풍뎅이는 일어나려고 날갯짓을 하지만 일어나지는 못하고 바람만 일으키면서 마치 움직이는 장난감처럼 바닥에서 빙빙 돈다. 당시 이런 놀이는 인기가 있어 리듬에 맞춰 바닥을 치며 "풍뎅아, 풍뎅아, 마당 쓸어라." 하는 노래가 있을 정도였다.

방아깨비는 누가 더 큰 것을 잡는지 내기를 하거나 녹색이 아닌 흙색을 잡으면 자랑하기도 했다. 이 곤충은 아이들에게 두 다리를 부여 잡혀 연식 방아를 찧어야 했다. 메뚜기는 잡아서 누구의 것이 멀리 또는 높이 뛰는지 겨루는 데 사용하고 사슴벌레나 여치는 신기한 생김새 때문에 이것들을 잡으면 요즘으로 치면 게임에서 '레어템'을 얻은 기분이었다.

큰 개미를 잡아 시큼한 개미산을 맛보고, 개미들이 일렬로 행진을 하고 있으면 물을 부어 홍수를 일으켜 어떤 일이 일어나는지 실험을 해보기도 했다. 먹이가 거미줄에 걸리면 거미가 어떻게 행동하는지 보려고 파리나 나방 등을 일부러 거미줄에 던져 관찰했다. 텃밭에서 자라고 있는 배추에는 초록색 배추흰나비 애벌레가 있는

데 저런 징그러운 애벌레가 아름다운 흰나비가 된다는 사실이 놀라
웠다. 흰나비가 초록색 텃밭을 나풀나풀 날아다니는 모습을 보면
나도 나비가 되어 날아다니면 좋겠다는 상상을 했다.

어릴 적 곤충에 대해 관심이 많았던 이유는 아마 그 시절 누구나
한 번쯤 읽어보았을 『파브르 곤충기』의 영향이 있어서다. 교과서나
위인전을 통해 알게 된 곤충학자의 이야기는 많은 아이들이 크면
그와 같은 사람이 될 것이라고 할 만큼 영감을 주었다.

그러나 난 곤충학자로서의 자질은 없었다. 곤충을 사랑해야 하지
만 곤충을 너무 괴롭혔던 것 같다. 파리 마차나 잠자리, 풍뎅이 같
은 일화를 보면 지금의 동물보호법을 적용하자면 불법행위와 유사
하다. 동물보호법에서는 오락이나 유흥을 목적으로 동물에게 상해
를 입히는 행위를 금지하고 있다. 다만 법상 동물에서 곤충은 제외
하고 있어 예전의 행위도 불법은 아니었지만 곤충도 동물이고 하나
의 생명임에도 경시했던 것은 잘못된 행동이었다.

그 당시에는 방학 숙제로 곤충채집, 식물채집이 있을 정도로 곤
충, 식물에 대한 생명의 소중함은 신경 쓰지 않았다. 전국에 수백만
명이나 되는 초등학생들이 매번 방학에 모두 곤충채집 숙제를 했다
고 상상해보면 얼마나 많은 곤충들이 알코올로 처리되어 '하루핀'
이라는 바늘에 몸이 관통되어 박제되었는지 추정할 수 있다.

아무리 곤충이지만 생명은 그 나름대로의 가치가 있어 태어났기
에 존중되어야 한다. 자연의 먹이사슬로 인하여 잡아먹히는 것이야
그 생명의 존재 이유이고 운명이지만 유희와 즐거움 때문에 살생하
는 것은 바람직하지 않다. 동물의 삶에 인간이 불필요하게 끼어들
어 그들이 태어난 운명대로 가야 할 길을 방해하지는 말아야겠다.

감나무

따스한 오월 햇살 아래 연한 감꽃이 질 무렵 시골집 감나무에서는 연두색 이파리들 사이로 도토리만 한 열매가 브로치 모양의 꽃받침 사이로 살포시 얼굴을 내민다. 애기 감은 햇살과 비를 맞고 점점 색이 짙어지더니 어느새 탱자 크기가 되었다. 어제 내린 심술 많은 봄비에 마당에는 수십 개의 초록색 어린 감 열매가 뒹굴고 있다. 그 떨어진 감들을 얼른 주워 소금을 한 대접 풀어놓은 장독 안 소금물에 담근다. 그리고 일주일 전에 담가놓은 것을 꺼내어 한 입 베어 먹는다. 맛있다. 감의 떫은맛은 소금물에 없어지고 감의 과육 맛을 즐길 수 있는 하나의 간식거리가 된다. 어릴 적 감은 그렇게 익기도 전에 소금물에 우려 많이 먹었다.

그러나 우린 감을 너무 많이 먹으면 변비에 걸린다. 하루는 배가 아파 화장실에 갔는데 배는 계속 아프지만 변이 나오지가 않는다. 너무 배가 아파 어머니를 불렀다. 어머니는 엎드리라고 하여 대꼬챙이로 항문에 걸려 있는 변 덩어리를 잘게 부순다. 그러면 변이 나와 아픈 배가 나았다. 지금 어머니들은 이런 상황이면 아이를 데리고 병원에 갔을 것이다.

여름날 감나무는 시원한 그늘을 만들어준다. 감나무 아래 평상을 두고 시원한 바람을 맞으며 누워 있으면 더운 날에도 여유를 즐길 수 있다. 평상에서 낮잠을 자다가 일어나 시원한 수박까지 먹으면 금상첨화다. 초록색 감나무 아래 빨간 수박이 쫙 쪼개지는 색감이 선명히 그려진다.

감나무 가지 중 첫 번째 가지에 그네를 만들어 걸어놓았다. 어른들은 감나무 가지가 약하니 감나무에 올라가지 말라고 한다. 실제로 동네에는 감나무에 올라가다 가지가 부러져 땅에 떨어진 사람들의 이야기가 알려져 있었다. 하지만 아이들이 타는 그네라 팔뚝만한 가지가 부러질 걱정은 없었다. 한들거리는 그네를 타고 하늘을 올려보니 감나무 열매가 제법 커졌다. 저것들을 언제 먹을 수 있으려나 상상하며 왔다 갔다 하는 사이 감은 주황색으로 변했고 가을이 찾아와 감을 딸 시기가 되었다.

감을 수확하는 날엔 온 가족이 동원된다. 정말 글자 그대로 감이 주렁주렁 열렸다. 감나무는 한 그루인데 열린 감은 수백 개가 넘는다. 감나무는 가지가 약해 높이 올라가지는 못한다. 체중이 가벼운 나는 중간쯤 올라가 손에 닿는 것부터 딴다. 어머니는 장대 끝에 새끼줄을 묶어 바구니를 걸어 올려주고 난 그 바구니에 손으로 딴 감을 담아 천천히 새끼줄을 풀어 내려준다.

형은 한편에서 장대를 이용해 감을 따고 있다. 장대로 감을 따는 것은 힘과 기술이 필요하다. 장대를 들고 높은 감을 향해 정확히 조준하려면 목과 팔이 너무 아프다. 벌어진 장대 끝을 정확히 감나무 가지에 끼우고 두세 번 장대를 돌려 가지를 비틀어 꺾어내야 한다. 장대 끝에 걸쳐진 감이 땅까지 잘 내려와야 하지만 중간에 땅으로 떨어지는 일이 다반사다. 땅에 떨어진 감이 상처가 나지 않도록 미리 감나무 밑에 볏짚을 깔아놓았다. 볏짚에 떨어진 감은 누나들이 주웠다.

반짝거리는 황금빛 대봉감들은 차곡차곡 대나무로 만든 채반이나 플라스틱 고무대야에 담겨 마루에 보관된다. 서로 닿아 물러지면 안 되니까 사이에 종이를 끼워둔다. 마루에 줄지어진 감 바구니를 보니 마음이 절로 풍성해진다. 아침저녁으로 어떤 것이 홍시가 되었나 보며 조금만 익었다 싶으면 먹어치운다. 먼저 먹지 않으면 다른 사람의 차지가 되기 때문이다. 빨간 홍시의 껍질을 벗길 때는 살점이 떨어져나가지 않도록 집중해야 한다. 홍시에는 얇은 껍질이 있는데 그것만 살짝 벗겨내면 온전한 홍시를 먹을 수 있어 매우 기쁘다. 그렇게 홍시는 겨우내 맛있는 간식거리가 되었다.

홍시가 되지 않은 감은 곶감이 된다. 하지만 온전한 곶감이 완성되기 전에 처마 밑에 말려놓은 감은 모두 사라진다. 곶감이 되기를 기다리지 못하고 대롱대롱 매달린 감을 만지작만지작하다가 결국 하나씩 하나씩 빼 먹다 보면 감은 하얀 당분을 밖으로 밀어내지 못한 채 아이들의 간식거리가 되었다.

작년과 같이 우리는 감나무가 가져다줄 우려진 감과 홍시를 기대하며 봄에 감꽃이 피기를 기다린다. 그런데 어쩐 일인지 올해는 감나무에 꽃이 없다. 그네를 매달아 감나무가 힘들어서 그런가? 감을 딸 때 너무 흔들어서 그런가? 무슨 일인지 어머니에게 여쭈어보니 감나무는 해거리를 한다고 한다. 어느 해는 감이 조금 열리거나 거의 열리지 않았다. 하지만 해거리를 한 다음 해 감나무는 풍성한 감을 다시 선사한다. 아마 재충전을 한 것 같다. 시원한 그늘을 만들고 가지가 휘어질 정도로 많은 열매를 맺어 삶의 열정을 보여준 감나무는 다음 해에 더 나은 미래를 위해 아낌없이 쉬어준다.

우리 삶에서도 그러한 휴식과 재충전할 시간은 반드시 필요하다. 매번 열매를 많이 더 많이 맺으려고 한다면 열매의 질이 떨어지거니와 너무 많은 열매에 가지가 부러지기도 한다. 덜 익은 홍시 열 개보다 잘 익은 홍시 한 개가 더 맛있다. 더 나은 미래를 바란다면 잠시 기다릴 줄도 알고 지치고 힘든 몸과 마음을 보살피는 시간을 가져야 한다. 그래야 다음 해에 예쁜 노란 감꽃을 피워낼 수 있을 테니까.

땔감

　서산으로 해가 뉘엿뉘엿 넘어갈 즈음 마을에서는 모락모락 연기가 피어오르기 시작한다. 저녁밥을 짓기 위해 아궁이에 장작이나 마른 솔잎을 태워 불을 지피면 굴뚝을 통해 하얀 연기가 하늘로 올라간다. 산 아래 고즈넉한 시골 마을 집들에서 하나둘 피어오르는 연기는 고단한 농촌의 하루 일과가 끝나고 저녁밥과 함께 편안한 휴식을 취하는 시간이 되었음을 알리고 있다.

　매일 삼시 세끼 밥을 지어야 하니 땔감은 봄, 여름, 가을, 겨울 사계절 내내 필요했다. 특히 겨울에는 아궁이에 불을 지펴 방바닥의 구들을 데우는 난방을 해야 하므로 땔감이 더 많이 필요했다. 땔감은 말라야 잘 타기 때문에 주로 건조한 겨울에 준비했다. 그래서 긴 겨울방학에 아이들은 거의 매일 땔감을 구하려고 산에 올랐다.

　아이들이 주로 수집한 땔감은 솔잎이었다. 우리나라 산의 나무가 대부분 소나무라 그렇다. 소나무는 상록수라 사시사철 푸르게 보이지만 봄에 새로운 솔잎이 나오고 오래된 솔잎은 지속적으로 낙엽처럼 떨어진다. 떨어진 솔잎을 갈퀴로 긁어모아 마대에 주워 담는 쉬운 작업처럼 보이지만 문제는 솔잎이 많이 없다는 데 있다. 모든 시골 마을에서 집집마다 땔감을 모으니 소나무 아래에 솔잎이 쌓일 시간이 없었다. 그래서 사람이 쉽게 접근할 수 없는 골짜기나 높은 산 중턱까지 올라가야 겨우 마대 한두 개를 채워 올 수 있었다. 수년 전 형과 누나들은 땔감용 솔잎을 모으려면 보통 산을 두세 개 넘어가야 했다고 한다. 그러나 연탄 보급이 확산되면서 땔감의 수요가 줄어들어 우린 뒷산 중턱에 올라가면 목적을 달성할 수 있었다.

겨우내 땔감을 했던 나는 매일 해도 즐거웠다. 산에 올라가 작업을 하는 일련의 과정들이 하나의 놀이였다. 산에 가면 아주 빠른 시간 안에 작업을 끝내고 나머지 시간은 산을 돌아다니며 즐거운 시간을 보냈다. 또한 땔감 작업을 해가면 부모님께서 백 원씩 주셨다. 과자 한 봉지에 보통 오십 원 내지 백 원이었으니 그 돈으로 과자를 사 먹을 수 있었다.

한번은 약 400미터 높이 마을 뒷산에서 큰 산불이 났다. 산불이 나서 쌓였던 소나무 잎들도 모두 타버려 땔감용 솔잎을 더 이상 모을 수가 없었다. 그래서 불에 탄 나무를 베어내고 땔감도 마련할 겸 마을에서는 공동 작업으로 산 정상에 있는 나무를 베는 작업을 했다. 다른 마을에서도 참여해 불에 탄 나무조차도 땔감으로 확보하기가 쉽지는 않았다. 결국 우리 마을은 거의 정상 부근까지 올라가 불에 탄 나무를 베어 땔감으로 확보하여야 했고 그 작업이 만만치 않았다.

높은 곳까지 등산하는 것이 힘들뿐더러 베어낸 소나무를 끌고 산을 내려오기란 매우 어려웠다. 어른들은 나무를 적당한 크기로 잘라 지게에 얹어 내려오지만 아이들은 소나무의 가지를 쳐내고 통나무

끝을 새끼줄로 묶어 끌고 내려왔다. 내려오는 게 쉬워 보이지만 나무가 자꾸 다른 나무나 돌부리에 걸려 나무 끌기가 매우 힘들었다. 당시 나무를 함부로 베지 못하게 하니 살아 있는 소나무 자체를 땔감으로 사용할 순 없었고 가지만 사용할 수 있었다. 그래서 불에 탄 통나무는 귀한 땔감이라 그 수고를 아끼지 않고 끌고 내려왔다.

지금 등산을 가면 난 소나무 아래로 자꾸 눈길이 간다. 소나무 아래에는 솔잎이 수북이 쌓여 있다. 어린 시절에 '저 정도 솔잎이 쌓여 있으면 십 분 만에 마대 하나를 채울 수 있을 텐데.'라고 생각한다. 과거에는 생존을 위해 그토록 필요했던 물건이었지만 지금은 필요가 없는 물건이 되었다. 하지만 사람에게만 쓸모없을 뿐, 그 솔잎은 썩어 영양분을 만들고 그 영양분은 버섯이나 다른 식물들에게 전해지므로 이 세상에 쓸모없는 물건은 없다는 사실을 새삼 생각하게 된다.

야생간식 2

  항상 배가 고팠던 어린 시절에 산과 들로 먹을 것을 찾아다니던 아이들은 단백질 보충을 위해 움직이는 것들을 간식으로 먹었다. 지금은 야생동물을 함부로 죽이거나 먹어서는 안 되지만 그 시절엔 먹고사는 문제가 더 중요하니 주변에 있는 야생동물들은 한 번쯤 시식의 대상이 되곤 했다.

  그중 개구리가 가장 애용된 간식거리였다. 봄에 모내기가 한창인 논에는 물 반 개구리 반이다. 고동색 물결무늬가 있는 참개구리는 흔하고 쉽게 잡을 수 있어 자주 구워 먹었다. 개구리는 짚불로 화력을 최대한 끌어올려 거의 태우듯이 바싹 구웠다. 겉면은 까맣게 타지만 그래야 속살이 제대로 익었다. 개구리를 먹어본 사람들 대부분이 공감하는 사실은 개구리가 닭고기 맛이 난다는 것이다. 까맣게 그을려진 개구리를 먹다 보면 그을음에 수염이 생긴다. 저녁 노을에 빨갛게 비친 친구들의 얼굴에 그려진 수염을 보며 더 그려주고 웃다가 하루해가 저물어갔다.

  몇 년 전 캄보디아에 여행을 간 적이 있다. 식당 메뉴를 보니 악어, 뱀, 거미 등 여러 가지 고기가 있었는데 그중에 개구리 고기도 있었다. 호기심에 개구리 고기를 주문했다. 잘 손질된 개구리 뒷다리 중 허벅지 살이 보기 좋게 접시에 담아 서빙되었다. 철판에 구워 한 입 먹어봤다. 그냥 닭고기 맛이었다. 초등학생인 아이도 먹어보더니 닭고기 맛이라고 했다.

어른들은 새가 먹는 나무열매에 약을 넣어 꿩을 잡고 공기총으로 고라니 같은 들짐승이나 참새, 비둘기 등 날짐승을 잡아 회식을 하곤 하지만 아이들은 도구가 없으니 손으로 잡을 수 있는 메뚜기가 좋은 간식거리였다. 메뚜기를 불에 구워봤지만 곤충은 불에 구우면 거의 타버려 먹을 것이 없다. 그래서 프라이팬에 기름을 두르고 볶아 먹어야 맛있다. 메뚜기를 먹는 것에 대해 곤충을 극도로 싫어하는 사람들에게는 혐오감이 들 수 있으나 당시 슈퍼마켓에서 기름에 볶은 메뚜기가 상품화되어 팔렸으니 메뚜기를 먹는다고 해서 가히 이상할 일은 아니었다.

날아다니는 것뿐만 아니라 물에 사는 민물가재는 특이한 먹을거리였다. 민물에 사는 생물에는 간디스토마를 일으키는 균이 있어 충분히 익혀 먹지 않아 가끔 병에 걸려 사람들이 죽었다. 하지만 충분히 구워 먹으면 탈이 없으므로 가재를 그냥 두지는 않았다. 가재는 아주 깨끗한 곳에서만 자란다. 봄에서 여름으로 넘어가는 시기에 가장 많이 잡을 수 있다. 선한 연두색 녹음이 초록색으로 짙어지는 시기에 산골짜기 사이로 흐르는 시냇물에 가면 가재를 잡을 수 있다. 가재는 물살이 빠른 곳보다는 보통 물살이 느리고 약간 고여 있는 물속의 돌 밑에 은신하고 있다. 작은 돌보다는 큰 돌을 선호한다. 가재들도 집은 큰 평수를 선호하는 것 같다.

돌을 들추면 가재가 꼬리를 이용해 재빠르게 도망가지만 가재 잡이에 능숙한 아이들은 놓치지 않는다. 먹을 만큼 잡으면 모닥불을 피워 빨갛게 될 때까지 굽는다. 뜨겁게 구워진 가재를 이 손에서 저 손으로 옮겨가며 딱딱한 집게발을 떼고 새우 머리를 벗겨내듯이 머리를 몸통으로부터 분리한다. 빨갛게 익은 몸통과 꼬리를 한입에 넣고 껍질째 씹어 먹으면 고소하다.

가재가 사는 맑은 물에는 다슬기도 살고 있다. 더위가 한창일 때 시원한 물에 들어가 다슬기를 잡는 재미가 상당하다. 잡은 다슬기는 소금을 넣거나 된장을 살짝 풀어 삶는다. 요즘은 이쑤시개를 이용해 먹지만 당시 이쑤시개도 귀하여 다슬기의 뾰족한 부분을 펜치로 잘라내고 넓은 부분의 구멍에 입을 대고 힘껏 빨면 다슬기 수육이 입 안으로 돌진한다. 그러나 아무리 용을 쓰고 빨아도 잘 나오지 않는 것들이 있다. 이것들을 얼굴이 빨개지도록 누가 이기나 계속 빨아보지만 결국은 펜치로 앞부분을 더 조금만 자르면 쉽게 빠져나온다는 이치를 나중에는 알게 된다. 다슬기는 너무 작아 배고픔을 달래기에는 부족했다.

그러나 논에 사는 우렁이는 제법 크니 삶아 먹으면 요기가 되었다. 맛은 골뱅이와 비슷하다. 민물 골뱅이 정도로 생각하면 된다. 우렁이를 잡으려면 바지를 무릎까지 걷어붙이고 종아리까지 발이 빠지는 논에 들어가야 한다. 논바닥을 기어 다니는 우렁이는 잡기가 쉽다. 그냥 주우면 된다. 다만 논에 사는 거머리를 조심해야 한다. 서너 명이 논에 들어가면 꼭 한 명은 다리에 거머리가 붙어 있다. 거머리는 흡혈을 하는 동물이라 피 보기를 무서워하는 아이들에게는 공포의 대상이었다.

먹을 것이 부족했던 시절 아이들은 직접 식재료를 구했다. 채집한 식재료는 불에 굽거나 삶는 등 간단한 조리를 하여 먹었다. 원재료 획득부터 요리까지 자연스럽게 살아가는 방법을 익혔다. 많은 남자들이 이처럼 간단하지만 어릴 적 직접 요리를 해본 경험이 있다. 그런데 커가면서 요리는 자기 일이 아니라고 생각한다. 요리가 단순히 주방에서 하는 일이라고 생각하면 그럴 수 있다. 하지만 요리가 누군가를 위한 마음이라고 생각하면 달리 보인다. 메뉴를 고민해 재료를 구입해 다듬고 세심하게 양념하여 시간을 맞춰 조리하는 등 그 일련의 과정에서 그 요리를 먹을 사람을 생각하지 않을 수 없다.

중년 남자들이 요리하는 모습이 요즘 미디어를 통해 자주 비춰져 이제 남자들이 요리하는 모습이 어색하지 않다. 간단한 음식이지만 이미 어릴 적 음식을 만들어본 경험이 있으니 못 할 것도 없다. 다만 숙련되지 않았을 뿐. 이제 사랑하는 사람을 위해 요리를 해보자. 어릴 적 굽고 삶으며 몸에 밴 오감을 최대한 활용해서. 그래도 요리가 어색하다면 먹을 때만이라도 요리해준 사람이 자신을 생각했을 정성에 감사하자.

농자천하지대본

　쾡과리, 징, 장구, 북 등으로 구성된 동네 농악대는 한자로 "농자천하지대본(농사가 천하의 근본이라는 뜻으로 농업의 중요성을 강조하는 말이다)"이라고 쓰인 깃발을 앞세워 마을 앞 논을 한 바퀴 돌고 난 후 공터에서 신명 난 농악 놀이를 한판 벌인다. 어른들은 막걸리를 나누어 마시며 덩실덩실 춤을 추고 아이들도 덩달아 신이 나 졸졸 따라다닌다. 봄이 시작되어 농사가 시작될 무렵 한 해 농사가 잘되도록 기원하는 마을 행사다. 시골에서는 농사가 전부라 그 해 농사에 따라 행복과 불행이 결정되었다.

　여러 농사 중에서 가장 중요한 것은 논농사, 즉 벼농사다. 가을에 추수를 하면 가족이 먹을 쌀을 마련함과 동시에 정부에서 쌀을 수매하니 그 돈으로 아이들 교육비, 생활비로 사용할 수 있었다. 논농사를 지으려면 논을 먼저 쟁기로 갈아야 한다. 토양의 양분을 좋게 해주기 위함이다. 소와 쟁기로 논을 갈았지만 마을에 한 대 있는 경운기를 이용한 논갈이도 동시에 이루어졌다.

　모내기에 심을 모는 모판에 볍씨를 뿌려 작은 비닐하우스에서 따로 기른다. 쟁기로 파헤쳐진 논은 흙을 잘게 부수어 평탄작업을 한

다음 물을 가득 채운다. 모판에서 잘 자란 어린모는 모내기 작업으로 논에 가지런히 심긴다.

모내기가 끝나면 저절로 자랄 것 같은 벼는 그 이후에도 온갖 정성을 들여야 한다. 먼저 벼와 함께 자라는 잡초인 피를 뽑아주어야 한다. 피는 벼가 섭취할 영양분을 빼앗기 때문에 신경 써서 관리했다. 또한 피는 번식력이 좋아 뽑지 않으면 논은 '피 반 벼 반'이 된다. 한여름 뙤약볕에 까슬까슬한 벼 이파리 사이로 손을 넣어 피를 뽑다 보면 팔이 벼이삭에 긁혀 따갑다.

오랜 가뭄 끝에 비가 오면 자기 논에 물을 먼저 채우겠다고 하는 이웃 간에는 실랑이가 일어난다. 위쪽에 있는 논에서 논둑을 막고 물을 흘려내려 보내지 않으면 아래쪽에 있는 논은 물을 채우지 못한다. 또한 비가 너무 많이 오면 물이 잘 빠지도록 배수에 신경 써야 한다.

논둑에 자란 풀을 종종 베어주어야 하고 논에 비료도 주어야 한다. 또한 농약도 가끔 뿌려주어야 벼가 건강하게 잘 자란다. 요즘은 기계를 사용해 너른 논이라도 너끈히 농약을 살포하지만 예전에는 농약을 탄 물이 담긴 들통을 등에 지고 왼손으로는 펌프질을, 오른손으로는 살포를 하는 방식으로 그 넓은 논에 농약을 뿌렸으니 얼마나 고된 작업이었겠나! 그래도 쑥쑥 커가는 벼들을 보면 고단함을 잊는다.

벼이삭이 여물어갈 즈음 농부에게는 한 가지 걱정이 있다. '올해 태풍은 아무 탈 없이 지나가야 할 텐데.' 기대해보지만 여러 개 태풍 중 한두 개는 그냥 지나가지 않았다. 큰비도 문제지만 태풍의 거센 바람은 수확을 앞둔 벼를 논에 강제로 뉘어버린다. 바람에 쓰러진 벼들은 그대로 두면 썩어 수확을 하지 못하므로 바로 세워주어야 한다. 며칠 동안 쓰러진 벼들을 일으켜 세우면서 농부는 희망을 버리지 않는다. 자연이 준 시련이기에 담담하게 받아들이며 포기하지 않고 벼를 하나하나 일으켜 세우며 자신의 희망을 곧추세웠을 것이다.

벼를 수확할 때는 보리와 다르게 여유가 있다. 벼베기와 타작은 그다지 어렵지 않고 즐거운 마음으로 할 수 있는 작업이었다. 가을이라 덥지 않으며 황금빛 들판과 함께하니 넉넉했다. 벼는 일정 간격으로 심겨 있어 밑동을 잡고 숭덩숭덩 베어나가면 된다. 베어진 벼는 탈곡기에 가지런히 얹어만 놓으면 이삭은 가마니에 떨어지고 볏짚은 반대편으로 떨어진다. 이삭을 털어낸 볏짚은 한 아름씩 묶어 한편에 쌓아둔다. 쌓아둔 볏단은 쿠션감이 좋아 나중에 아이들이 방방 뛰어노는 좋은 놀이터가 된다.

수확한 나락(도정하지 않은 볍씨 상태의 쌀)은 수매가 시작되기 전에 잘 말려야 한다. 마당에 볏짚을 엮어 만든 멍석을 쫙 펼치고 그 위에서 건조한 가을 햇볕에 십여 일을 말린다. 어느 날은 아침에 나락을 널어놓았는데 비가 갑자기 내린다. 비상훈련을 하는 것처럼 온 식구들이 동원되어 나락이 젖지 않도록 순식간에 멍석으로 덮어 비가 안 맞는 곳으로 옮긴다. 매일 아침 나락을 널고 골고루 잘 마르도록 아침에 한 번 오후에 한 번 나락을 갈퀴 등을 사용해 뒤집어 주고 저녁에는 다시 가마니에 담아야 하니 그 작업이 만만치가 않다.

드디어 수매가 있는 날, 농부들은 상기된 표정으로 자신의 쌀이 몇 등급을 맞을지 기다린다. 담당공무원이 가마니를 푹 찔러 나락을 조금 꺼내어 자기 손에 쪽 펼쳐보고 몽둥이같이 생긴 나무도장으로 가마니에 등급을 팍 새긴다. 등급에 따라 가격차가 나므로 돈을 더 받으려고 좋은 등급을 기다린다. 대부분 좋은 등급으로 수매를 마쳐 기분이 좋은 사람들은 술을 마시고, 노름(도박)도 했지만 한 해 힘든 농사로 번 돈을 허투루 쓰지는 않았다.

아이들은 수매보다 햅쌀로 지은 쌀밥이 더 기다려졌다. 당시에는 정부가 쌀 소비량을 줄이기 위해 다른 곡식과 섞어 먹는 혼식을 장려했으며, 학교에서는 쌀밥으로만 도시락을 싸왔는지 선생님께서 검사도 하였으니 윤기 있고 목에 착착 감기는 쌀밥을 먹는 것은 커다란 기쁨이었다. 가마솥에서 햅쌀로 잘 지어진 쌀밥은 냄새만으로도 황홀하다. 커다란 스테인리스 밥그릇에 고봉으로 눌러 담은 쌀밥과 함께 묵은 김장김치와 생선 한 마리를 곁들여 먹으면 세상 별미가 부럽지 않았다. 그래서 '날마다 쌀밥만 먹고 살면 좋겠다.'라는 생각이 늘 떠나지 않았다.

지금은 쌀이 남아돈다. 흰쌀밥만 계속 먹는 것이 건강에 좋지 않다고도 알려졌다. 가족이 적어 항상 밥솥의 밥은 남고, 남은 밥은 버려지게 된다. 가끔 쌀자루에 벌레가 생겨 아까운 쌀을 자루째로 버리는 일도 있다. 그럴 땐 쌀을 기르기 위한 농부의 땀이 생각나 마음이 아프다.

이른 봄날 "이랴 이랴" 하며 소가 끄는 쟁기를 힘겹게 지탱하고 있는 농부의 모습에서 늦은 가을날 멍석 위에 말린 나락을 거두는 아낙네의 모습까지 쌀에는 쌀을 아끼는 사람들의 삶이 담겨 있다. 그리고 자식을 키우는 마음으로 피를 뽑아주는 농부의 마음과 희망으로 쓰려진 벼를 일으켜 세운 노력도 담겨 있다. 쌀이 그런 과정을 거쳐 우리 밥상에 올라왔다는 것을 알면 밥에 대해 자연히 감사한 마음이 든다.

제5장

그땐
그랬지

그때는 맞았지만 지금은 틀린 것이 아니라
그때는 지금과 다를 뿐이고
미래도 현재와 다르겠지만
우리가 지키고자 하는 것들은 변함이 없다

TV는 ○○을 싣고

마을에는 당시 약 서른 가구가 있었지만 TV가 있는 집은 우리 집을 포함해 서너 곳밖에 없었다. 1980년대 초 집에 있던 TV는 '대한전선'이 만든 흑백텔레비전이었다. 다리가 달린 나무상자 중앙에 회색빛 브라운관이 있고, 상자는 미닫이문으로 '드르륵' 하며 열고 닫을 수 있었다. 마을에 텔레비전 있는 집이 드물어 가끔 친구들이 집에 모여 함께 텔레비전을 보곤 했다.

당시 TV 채널은 MBC, KBS만 있었고, 텔레비전에 출연하는 일은 큰 화제가 되었다. 우리 마을에도 대단히 높은 사람이 주는 선행상을 한 아이가 받게 되어 이를 모 방송사가 뉴스에 보도하려고 그 아이의 착한 행동을 촬영하는 일이 있었다. 텔레비전에 나올 뉴스를 촬영한다고 하니 아이들은 신기해 촬영하는 사람들을 졸졸 따라다녔다.

그 아이는 그냥 부모님과 평범하게 사는 아이였다. 평소 성품이나 행동은 착했다. 그런데 방송사는 그 평범함이 필요한 것이 아니라 상을 받을 만한 내용이 필요했다. 그래서 사람들에게 감동을 줄 수 있는 스토리를 만들었다.

먼저 학교에서 돌아오면 집안일을 열심히 거드는 것을 촬영했다. 염소를 데려 나가 풀을 먹이고 수십 마리 토끼들의 식사를 챙기는 모습을 촬영했다. 그런데 그 아이의 집에는 염소와 토끼가 없었다. 그래서 마을 이장 댁이 키우던 염소를 자기 염소인 양 상황을 연출하고 토끼를 보살피는 장면은 이웃집 토끼장을 이용했다. 염소 식사를 챙긴 후 돌아오면 바로 부모님을 돕기 위해 토끼 먹이를 구해다가 토끼를 돌본다는 설정이었다.

다음엔 노인을 공경하며 도움이 필요한 노인을 매일 보살핀다는 내용이었다. 보살핌을 받는 노인은 이웃집에서 홀로 사시는 할머니가 역할을 해주었다. 평소 건강하셔 물을 직접 기르시고 잘 지내시는 할머니이셨는데 방송에서는 몸이 불편하여 거동을 잘 못 하는 할머니로 변하셨다. 그 할머니를 위해 그 착한 아이가 물을 길어다 주고 마당도 쓸어주며 보살핀다는 이야기로 촬영되었다.

사실 방송 촬영을 할 때는 뉴스가 어떠한 내용으로 방송될지 정확히 짐작할 수는 없었다. 그런데 방송 당일 뉴스를 보던 다른 아이들은 황당함을 금할 수 없었다. 왜 이장님 염소와 다른 집의 토끼가 그 아이가 보살피는 동물들이 되었는지 알 수 없었으며 평소 건강한 할머니는 왜 연약해져 그 아이의 도움을 받아야 하는지 이해할 수 없었다. 방송이 없는 것도 있는 것처럼 만들어낼 수 있다는 사실을 알 수 있었다. 물론 착한 어린이상 사건은 그 의도가 불순하지는 않았지만 만약에 의도가 나빴다면 정말 말도 안 되는 일이 벌어질 수 있다는 생각이 들었다.

어른이 되어 가끔 방송을 보면 과다한 연출이 인상을 찌푸리게 만드는 경우가 있었다. 어떤 예능 프로그램에서 출연자가 낚시를 했지만 고기를 못 잡아 프로그램이 지루했다. 그런데 화면이 갑자기 바뀌더니 출연자가 한 마리 낚았다고 호들갑을 떨었다. 낚싯대에 걸려 있는 물고기는 축 처져 있었고 그 출연자의 얼굴에는 자신이 오랜 기다림 뒤에 실제 낚았다면 나타나야 할 표정이 보이지 않고 어색한 미소만 짓고 있을 뿐이었다. 프로그램의 흐름상 어쩔 수 없는 설정이었다고 이해는 되지만 '시청자를 바보로 아나?' 하는 씁쓸한 생각이 들었다.

모든 것에는 중심이 되는 흐름이 있기 마련이다. 과도한 설정이나 거짓은 중심이 되는 흐름을 방해하는 역류를 만들거나 흐름 자체를 끊어버린다. 한마디로 역효과가 난다. 또한 본질을 소홀히 여기면 어떤 일은 본인이 의도하지 않은 방향으로 흘러가 예상치 못한 나쁜 결과를 초래할 수 있다. 이는 보통 과욕에서 비롯된다. 있

는 그대로 보이기보다는 더 잘 보이고 잘 평가받고 싶은 마음에 자칫 중요한 것을 놓치는 경우를 우리는 경계해야 한다.

그 착한 어린이는 상은 받았으되 그 방송으로 인해 이상한 아이로 아이들의 놀림감이 되어버렸다. 아이들은 "너희 집에 염소 어디 있냐?", "할머니한테 오늘도 물 길어 드려야지?" 하며 그 아이를 놀렸다. 잘못된 흐름에 휩쓸리지 않도록 하려면 그 흐름 속에서 본인이 추구하는 중요한 가치가 무엇인지 정확히 알고 그 가치가 훼손되지 않는 범위에서 융통성은 발휘하되 본질은 왜곡하지 말아야 한다. 그 아이가 다른 것은 할 수 있어도 거짓된 내용을 촬영하지는 말았어야 했던 것처럼.

울력

    "아아! 하나, 둘, 셋! 에~ 마을 이장입니다. 내일은 우리 동네 울력이 있는 날입니다. 집집마다 한 명씩 구화(흙을 파는 농기구)나 삽을 들고 마을 샘 앞으로 6시까지 나와 주세요. 안 나온 집은 벌금 오백 원입니다." 어릴 적 매주 토요일 저녁 식사 시간 즈음 마을회관 스피커를 통해 이장님은 일요일 아침에 있을 울력 안내방송을 했다.

    울력은 1970년대 새마을운동 시절부터 해왔던 마을 정비 사업이 도랑 정비, 잡초 제거, 샘터 청소, 마을길 보수 등 마을을 위한 공동작업 형태로 이어져온 것이다. 보통 일요일 아침 식사 전에 새벽 여섯 시 즈음 모여 약 두 시간가량 작업을 했다. 보통 어른들이 작업을 하지만 초등학교 고학년이 되면 웬만한 작업을 할 수 있어 큰 애들이 있는 집에서는 아이들을 울력에 내보냈다. 나도 일요일 아침에는 우리 집의 울력 담당이 되었다.

    마을 공터에 모인 울력 인원은 보통 스무 명이 넘는다. 아이들도 제법 있다. 이장님께서 먼저 그날의 작업 내용을 브리핑하고 인원을 분류해주신다. 아이들이 울력 작업 중에 가장 하기 싫어하는 일은 '개똥' 치우기다. 집집마다 개를 키웠고 개를 풀어 키우다 보니 마을 길은 개똥이 지천으로 깔려 있었다. 개똥은 삽으로 떠 길가에 구덩이를 파서 묻는다. 마른 것이야 괜찮지만 신선한 것은 냄새와 그 모양새가 싫어 여간 곤혹스러운 것이 아니었다. 그것들은 위에 흙을 뿌려 냄새 제거 및 점도를 높여 같은 방법으로 처리한다.

아이들이 가장 좋아하는 일은 도랑정비였다. 샘터에서 나온 물은 작은 도랑을 따라 큰 내로 흘러가는데 도랑에 쌓인 흙을 퍼내어 물이 잘 흘러가도록 만드는 작업이었다. 도랑의 흙을 삽과 구화라는 농기구로 퍼내는 작업을 하다 보면 그곳에 사는 미꾸라지가 덩달아 나온다. 미꾸라지를 잡는 것이 아이들에게는 재미있었다. 몇몇 아이에게 미꾸라지를 몰아주어 집에 가져가게도 했다.

가끔은 폭우로 유실된 도로의 정비와 같은 큰 작업을 했다. 새참을 먹어가며 오전 내내 작업을 하기도 했다. 지금 시각으로 보면 아이들이 힘든 작업을 하는 것이 안쓰럽지만 그때는 일할 수 있는 사람이 일하는 것이 당연하다고 여겨졌다. 사실 아이들에게는 일이 함께하는 놀이의 일부였다. 일하면서 장난치고 웃으며 함께 보낼 수 있는 시간이 좋았다. 또한 일요일 아침 울력은 아이들에게 휴일을 함께 지낼 수 있는 시작에 불과했다.

울력이 끝나면 각자 집에서 아침을 먹고 다시 만나기로 약속한다. 다시 만나 축구와 야구를 하며 그렇게 일요일 오전을 함께 즐겼다. 요즘 아이들은 축구나 야구를 하려면 스포츠클럽에 가입해야 하고 함께하는 시간도 넉넉하지 않으니 안타까운 현실이다.

울력은 겉으로 보기엔 물론 노동이었지만 울력을 마친 후 깨끗해진 마을환경을 보았을 땐 보람도 있어 노동으로 생각하지 않았던 것 같다. 일종의 봉사활동처럼 시간과 노력이 들고 그 결과가 비록 나를 위한 행동이 아닐지라도 나의 노력으로 우리 삶의 환경이 조금이라도 좋아졌다는 것이 울력이 오랫동안 지속되었던 이유였다.

집 근처에 대기업이 있다. 얼마 전 출근길에 그 직원들이 노란 띠를 가슴에 두르고 쓰레기봉투와 집게를 들고 아파트 주변에서 쓰레기를 줍고 있었다. 일종의 기업 이미지 홍보와 주민들의 인심을 얻기 위한 회사정책인 것 같았다. 강제된 봉사에 희생되고 있는 직원들이 안쓰러워 보였다. 쓰레기를 주우려 그날은 평소보다 일찍 출근했을 것이고 자기 집이나 동네가 아닌 곳에서 쓰레기를 줍고 있어야 하니 얼굴이 그리 편해 보이지는 않았다.

우리는 남과 더불어 살고 있지만 남을 위한 봉사가 특별한 사람들의 일로 생각하는 경향이 있다. 이런 생각은 봉사를 더 어려운 일로 만든다. 그러나 봉사는 남을 의식하고 하거나 강제된 행동이 아니다. 봉사를 하면 마음이 편안하고 평소 느끼지 못했던 즐거움에 스스로 하는 것이다. 공동체 의식이 희미해진 요즘 봉사하는 문화가 더 확산되었으면 하는 바람이다.

대보름

대보름엔 그 두꺼웠던 겨울의 장막도 봄기운에 점차 엷어져간다. 설날이 지나도 아이들에게는 대보름이라는 큰 명절이 있어 세뱃돈과 음식이 풍부했던 설날을 떠나보내는 아쉬움은 덜했다. 삼한사온의 기나긴 겨울 터널을 지나 설날이 되면 반짝 추워졌다가 대보름이 되면 서서히 다가오는 봄기운도 느낄 수 있다. 예전에 대보름을 명절처럼 중시하게 된 이유가 대보름이 한 해 농사의 시작을 알리기 때문이라고 한다.

대보름을 맞을 준비로 아이들이 먼저 하는 일은 깡통을 찾는 것이다. 일 년 중 이날만 할 수 있는 쥐불놀이를 할 적당한 크기의 깡통이 필요했다. 복숭아 통조림 캔은 너무 작고 분유통이나 과일 칵테일 깡통이 적절한 크기였다. 깡통을 구하면 위쪽 뚜껑은 깨끗이 제거하고 아래쪽에는 대못을 이용해 구멍을 촘촘히 뚫어준다. 깡통 안에 나무가 잘 타도록 공기구멍을 만들어주기 위함이다. 깡통 옆쪽에도 듬성듬성 공기구멍을 뚫어주면 나무가 더 잘 탄다. 구멍이 뚫린 깡통 위쪽에 철사를 걸어 돌렸을 때 바닥에 닿지 않게 철사 길이를 조절하면 이날 쥐불놀이에 쓰일 일명 '불깡통'이 완성된다.

집에서는 찹쌀과 팥으로 밥을 짓고 그 밥을 김에 싸서 주먹밥을 만들어 먹었다. 쫀득거리는 찰기의 밥과 팥 그리고 김이 어울려 주먹밥은 그 자체로 맛있는 음식이었다. 대보름에 만들어놓은 주먹밥은 대나무 소반에 담아두어 다음 날, 또 그다음 날에 먹어도 질리지 않고 맛있었다. 또한 봄에 채취한 고사리, 여름에 잘라 말려놓은 토란대, 가을에 캐놓은 도라지 등 서너 가지 나물도 빠지지 않았다.

찰밥과 나물을 먹는 이유도 한 해 동안 탈 없이 건강하기 위해서다. 대보름날엔 친구의 이름을 부르고 난 후 친구가 대답하면 "내 더위 사가."라고 말하는 풍습이 있었다. 자기가 여름에 겪을 더위를 친구에게 팔았으므로 자신은 더위를 피할 수 있다는 일종의 미신에서 비롯된 것이다. 하나의 전통이었지만 '남의 불행이 곧 나의 행복이 되는 사고방식'은 지금 기준으로는 바람직하지 않아 보인다. 대보름에는 '부럼'이라 부르는 견과류를 특별히 챙겨 먹는다. 부럼은 '부스럼'의 준말로 원래는 몸에 나는 '종기'를 뜻한다. 이러한 부럼을 깨물어 먹으면 한 해 부스럼 없이 지낼 수 있다고 믿었다.

먹는 풍습 외에 한 해의 시작이라는 의미에서 액운을 없애려 대보름에 연을 날렸다. 아이들뿐만 아니라 어른들도 연을 날려 액운을 떨쳤다. 연을 날릴 때 가장 짜릿한 순간은 비실거리며 하늘로 날아 올라갈 가망이 없어 보이던 연이 갑자기 바람을 타고 멀리멀리 날아가면서 연줄을 감아놓은 얼레(연줄을 감아놓은 기구)의 실이 빠르게 풀리고 어느 순간에 낚시에서 챔질을 하듯 연줄을 잡아채면 갑자기 연이 하늘로 솟구쳐 오르는 때이다. 연 날리기를 한참 하다가 마지막에는 멀리 날아간 연의 연줄을 끊어 한 해 나쁜 일도 함께 멀리 사라지라고 기원한다.

날짜로는 음력 1월 15일이 대보름이지만 어른들은 하루 전날 보름달이 가장 크고 밝다고 했다. 그래서 소원을 빌려면 하루 전에 달을 보고 소원을 빌었다. 저녁이 되면 대보름달이 동쪽에서부터 올라오기 시작한다. 이른 저녁부터 아이들은 불깡통과 땔감을 들고 마을회관 앞 논으로 모인다.

벼를 베고 밑동만 남은 논에서 일단 볏짚과 나무 장작으로 모닥불을 피운다. 활활 타오르는 모닥불을 보고 아이들은 신이 난다. 대보름날만은 불장난이 허락되므로 아이들은 마냥 좋아한다. 모닥불에서 불씨를 얻은 아이들은 저마다 준비한 깡통에 나무와 불씨를 넣고 불깡통을 돌리기 시작한다. 불깡통을 돌리면 타원형으로 생긴 빨간 궤적들이 논에 가득 찬다. 하얀 보름달을 뒤로한 빨간 타원들은 마치 도깨비불이 모여 군무를 추는 듯하다.

아이들은 불깡통을 이용해 동네 어귀 논둑길을 따라 걸으며 논둑에 불을 지른다. 당시에는 해충을 없애려고 일부러 논둑을 태웠다. 건조한 겨울 날씨에 바짝 마른 논둑은 순식간에 불이 번져 휘영청 밝은 달 아래 불붙은 논둑들이 붉은 띠의 물결을 이룬다. 논둑에서 돌아온 아이들은 쥐불놀이의 절정을 위해 모인다. 아이들은 한 줄로 서서 자신의 차례가 오면 깡통을 세차게 돌린 다음 하늘 멀리 던진다. 불깡통은 달에 닿을 듯 날아가며 타고 있는 재들은 혜성의 꼬리처럼 빨간 흔적을 하늘에 수놓고, 땅에 떨어질 땐 재가 흩어져 마치 불꽃놀이의 폭죽이 터지는 것 같다. 아이들은 깡통이 날아서 떨어지는 순간마다 환호성을 지르고 그렇게 밤 깊은 쥐불놀이는 끝이 난다.

하지만 대보름날의 전통은 여기서 끝이 아니다. 마을 청년들은

이웃 마을 청년들과 패싸움을 한다. 진짜 싸움을 한다. 대나무로 만든 장대와 돌을 이용해 싸운다. 두 마을은 논을 사이에 두고 불을 피워놓고 대치한다. 목소리가 큰 형들이 나와 서로 욕을 하며 군중들을 흥분시킨다. 흥분이 최고조에 닿으면 돌격이라는 신호와 함께 한 마을에서 장대와 돌로 공격하며 나간다. 상대방도 돌을 던지며 방어하고 장대로 내려친다. 정말 살벌하다. 더러 돌에 맞고 장대에 맞아 사람들이 다친다. 힘센 마을이 농사도 잘 짓고 풍년을 맞을 수 있다는 풍습으로 힘겨루기를 했던 것이다. 싸울 힘으로 땅을 더 깊이 갈았으면 좋았을 것을.

우리는 무언가를 기원할 때 기원으로서 끝내는 경우가 많다. 어떤 일이 이루어지려면 구체적으로 행동이 있어야 하는데 행동은 없고 마음만 있다. 기원한 것이 현실화되는 과정에서 자신이 할 수 있는 일들이 있지만 자신보다는 주변 환경이 변했으면 하는 바람에서 비롯된다.

자신과 가족의 건강을 위해서는 운동을 하고 좋은 습관을 기를 수 있다. 돈을 많이 벌려면 자기개발이나 사전 준비를 할 수 있을 것이다. 올해부터는 대보름에 휘영청 둥근달을 보며 무엇을 기원할 것이 아니라 무엇을 하겠노라고 다짐을 해보는 것은 어떨까. 진정 바라는 바가 이루어지기를 원한다면.

가수

연말이면 방송에서 10대 가수상과 가수왕을 발표했다. 10대 가수
에 누가 되는지 또 가수왕은 누가 되는지에 대한 추측과 결과에 사
람들은 관심이 많았다. 한 해 가장 인기가 많았던 10명의 가수에 뽑
혀도 화제이고 가수왕이 된다는 것은 최고의 가수로 인정받는 의미
였다. 당시 좋은 음악과 훌륭한 가수분들이 많아 경쟁이 치열했다.

그중 가장 치열했던 때는 1982년 '조용필'과 '이용'의 가수왕 경
쟁이었다. 조용필은 1980년 <창밖의 여자>, 1981년 <고추잠자리>
라는 노래로 2년 연속 가수왕을 받았다. 그러나 1982년 이용이
<잊혀진 계절>이란 노래로 조용필의 아성에 도전했다. 결국 한 방
송사에서는 이용이 수상하고 다른 방송사는 조용필에게 상을 주어
마무리되었지만 당시 이용의 수상은 조용필이 독주했던 가수왕에
큰 이변을 낳은 사건이었다. 당시 대세인 조용필에 도전하는 것이
흥미로워 이용의 수상을 내심 응원하는 사람이 많았다.

1970년대 가수왕을 수상했던 주요 가수는 남진, 이미자, 송창식,
혜은이 등이었고, 조용필 이후로는 김수철, 이은하, 정수라, 전영록,
주현미 등이 인기가 많았다. 어떤 가수 또는 어떤 노래를 좋아하든

이는 개인의 취향이지만 당시에는 자신이 좋아하는 가수가 또는 노래가 상을 받는 것을 열렬히 응원했고 다른 가수와 노래를 응원하는 것을 적대시하는 마음도 있었다. 일례로 박해성의 <경아>, 김승진의 <스잔>과 같은 노래는 오빠를 좋아하는 소녀 팬들 사이에서 누구 노래가 좋은지, 어느 가수가 더 잘생겼는지에 대한 논쟁이 끊임없이 제기되었다.

사랑과 이별을 주 소재로 한 당시 감성적인 노래들은 소년, 소녀들에게 많은 영향을 주었고 어른들에게는 위로와 휴식을 주었다. 나는 그중에 가수 이선희의 노래를 좋아했다. 1984년 <J에게>를 시작으로 <갈바람>, <갈등>, <아 옛날이여>, <소녀의 기도> 등 노래는 당시 어린 나에게도 와 닿은 노래들이었다. 당시 카세트테이프나 LP음반 등이 대중화되지 않아 좋아하는 노래는 라디오나 텔레비전을 통해 주로 들었는데 직장에 다니던 누나가 카세트테이프 녹음이 가능한 '더블테크'를 산 이후 난 이선희 노래를 테이프 하나에 녹음해 계속 들었다.

이선희와 함께 당시 전영록의 노래도 매우 좋아했다. <저녁놀>, <종이학>, <불티>, <내 사랑 울보> 등은 전영록이 부른 주옥같은 명곡들이다. 전영록이 <불티>라는 노래를 부를 때 쓰던 선글라스, <종이학>을 부를 때나 평소 쓰던 뿔테 안경이 한때 유행했었고, 전영록은 당시 <돌아이>라는 영화에도 출연해 반항아의 전형적인 패션인 청 재킷을 유행시켰다. 나이가 지긋하지만 항상 미소년 같은 모습으로 가끔 대중 앞에 나타나는 그분은 세월이 비켜가는 것이 아닌가 하는 착각이 들 정도다.

'스타는 마지막에 등장한다.'는 말은 가수 조용필을 상징하는 말이었다. 당시 쇼 프로그램에서 조용필과 그의 밴드는 항상 맨 마지막에 무대를 장식했다. <친구여>, <허공>, <단발머리>, <못 찾겠다 꾀꼬리>, <돌아와요 부산항에> 등 수많은 명곡을 부른 그는 지금도 우리에게 영원한 '가왕'으로 기억되고 있다. 어른들부터 소녀 팬까지 전 국민의 인기를 한 몸에 받았다고 해도 과언이 아닐 만큼 조용필의 인기는 실로 대단했다.

<어쩌다 마주친 그대>를 부른 송골매, 김범룡의 <바람 바람 바람>, <약속>의 임병수, <사랑사랑 누가 말했나>의 남궁옥분, <참새의 하루>의 송창식, <아파트>의 윤수일, <제3한강교>의 혜은이, <내일>을 부른 김수철 등 추억을 소환하기에 좋은 가수와 노래들이 생각난다.

추억을 소환하기에 음악만큼 좋은 것이 없다. 음악을 들으면 그 시절 내가 가졌던 감정들이 기억난다. 또한 그 당시 주변에 어떠한 일들이 일어났는지도 연상 작용으로 떠오른다. 음악이 감성을 되살려 주고 편안한 시간을 보낼 수 있게 해주지만 가끔은 노래와 함께 떠오른 그 시절의 추억이 현재의 나를 각성시킬 때도 있다. 그래서 음악은 항상 곁에 두고 함께하는 친구와 같은 존재가 된다.

음악을 듣기에 가장 좋은 방법은 라디오 같다. 라디오에서는 내가 원하는 음악만이 나오는 것은 아니지만 많은 음악을 들려준다. 라디오 음악 프로그램은 추억을 소환해주는 프로그램, 휴식을 주는 프로그램, 웃음을 주는 프로그램 등 다양하다. 따라서 자신이 좋아하는 라디오 프로그램을 선택해 듣는다면 휴식도 취하고 사람들의 살아가는 소소한 이야기들을 들으며 가끔은 지혜도 얻기에 더없이 좋으니 TV와 핸드폰보다는 라디오로 음악을 가까이하는 것을 권해본다.

우표 수집

어릴 적 한 번쯤 우표 수집을 해보지 않았을까? 당시 우표 수집은 유행처럼 번져 시골에 사는 아이들까지 우표 수집을 취미로 할 수 있었다. 이메일이 없었고 전화기가 있는 집도 드물었던 시절이라 대부분 연락은 손 편지를 통해 이루어졌는데, 손 편지에는 봉투마다 알록달록한 우표가 붙어 있었다.

당시 보통우편을 보낼 수 있는 우표 가격이 약 30원이었다. 소포에는 백 원이나 이백 원짜리 우표가 붙어 있었고 그러한 고액권 우표는 매우 귀하게 여겨졌다. 우표는 동식물 그림, 국보, 스포츠 경기 등 다양한 그림이나 사진이 그려져 있었다. 특이한 사실은 당시 대통령이 해외 순방만 가면 기념우표가 만들어졌다. 당시 '전두환 대통령 ○○순방 기념우표'가 매우 많았다. 아마 대통령의 치적을 알리기 위한 수단으로 우표가 활용된 것 같다.

껌 종이도 어릴 적 수집 대상이었다. 여러 제조사에서 다양한 맛, 그리고 화려한 색깔로 만든 껌 종이는 모으면 상당히 예쁜 수집물이 되었다. 당시 까만색의 아카시아 껌, 은색의 은단 껌, 노란색의 쥬시후레쉬, 초록색의 스피아민트, 글씨체가 매력적인 Eve 껌 등

형형색색의 껌 종이는 앨범 속에 끼워두면 넘길 때 그 껌의 향기가 전달되는 매력이 있었다.

이러한 수집문화는 어른들의 상술에 자주 이용되었다. 수집을 해본 사람은 알겠지만 수집을 하다 보면 항상 다 모았는데 한두 개가 빠진 곳이 있기 마련이다. 그 빠진 곳을 채우기 위해서는 어떠한 대가도 치를 준비가 되는 것이 사람의 심리이다. 동전을 모으는 사람들은 희소성이 있는 1998년도 오백 원짜리 동전이 수십만 원 또는 수백만 원에 팔리는 것을 이해한다. 그만큼 빈 곳을 채우고 싶은 마음은 간절하다.

당시 초등학교 문방구에는 항상 '뽑기'가 있었다. 100원을 내면 세 번 뽑을 기회를 주는데 꽝이 나오거나 과자, 문구류 등이 선물로 나온다. 이러한 뽑기와 수집문화를 결합시킨 상품이 문방구에 유행이었다. 당시 프로야구 6개 구단 주요 야구선수들의 사진이나 우리나라 주요 국보 사진 스티커 뽑기가 있었다. 그 사진들을 사진첩에 모두 부착해 문방구에 다시 주면 큰 선물(주로 만화책)을 주었다.

그러나 상술이 그렇듯이 항상 잘 나오지 않은 사진이 두세 개 있다. 아이들은 그것들을 뽑으려고 계속 뽑기에 돈을 투자한다. 빈칸에 그 사진들을 채워야 큰 선물을 받을 수 있기 때문이다. 친구들이 희귀 사진을 뽑았다는 이야기를 들으니 더 안달이 난다. 그렇게 아이들의 코 묻은 돈은 뽑기로 탕진하게 된다. 그러다 자신이 원하는 사진을 우연히 뽑으면 날아갈 듯이 기쁘다. 그래서 계속 뽑기를 한다.

지금도 초등학교 문방구에 가보면 유희왕 카드, 포켓몬스터 카드 등을 뽑기 형태로 판매한다. 그러나 그 옛날과 마찬가지로 매우 희귀한 카드가 있고 아이들은 그 희귀한 카드를 뽑기 위해 부모를 졸라 계속 뽑기를 한다. 이럴 경우 아이에게 상술에 대해 설명을 하면 아이가 "아! 부모님 그런 것이 있는 줄 몰랐네요. 제가 어리석었습니다."라고 대답하며 그 뽑기를 그만하는 아이가 있을까! 그 상술은 이미 아이의 이성적 판단 위에 존재하고 있어 정상적인 아이라도 그것을 깨닫기는 어렵다.

하물며, 어른들도 정상적인 사고로는 도저히 이해할 수 없는 선택을 하곤 한다. 예를 들어, 가족과 지인들에게 피해를 입힐 게 뻔한 불법 다단계에 빠져 헤어나지 못한 어른들은 다단계를 첨단 마케팅 기법이라고 칭찬하기까지 한다. 아이들이 채우지 못한 카드를 얻기 위해 물불을 가리지 않는 것과 어른들이 불법 다단계에 빠지는 행동에는 공통점이 있다.

물건(돈)에 대한 집착이 너무 강해서다. 간절하게 원해 이성적인 판단을 할 수 없을 정도로 물질이 다른 어느 것보다 상위 가치로 평가되는 것을 우린 경계해야 한다. 물욕이 과하면 수집은 집착으로 변질되고 집착이 과할 때 물질의 노예가 된다. 수집을 한다면 조금씩 욕심을 내려놓고 자신의 운을 기대하며 소소한 취미로서 수집의 의미를 살려야 제대로 즐길 수 있다.

약

    친구들과 놀다가 한 아이가 장난을 치고 도망간다. 화가 난 아이가 도망간 친구를 향해 돌을 던진다. 날아간 돌은 도망가던 아이의 뒤통수에 맞는다. 돌을 맞은 친구의 머리에서 피가 난다. 피가 난 머리를 감싸며 집에 왔더니 어머니가 장독대로 향하신다. 어머니는 장독대에서 된장 한 숟갈을 퍼 오시더니 소주와 섞어 피가 난 머리에 발라주신다.

    어릴 적에는 약이 귀했으니 검증되지 않은 민간요법이 횡횡했다. 그중 된장은 단연 으뜸이었다. 상처가 나도 된장, 발목이 삐어도 된장, 벌에 쏘여도 된장이었다.

    근거가 없는 민간요법들은 주변의 곤충과 동물들에게 상당한 시련을 안겨주었다. 지네가 건강에 좋다고 하여 많이 잡혀 햇볕에 말려졌고 두꺼비도 그랬다. 뱀은 정력에 좋다고 알려져 있어 술에 담가졌는데 아이들은 독사나 구렁이 같은 뱀을 잡아 어른들에게 천원에 팔았다. 심지어 고양이는 신경통이나 관절염에 좋다는 말이 있어 가마솥에 들어가는 신세를 면하지 못했다. 요즘 코뿔소 뿔이 인기가 있어 코뿔소가 멸종해가는 현상과 비슷하다.

민간요법이 유행했던 것은 당시 약이 귀했기 때문이다. 당시 약이라고 해봐야 상처 난 곳에 바르는 소독약인 '옥도정기(요오드딩크)'가 상비약으로 있을 뿐이었다. 이 약은 시간이 지나 효능이 개선된 '아까징끼'라는 약으로 불렸다. 이 역시 일본말이라고 한다. 일본어로 '아까'가 빨간색, '징끼'는 요오드이니 '빨간 요오드'란 뜻이고, 우리는 이를 흔히 '빨간약'이라고 불렀다. 빨간약은 상처를 소독하는 약이지만 어릴 적에는 모기에 물려 가려운 곳에도 빨간약을 발랐다.

빨간약과 함께 그 시절 가장 흔히 볼 수 있는 약이 '안티푸라민' 연고였다. '유한양행'에서 만들었고, 포장 용기에 흰 모자를 쓴 간호사 얼굴이 그려져 있어 포장만 봐도 증상이 나을 것만 같았던 약이다. 이 연고는 소염진통제이지만 모기에 물려 가려운 곳에 바르는 용도로도 사용되었다. 또한 연고 행태라 상처 난 부위에 바르면 피가 지혈되어 상처 치료에도 쓰였다.

어릴 적 나는 무릎이 자주 까져 상처에 안티푸라민을 자주 발랐다. 수십 년이 지난 지금도 무릎의 흉터는 여전히 남아 있다. 무릎이 성할 날이 없었던 이유는 어디를 가더라도 달려가기를 좋아해 돌부리에 걸려 넘어지는 일이 많아서였다. 특히 어머니는 가게에서 물건을 사오라는 심부름을 많이 시켰는데, 그때마다 난 전속력으로 달려가 심부름을 완수했다. 그런 나를 보고 어머니는 "와, 벌써 왔니, 빠르게 심부름을 잘하는구나."라고 칭찬을 해주시니 그 칭찬이 듣고 싶어 매번 달렸고 그러다 보니 넘어질 일이 많았다. 넘어져 무릎에 피가 나면 어머니께서 쓰라린 상처를 호호 불며 안티푸라민 연고를 발라주시곤 했다.

계절에 따라 사용하는 약도 있었다. 여름에는 물파스가 필수적이었다. 모기에 물리면 침을 발라보고 비눗물로 씻어보지만 대나무 숲에 사는 시커먼 모기에 물리면 민간요법이 효과가 없었다. 그런데 모기에 물리는 곳에 물파스를 바르면 가렵지 않았고 약효가 사라질 즈음이면 신기하게 더 이상 가렵지 않았다. 물파스는 본래 소염진통제이지만 배가 아플 때도 사용했다. 보통 배가 아프면 할머니께서 손으로 배를 문질러주시면 나아졌지만 배꼽 주변에 물파스를 발라도 시원함에 통증이 조금 완화된 기분이 들었다.

겨울에는 건조한데다 자주 못 씻어 손과 발의 피부가 딱딱해지고 갈라져 피가 났다. 손등이 트고 발뒤꿈치가 까매지면 겨울이라도 목욕을 해야 했다. 목욕탕이 없던 시절 목욕은 집에서 했다. 목욕을 하려면 먼저 가마솥 가득 물을 데워야 한다. 물이 데워지면 부엌 한쪽에 놓인 커다랗고 빨간 고무대야에 물을 부은 후 옷을 벗고 재빠르게 대야 안으로 들어간다. 따뜻한 물속에 있어도 자욱한 부엌 안 수증기 사이로 하얀 입김이 훅훅 나온다. 젖은 머리카락이 차가운 웃풍에 얼기 전에 열심히 때를 밀고 손과 발에 바셀린을 바르면 반질반질해진다. 바셀린은 차가운 겨울바람으로부터 우리의 손과 발을 보호해주었다.

어릴 적 약은 귀하기도 했지만 아주 아플 때만 사용했다. 그러나 요즈음은 병원과 약에 대한 접근성이 좋아져 조금만 아파도 약과 병원에 의존한다. 나는 아내에게 자주 핀잔을 듣는데, 아파도 약을 잘 안 먹고 병원에 안 가기 때문이다. 어릴 적 습관이 남아 있어서다. 약과 병원은 적절히 이용해야 건강 유지에 도움이 된다고 생각

한다. 자신의 현재 몸 상태를 정확히 알고 병과 약에 대한 정보를 어느 정도 알면 약과 병원을 유용하게 이용할 수 있고 건강도 지킬 수 있을 것이다.

안방극장

1970년대 TV가 본격적으로 보급되면서 TV 보는 것을 '안방극장'이라고 부르기 시작했다. 대부분 가정집에서 저녁을 먹고 나면 가족 모두 TV 보는 것이 일상이 되었다. 당시 TV는 하루 종일 볼 수 있는 게 아니라 오전 6~10시, 오후 6~12시까지만 프로그램이 편성되어 있었다. 시골에는 TV가 집집마다 있지 않아 이웃들이 TV 있는 집에 모여 함께 보기도 했다.

TV가 있기 전 시골 마을의 저녁 시간은 하루 농사일을 마치고 밀린 집안일을 하거나 내일의 일을 준비하는 시간이었다. 간식거리를 나누고 이야기하는 휴식 시간이었지만 TV는 남녀노소 가리지 않고 모두 자기만 바라보게 하는 마력으로 사람들의 저녁 시간을 통째로 바꾸어놓았다.

당시 가장 인기 있었던 드라마 중 하나는 <수사반장>이었다. 배우 최불암 씨가 수사반장 역할을 했고, 배우 이계인, 변희봉, 조형기 씨가 범인 역으로 자주 등장했다. 수사반장 오프닝 곡은 영화 <살인의 추억>에서 배우 송강호 씨가 범인 취조 중에 자장면을 먹을 때 따라 불러 유명해졌다. 이 음악은 수사반장 음악으로 익숙해져 있어 언제 어디서 들어도 저절로 긴장하게 한다.

수사반장과 쌍벽을 이루던 드라마는 농촌생활의 이야기를 담은 <전원일기>였다. 수사반장과 더불어 20년이 넘도록 안방극장에 사람들을 불러들인 마력을 지닌 드라마였다. 전원일기는 농촌마을에 사는 이웃들의 이야기라는 점에서 당시 농경문화에 익숙했던 대중의 공감을 이끌어냈고, 매회 갈등이 일어나면 갈등을 풀어가며 가족의 소중함과 공동체의식을 일깨워 주는 방식으로 인기를 얻었다. 전원일기의 테마곡 역시 눈을 감으면 드라마 속 가상의 시골 마을인 '양촌리'가 떠오를 정도로 익숙하다.

어른들이 좋아하는 프로그램이 드라마였다면, 남녀노소 모두 좋아하는 프로그램은 코미디 프로그램인 <웃으면 복이 와요>였다. 구봉서, 배삼룡, 이기동, 서영춘, 남철, 남성남, 이주일, 남보원 등 개성이 넘치는 코미디언들이 정말 많았다. 구봉서의 '김수한무…'로 시작되는 72글자의 5대 독자 이름, '합죽이' 서영춘, '땅딸보' 이기동과 '비실이' 배삼룡, '왔다리 갔다리 춤'의 남철·남성남, '못생겨서 죄송합니다.'로 유명한 이주일, 입으로 모든 소리를 낼 수 있었던 남보원 등 한 분 한 분이 개성 있는 코미디언이었다.

<웃으면 복이 와요>보다 늦게 1983년에 시작했지만 신선한 유머로 사랑을 받았던 <유머1번지>도 인기가 많았다. 심형래, 임하룡, 김형곤, 최양락, 이봉원 등이 '영구 없다', '이 나이에 내가 하리', '잘~될 턱이 있나', '괜찮아유~', '반갑구만 반가워' 등 수많은 유행어를 만들며 웃음과 재미를 주었다.

학교를 가지 않은 일요일엔 오전부터 하루 종일 텔레비전을 볼 수가 있어 좋았다. 아침에는 <MBC 장학퀴즈>에서 차인태 아나운서의 깔끔한 진행으로 전국 고등학생들이 학교의 명예를 걸고 퀴즈

대결을 했다. 월 장원, 기 장원이 되면 명예를 얻지만 장학금 규모도 상당하여 누가 우승할지 관심 있게 지켜보았다.

일요일 오전은 <명랑운동회>라는 프로그램으로 마무리되었다. 배우, 가수, 코미디언 등 연예인들이 청백 팀으로 나누어 장애물 이어달리기 같은 게임을 하는 프로그램이었다. 외모가 근엄하신 변웅전 아나운서가 진행해 다소 딱딱한 면은 있었으나, 몇몇 출연자들이 웃음을 주는 방식으로 재미있게 진행되었다. 그중 코미디언 '김명덕' 씨는 원숭이 흉내로 웃음을 주면서도 지금의 개그맨 '김병만' 씨처럼 운동신경이 매우 좋아 장애물 이어달리기에서 자주 역전의 승리를 안겨다 주었다.

주기적으로 상영되는 외화 중 가장 인상적이었던 프로그램은 <V>라는 외화였다. <V>는 외계인을 뜻하는 'Visitor'에 맞서 지구인들이 승리(Victory)한다는 내용이다. 악역을 맡은 사람들은 겉으론 지구인 모습을 하고 있지만 사실 인간의 탈을 쓰고 있을 뿐, 실제는 녹색 피부를 가진 파충류 외계인이다. 이들이 쥐를 통째로 잡아먹는 모습은 당시 아이들에게는 충격적이었다. 나쁜 여자 외계인 '다이아나', 그에 맞서는 저항군 리더 '도노반', 저항군의 '줄리엣' 박사 등 여러 개성 있는 캐릭터들이 등장한다. 결말은 외계인에게만 치명적인 박테리아를 만들어 승리한다는 내용이다.

그 외에 화가 나면 녹색 괴물로 변하는 <헐크>, 인공지능 차 키트를 이용한 수사활극 <전격 Z작전>, 마하 1을 넘고 최첨단 무기와 스텔스 기능으로 무장된 헬기로 냉전시대 첩보 내용을 다룬 <에어울프> 등은 아이들에게 상상 속에서만 가능한 일들을 실제처럼 보여주어 매우 인기가 있었다.

TV라는 매체는 당시 사람들의 여가활용 방식을 완전히 바꾸어놓았다. 대부분이 여가 시간을 TV 시청으로 보내기가 일상화되었고 깨어 있는 많은 시간들을 TV와 함께하게 되었다. 돈과 노력이 가장 적게 드는 효율적인 여가 활용방법이라 더욱 인기가 많았다. 다만 가족들 간 대화가 줄어들고 수동적인 사고를 하도록 하는 단점이 있긴 했다.

최근까지 TV 없이 십여 년을 지내봤다. TV 보던 시간에 운동을 하고 책을 많이 읽게 된 것은 긍정적인 변화다. 지금은 넷플릭스나 유튜브가 TV를 대체하고 있지만 일방적으로 제공되는 정보나 콘텐츠라는 점에선 TV와 별반 차이는 없다. '바보상자'라고 불리는 TV를 보는 것, 이와 유사한 콘텐츠를 보는 것과 같은 수동적인 여가 활용방식이 사람들에게 왜 잘 통할까?

현대를 사는 사람들은 낮이나 주중에는 일하고 밤이나 주말에는 재충전을 위해 쉬고 싶다. 가만히 앉아 아무 생각 없이 TV를 보는 것이 피로한 뇌와 근육들에 쌓인 긴장을 이완시키기에 좋기 때문이다. 하지만 TV만 보며 여가 시간을 보내고 난 후에 드는 감정은 허무감이 생길 수 있다. 내가 뭐 했지? 뭐 한 것도 없는데 시간이 왜 이렇게 빨리 갔지? 자기 주도적으로 계획하고 보낸 시간과는 어느 시점에서는 많은 차이가 난다는 것을 알게 된다. 가끔 TV를 보는 것은 스트레스 해소에 도움이 될 수 있지만 그것이 습관이 되어 오랫동안 자신이 주도적으로 할 수 있는 일들을 놓치면 작은 습관 하나가 우리 인생의 많은 부분을 잠식했다는 사실을 뒤늦게 깨닫게 된다.

막걸리

"○○야! 점방(당시 구멍가게를 일컫는 말) 가서 막걸리 한 되 받아와라." 어릴 적 아버지의 막걸리 심부름은 아이들에게 막걸리를 먹을 수 있는 기회였다. 점방에 가면 가게 할머니가 땅속에 묻혀 있는 항아리로 다가가 덮개로 쓰이는 양은 쟁반을 열고 그 안에 막걸리를 빨간 플라스틱 바가지로 '휘휘' 소리를 내어 저은 후 하얀 막걸리를 노란 주전자에 담아 주신다. 시골 인심이라 막걸리는 흘러넘칠 만큼 찰랑찰랑하게 담긴다.

무거워진 막걸리 주전자를 앞뒤로 흔들며 가다 보면 주전자 주둥이를 통해 막걸리가 조금씩 흘러나온다. '어차피 땅에 버려질 막걸리라면 먹어도 괜찮지 않을까'라는 생각으로 주둥이에 입을 가져다 댄다. 처음엔 시큼하지만 뒷맛은 단맛이 나서 먹을 만하다. 그리고 시원한 음료수 같은 느낌을 주고 취하지가 않아 자꾸 입을 갖다 대다 보면 어느새 한 잔 정도는 마시게 된다.

집에 돌아와도 막걸리는 여전히 많이 담겨 있어 마셨던 흔적은 남지 않는다. 더러 너무 많이 마셔 양이 줄었다 싶으면 물을 조금 보충하면 된다. 묽어진 막걸리를 마신 어른들이 막걸리 맛이 이상

하다고 생각하지만 거기에 설마 물을 탔을 것이라고는 의심하지는 못하셨을 거다.

당시 아이들이 어른 흉내를 내도 나쁜 것이란 인식이 약해 담배를 피우기조차 일찍 모방을 했다. 담배는 진짜 담배가 아니라 당시 학교에서 돋보기를 이용해 검은색 종이를 태우는 실습을 했는데, 실습을 마치고 집에 돌아와 검은색 종이를 시가 모양으로 돌돌 말아 돋보기로 끝을 조준한다. 조금 지나 연기가 나면 어른 마냥 입으로 갖다 대며 담배 피우는 흉내를 낸다. 그러나 그 연기가 얼마나 독하겠는가! 연기를 한 번 폐 깊숙이 들이마시면 연신 기침을 해댔다. 그렇게 연기를 들이마시면 안 되겠다 싶어 잎에서만 연기를 머금고 뱉으며 어른 흉내 내기를 하나의 놀이처럼 하곤 했다.

술과 담배도 모자라 어른들의 사행성 놀이도 아이들은 쉽게 따라했다. 어른들은 윷놀이, 화투로 사행성 놀이를 즐겼지만 아이들은 '짤짤이'라는 사행성 오락을 했다. 짤짤이는 예능 프로그램에서 '홀짝 게임'이라고 알려져 있다. 한 사람이 주먹에 동전을 넣고 감추면 다른 사람들이 그 동전 개수를 맞히는 게임이다. 그 개수가 홀수인지 짝수인지만 맞히면 홀짝 게임이 되는 거고 그 동전 개수가 3의 배수를 제외하고 남은 동전이 몇 개인지 맞히거나 4의 배수를 제외하고 남은 동전이 몇 개인지 맞히기도 했다. 돈을 걸고 하는 놀이라 과자 값 정도의 돈이 오가기도 하지만 제법 많은 돈이 오가기도 했다.

사행성 놀이 중에는 흙에 줄을 그어놓고 누가 줄 가까이 동전을 던지는지 겨루어 가장 가까운 사람이 나머지 동전을 모두 갖는 놀이도 있었고 동전을 벽에 던져 튕겨져 나온 동전이 바닥에 놓인 상대방 동전 주위에 한 뼘 거리에 떨어지면 상대방 동전을 취할 수 있는 놀이도 자주 즐겨 했다.

어릴 적 술과 담배와 사행성 놀이를 모두 섭렵한 덕에 어른이 되어 이것들을 거리낌 없이 받아들였다고 생각된다. 단편적으로 보면 아이들이 어려서부터 어른들의 안 좋은 행동을 여과 없이 모방해 성인이 되어 그 행동들을 익숙하게 받아들인 거라는 부정적인 시각으로 볼 수 있다.

물론 아이는 아이다워야 하고 어른은 어른다워야 한다. 그러면 아이다움이란, 항상 천진난만하고 비평 없이 어른이 허락하는 행동만을 해야 하는가? 아이들은 호기심이 많아 뭐든 해보고 싶고 따라 하고 싶은 마음이 당연히 있다. 그래서 아이들이 어른들을 따라 하는 행동 자체는 커가는 과정이라고 볼 수 있다. 다만 어른들의 행동들이 어떤 점에서는 좋고 또 좋지 않은지를 알려주고 무작정 따라 하는 것이 의미 없다는 것을 알게 해주면 아이들이 어른들을 흉내 내더라도 무엇이 옳고 그른지 스스로 생각하여 올바른 선택을 할 수 있을 것이다.

추석

누렇게 익어가는 가을 들판 사이로 시원하게 뻗어 있는 신작로에는 가을 코스모스가 하늘거린다. 참새 무리는 허수아비를 피해 이 논 저 논을 옮겨 다니고 고추잠자리는 파란 하늘과 대비되어 뒤꽁무니가 불에 탄 듯하다. 코스모스가 반겨주는 길에는 선물을 든 어른들과 새 옷으로 차려입은 아이들이 마을로 들어서고 있다. 그들을 기다리는 할아버지는 벌써 한 시간째 울타리 넘어 동구 밖을 내다보고 있다. 마을 어귀부터 아이들이 할아버지 댁을 향해 달려가고 할아버지는 멀리서 찾아온 손자들을 반가이 맞이한다.

"힘든데 뭐 하러 왔냐? 저번에 왔다가 갔으면서." 멀리서 찾아온 자식에게 힘들었다고 위로를 해주려고 했지만 아버지는 왜 자주 오느냐는 말로밖에 표현을 할 수 없었을까? 짐을 내려놓고 고향집을 둘러본다. 추석이 되면 고향집 감나무는 대봉감을 주황색으로 물들이고 밤나무는 열매를 터뜨려 땅으로 내려 보낼 준비를 한다. 대추와 석류, 모과나무도 여름내 키웠던 결실을 누구에게 주려는지 열심히 색칠을 한다. 추석은 가을이라서 더 풍성하고 여유롭다.

추석은 결실을 맺는 시기라 농촌은 바쁘다. 수확도 해야 하고 가끔은 태풍에 의해 쓰러진 벼를 세워야 한다. 그래서 추석에 벼베기나 벼타작을 해야 하는 집이 많았다. 더불어 많은 추석 음식도 마련해야 했으니 부모님들은 명절날이 평소보다 무척 힘들었을 것이다. 그래도 오랜만에 가족이 모여 일손이 늘어나 수확을 거들고, 수확한 것들을 가을 햇살 아래에서 나누어 먹는 시간은 추석만이 주는 즐거움이었다.

해가 동쪽에서 뜨니 달은 반대일 거라는 짐작으로 추석날에 서쪽 하늘을 보며 보름달이 뜨기를 기다리고 있었다. 그러나 추석에 보름달은 동쪽에서 떠올랐다. 해가 떠오르는 것처럼 은빛 광선을 구름 사이로 발산시키며 저 너머 산등성이 위로 둥근 보름달이 떠오른다. 둥근달을 보며 소원을 빌던 어릴 적 기억은 오랜 시간이 지난 지금도 습관처럼 떠올라 추석 보름달에 소원을 빌게 된다. 다만 당시 '공부 잘하게 해달라, 훌륭한 사람이 되게 해달라.'라는 소원 등은 이제 가족의 건강을 비는 소원으로 바뀌었을 뿐이다.

보름달이 밝으니 동네 사람들은 저녁에 놀이를 하며 즐길 수 있었다. 가끔은 추석 달 아래서 강강술래를 하였는데, 한 시간 정도 계속 빙빙 돌기만 했다. 어느 해에는 마을 노래자랑을 했다. 어른들은 한 해 농사를 잘 지었다는 즐거움에 술과 구수하고 흥겨운 음악으로 잔치를 즐겼다. 오랜만에 시골에 온 청년들은 추수가 끝난 논에서 막걸리 내기 축구 시합을 했고, 어른들은 마을회관에 모여 명석에 그려진 윷판에 윷을 던지며 즐거운 시간을 보냈다.

추석이 즐거운 또 다른 이유는 맛있는 음식이 있기 때문이다. 송편은 대표적인 추석 음식이다. 쌀가루를 반죽해 한 입 크기로 납작하게 편 다음 콩가루, 팥 앙금, 깨 등 취향대로 먹고 싶은 것을 넣고 시루에 얹어 한 솥 쪄내면 추석이 풍성해진다. 직접 송편을 만드는 일이 번거로운 작업이지만 만드는 과정에서 오순도순 이야기하는 모습이 추석하면 떠오르는 따뜻한 기억이다.

　지금은 대부분 떡집에서 맛있는 송편을 살 수 있어 굳이 찹쌀가루를 빻아 반죽하여 직접 만드는 일은 드물다. 오히려 사 먹는 송편이 더 맛있다. 송편을 직접 만들었던 어른들도 처음에는 시판되는 송편을 차례상에 올리는 것에 대한 거부감이 있었지만 차츰 '가족이 힘들지 않은 것이 좋은 것이다.'라는 생각으로 전환됨에 따라 차례상에는 어느 떡집의 송편, 어느 시장의 전, 어디 바닷가에서 배달된 구워진 생선을 올리는 일도 예삿일이 되었다.

　합리적인 명절문화는 역귀성에서도 찾을 수 있다. 시골에 계신 부모님만 도시로 오면 도시에 사는 자식들이 추석에 시골집을 찾아

몇 시간씩 꽉 막힌 도로에서 운전하지 않아도 되는 불편함을 줄일 수 있다. 지금은 추석에 오히려 시골이 더 한적하다. 고향에 사는 어른들도 줄고 명절에 찾아오는 가족들도 매우 줄어서다. 추석에 고향에 가면 가끔 낯선 이방인에게 애꿎은 개들만 짖고 있어 썰렁하다.

하지만 어느 가정에선 차례 음식은 자손들이 직접 만들어야 하고 벌초는 반드시 추석 전에 해야 하며, 추석 당일 조상 묘에 절을 올려야만 하는 문화를 고집한다. 명절문화를 합리적으로 개선하는 것, 전통을 지켜나가는 것 둘 다 옳다. 다만 시간이 지날수록 큰 흐름은 점점 변해가고 있다. 큰 흐름을 읽고 거기에 적응해가는 것이 자연스러운 현상이다. 큰 흐름에 거스르는 것은 잠시 머물 수는 있을 뿐 지속되기는 어렵다. 그러니 변화하는 세상에서는 대세에 따르고 지나간 것은 그리운 것들로 남겨두자.

전설의 고향

달이 없는 밤이면 시골은 칠흑같이 어둡다. 길을 가다 전봇대에 얼굴을 부딪칠 정도로 어둡다. 바람도 스산하게 불어오면 집 뒤 대나무 숲의 대나무들은 서로 부비며 슬피 운다. 이런 날에는 별들도 무서워 꼭꼭 숨어버려 눈앞에 까만 벽이 있는 것처럼 어둡다. 가로등도 없고 멀리서 들려오는 뻐꾹새 우는 소리가 한 많은 여인의 소리처럼 들려온다.

밤이 더욱 무서워지는 이유 중 하나는 TV에서 본 무서운 귀신들이 어둠 저쪽에서 튀어나올 것 같기 때문이다. 당시 <전설의 고향>이라는 프로그램은 아이들의 무서운 상상력을 자극했다. 매주 각 지방이나 마을에 내려오는 전설을 드라마로 재현했는데, 전설이라는 것이 주로 귀신에 관한 이야기라 당시 프로그램을 통해 본 귀신은 성인이 되어도 뇌리에 깊이 남아 있다.

그중 가장 기억에 남은 귀신은 구미호다. 효성이 지극한 아들이 한겨울에 어머니가 드시고 싶다는 딸기를 구하려고 깊은 산에 들어갔다. 거기에서 사람의 간을 빼먹는 구미호를 만나게 된다. 구미호는 한겨울에 어머니를 위해 딸기를 구하러 왔다는 말을 듣고 그 남자를 살려주며 오늘 일어났던 일을 말하지 않겠다는 다짐을 받는다. 목숨을 구한 남자는 어떤 여인을 만나 아이를 낳고 10년 정도 살다가 어느 날 아내에게 자신이 10년 전 있었던 일을 말한다. 그 말을 듣고 있던 아내의 얼굴이 점차 구미호로 변하면서 "오늘만 비밀을 지켰으면 사람이 될 수 있었는데." 하며 약속을 저버린 남편을 죽이려 하다가 "참으로 더러운 게 정이라는 것이구나."라는 대사를 남기며 남편을 살려준다. 구미호가 간을 빼먹고 재주를 넘으며 무서운 얼굴로 변하는 장면들은 이불을 덮어쓰지 않고는 볼 수가 없었다.

기억에 남는 다른 에피소드는 '내 다리 내놔'라는 이야기다. 공동묘지에 묻혀 있는 시체의 다리를 구해 달여 먹이면 남편 병이 낫는다는 스님의 말을 듣고 폭우가 내리는 밤에 부인은 무덤을 파헤쳐 시체 다리를 잘라 품에 안은 채 공동묘지를 벗어나려 한다. 그때 갑자기 다리를 빼앗긴 시체가 무덤에서 나와 여자를 계속 쫓아오며 "내 다리 내놔."를 외친다. 천둥번개와 앞이 보이지 않게 비가 내리는 상황에서 울려 퍼지는 '내 다리 내놔.'는 어둠의 교향곡처럼 들리고 시체가 여인을 붙잡을 때는 "꺄악" 소리를 지르게 된다. 이 이야기는 사실 그 다리가 산삼이었다는 내용으로 훈훈하게 마무리된다.

전설의 고향을 보고 나면 밤에 화장실을 가기가 너무나 싫었다. 화장실은 마당을 가로질러 가야 있는데 전등도 없어 손전등만이 화장실을 비추는 유일한 불빛이었다. 그래서 컴컴한 밤중에 큰일 때문에 10여 분을 어둠 속에 갇혀 있다 보면 방금 전에 보았던 이야기의 장면들이 현실로 나타날까 봐 무서웠다. 특별한 일이 없더라도 화장실은 항상 '빨간 휴지 줄까? 파란 휴지 줄까?'라는 괴담이 있는 곳이라 평소에도 무서운데 전설의 고향까지 본 날은 상상력이 더해질 수밖에 없었다.

전설의 고향에 나온 귀신은 처녀 귀신, 총각 귀신, 애기 귀신, 도깨비 등 다양하다. 그중에 하얀 소복을 입은 채 머리를 치렁치렁 늘어뜨리고 허연 얼굴, 입술에 붉은 피가 흐르는 처녀 귀신이 제일 무섭다. 전설의 고향을 통해 처녀 귀신은 한을 품은 귀신의 대명사이자 한국 귀신의 대표로 인식되었다.

어른이 되어 이제는 귀신의 존재를 믿지 않는다. 가끔 유명 연예인이 '귀신을 보았다거나 노래에 귀신의 소리가 녹음되었다.'라는 기사를 보지만 과학의 발달로 이러한 귀신들의 존재를 사실로 받아들이기 어렵다. 그러나 가끔은 이런 생각을 해본다. '어려서는 귀신이 있을 것이라 생각했지만 나이가 들어가면서 귀신이 없다고 믿고 싶어 그러한 전제에 과학적 근거를 계속 맞추어가며 내 생각을 확고하게 하지 않았나?' 왜냐하면 여전히 귀신의 존재를 믿으며 사는 무속인들이 있고 귀신이 전혀 없다고 과학적으로 완벽하게 증명된 것도 아니기 때문이다.

생일 파티

<말괄량이 삐삐>라는 외화 프로그램이 있었다. 말괄량이 소녀 '삐삐'는 어른보다 힘이 세다. 자신이 타고 다니는 말을 문짝에 얹어 역도 하듯이 들어버린다. 아버지는 출타 중이라 혼자 산다. 옆집에 남매 '토니'와 '아니카'가 유일한 친구다. 하루는 삐삐가 친구인 남매를 집에 초대한다. 생일 파티를 하다가 갑자기 케이크를 상대방 얼굴에 던지고 논다. 아깝다. 저 맛있는 케이크로 장난을 치다니.

생일날 미역국을 먹는 것에 만족해야 했던 어린 시절, 생일 파티는 '언감생심(어찌 감히 그런 마음을 먹을 수 있으랴 뜻의 한자)' 꿈이었다. 요즘은 생일 파티를 줄여 '생파', 생일 선물을 줄여 '생선'이라고 부르기도 한다. 손자가 할머니에게 생일에 '생파와 생선을 준비해주라'고 하니 할머니가 대파로 요리를 만들고 갈치조림을 준비해 생일 파티를 했다는 라디오 사연이 생각난다.

시골 아이들은 고깃국을 먹고 생일날 노동만 면해도 만족해야 했다. 소고기 살보다 기름이 더 많이 들어간 소고기 미역국이라도 흰쌀밥에 먹으면 그 자체로 커다란 만족이었다. 비록 케이크와 선물은 없어도 평소 먹지 못한 음식을 먹으니 생일은 특별한 날이었다.

그 시절 아이들이 모두 생일 파티를 못 한 것은 아니었다. 읍내 아이들 중에는 드라마에서 본 것처럼 케이크와 다과가 준비된 생일 파티에 친구들을 초대했다. 한번은 아버지가 선생님인 친구가 생일 파티에 초대해 간 적이 있다. 그리 화려하지는 않지만 차려진 생일 상 중앙에 케이크와 과자, 과일, 떡 등이 고유의 색감과 향으로 아이들을 유혹하고 있었다. 생일 파티가 처음인지라 무엇을 선물로 줘야 하는지 몰랐다. 그래서 연필이나 노트가 가장 무난하다고 생각하여 준비했는데, 몇 번씩 생일 파티에 참석해본 아이들은 장난 감이나 전자 손목시계 같은 약간 고급 물건들을 내놓아 처음에 무안했다.

하지만 선물은 그다지 중요하지 않았다. 생일 파티는 같이 게임을 하며 놀거나 장난감을 가지고 어울리게 되어 일종의 사교모임처럼 생일 파티에 참석한 아이들끼리 관계를 돈독히 하는 효과가 있었다. 생각해보면 생일을 맞은 사람을 중심으로 네트워크가 이루어지고 참석자들이 더 친해지는 계기가 된다. 그러한 생일 파티가 없는 시골 아이들은 일찌감치 사교모임이라는 것을 모르고 자랐다. 그래서인지 어른이 되어도 그런 모임이나 여러 사람들과의 만남을 불편해한 적도 있었다.

친구의 생일 파티에 초대되어 즐겁게 놀고 돌아온 것만은 아니었다. 잘사는 친구 집을 보고 초라한 처지에 대해 낙담했다. 친구의 생일 파티에 가서 처음 컬러텔레비전을 보았다. 흑백텔레비전이 아직 대중화되기 전이지만 친구 집에는 무지개 색깔 컬러로 보이는 텔레비전이 있었다. 바람 불면 안테나를 조정해 전파를 잘 잡아야만 볼 수 있었던 흑백 TV와는 다르게 머리에 더듬이처럼 안테나

두 개가 달린 컬러 TV는 바람 부는 날 안테나를 조정하지 않아도 되고 오색찬란한 색으로 드라마나 만화를 생동감 있게 보여주는 화면이 마냥 신기하기만 했다. 우리 집에도 저런 게 있으면 하는 욕심이 생기지 않을 수 없었다. 이 또한 사람들과 관계에서 피할 수 없는 비교 본능이다.

나이가 들수록 비교는 더해만 간다. 자라면서 학교를 비교하게 되고 직장과 보수를 비교하고 집과 자식을 비교하게 된다. 비교로 인해 자신이 높다고 생각하면 우월감, 상대적으로 초라해 보이면 우울해진다. 살아가면서 비교는 피할 수 없다. 그래서 어떻게 지혜롭게 받아들이는지가 중요하다. 그렇지 않으면 평생 우월감 또는 좌절감을 느끼며 살아가야 한다.

비교로부터 좀 더 자유로워지려면 환경과 조건이 같더라도 각자의 생각과 살아가는 방식이 다르니 삶도 다르다는 것을 인정하면 된다. 그래도 비교로부터 비켜가기 어렵다면 다른 이들의 삶을 타산지석으로 삼아 나를 발전시키는 계기로 삼으면 좋다. 나보다 못하다면 그렇게 살아가는 방식을 경계하고 나보다 좋다면 그렇게 되도록 노력하면 된다.

딱지

알록달록 예쁜 유리구슬은 지금은 장식용이지만 어린 시절에는 인기 있는 오락도구였다. 구슬치기는 보통 두 가지 방법으로 즐기는데 하나는 구멍 넣기, 다른 하나는 삼각형치기다. 구멍넣기에서는 일정 거리에 구멍을 파 구슬을 던지거나 굴려 구멍에 구슬을 먼저 넣으면 특별한 권한이 생긴다. 요즘 게임으로 말하자면 '레벨업'이 된다. 구멍에 들어갔던 자기 구슬로 상대방 구슬을 맞히면 상대방 구슬을 가질 수 있다. 보통 구멍을 하나 파고 게임을 하지만 동서남북과 중앙에 다섯 개의 구멍을 파서 긴 시간 동안 구슬치기를 하며 놀았다.

삼각형치기는 한 변이 약 20센티미터 되는 정삼각형을 땅바닥에 그려놓고 그 안에 자기 구슬과 상대방의 구슬을 같은 수로 넣은 다음 순서에 따라 구슬을 던져 삼각형 안의 구슬을 맞혀 밖으로 쳐내면 쳐낸 구슬을 가지는 게임이다. 그러나 자기 구슬이 삼각형 안에 남게 되면 전에 쳐내어 가졌던 구슬을 삼각형 안에 반납해야 하는 벌칙이 있었다. 삼각형 치기가 유행함에 따라 구슬의 크기는 점차 커져 왕구슬이 등장하기 시작했다. 그래도 아이들은 그것을 반칙으로 인정할 수 없었다. 왜냐하면 구슬가게에서 돈을 주고 샀기 때문이다.

당시 구슬의 종류는 알록달록한 유리구슬, 하얀 백자색의 사기구슬, 파란색의 청구슬 등 다양했고, 그중 삼각형치기의 왕은 쇠구슬이었다. 쇠구슬은 문방구에서 팔기도 했지만 아이들은 자전거나 오토바이 체인에 들어 있는 베어링에서 쇠구슬을 빼내어 이를 삼각형치기에 사용하곤 했다. 쇠구슬은 무겁고 단단해 다른 구슬들을 쉽게 쳐낼 수 있어 보통 몇 개의 유리구슬과 거래될 만큼 인기가 있었다. 하지만 쇠구슬은 무거워 구슬을 쳐내고 난 후 삼각형 안에 남아 있을 확률이 유리구슬보다 높았다. 힘은 좋지만 기술을 걸기에는 어려움이 있었다. 그러나 남보다 강한 것을 좋아하는 아이들은 무조건 쇠구슬을 선호하는 경향이 있었는데, 지금 생각해보면 꼭 그것이 현명한 선택은 아니었다.

요즘도 남과 비교해 무조건 많고, 좋고, 예쁘고, 비싼 물건을 선호하는 경향이 있다. 그래야 그 물건을 소유한 내가 더 돋보일 것 같은 생각이 들어서다. 하지만 물건은 자신에게 맞는 물건이 좋다. 과시용이 아니라 내게 적합하고도 어울리는 것이 무엇인지 곰곰이 생각해본다면 어떤 물건을 사고 후회할 일은 적어질 것이다.

구슬치기와 더불어 어린 시절 가장 많이 했던 놀이 중 하나는 딱지치기였다. 종이로 접은 네모난 딱지로 상대방 딱지를 쳐서 뒤집으면 상대방 딱지를 가지는 놀이다. 지금도 가끔 예능 프로그램에서 보여주는 딱지치기 게임은 예전 방식과 똑같다. 그 시절에도 상대방 딱지를 치는 방법으로 배뽕치기(위에서 치는 것)나 발치기(상대방 딱지 옆에 발을 대고 옆으로 쳐서 상대방 딱지가 발에 걸려 넘어가는 방식)가 사용되었다.

딱지는 종이의 종류가 무엇이냐에 따라 공격이나 수비의 강도가 달랐다. 중량감이나 크기에서 가장 압도적인 것은 종이 박스를 이용해 커다랗게 접은 딱지가 최강이었으나, 이를 납작하게 만들려면 발로 밟거나 뜨뜻한 아랫목의 이불 밑에 깔고 잠을 자는 수고를 들여야 했다. 배뽕치기를 쳐도 튀어 오르지 않을 납작한 딱지는 미술책을 이용하여 만들었다. 당시 미술책은 납작하게 만들 수 있는 장점이 있었으나 너무 가벼워 큰 딱지로 옆을 치면 바람에 잘 뒤집혔다.

그래서 가장 좋은 딱지를 만들려는 고민의 결과, 당시 반질하고 두께도 적당한 사회과부도책은 좋은 딱지 재료가 되었다. 가끔 중학생 형, 누나의 사회과부도가 어느 날 소리 소문 없이 사라졌다면 딱지로 환생했을 가능성이 매우 높았다.

딱지치기를 할 때는 수단과 방법을 가리지 않고 이겨 남의 딱지를 가지려고 한다. 그러다 딱지를 너무 세게 내리쳐 아래로 향하던 손을 멈추지 못하여 손가락 끝이 땅에 부딪히면 손톱이 깨지고 찬바람이 쌩쌩 부는 날 온 종일 딱지치기를 하다 보니 손등이 거북이 등처럼 갈라져 피가 나기도 했다. 그러나 그런 수고를 감내하고 딱지만 많이 따면 좋았다. 그렇게 딱지치기를 할 때는 딱지만 보인다.

딱지놀이를 많이 하다 보니 큰 이불을 담는 주머니 두세 개가 가득하게 온갖 종류의 딱지를 모았다. 그런데 당시 땔감을 귀하게 여기던 시절이라 종이를 태워 밥이나 국을 끓이면 그만큼 땔감을 절약할 수 있어 딱지는 힘들게 모았지만 불쏘시개로 자주 희생되었다.

내가 모은 딱지들이 아궁이에서 활활 타오르고 있는 모습을 보고 있노라면, '왜 그렇게 손톱이 부러지고 손등이 갈라질 지경에 이르기까지 딱지를 모으려고 애를 쓴 것인지?' 하는 허탈한 생각이 든다. 사물을 무척이나 갖고 싶거들랑 한 발 물러나 내가 그 사물을 진정으로 원하는지, 나중에도 그 사물이 나에게 어떻게 쓰일지를 한 번쯤 생각해보는 것이 그 물건에 오랫동안 만족할 수 있는 방법 같다.

TV 만화

어릴 적 TV 만화는 왜 그리 재미있었는지! 뉴스나 드라마를 보
겠다는 가족들과 투쟁 속에서 만화 시청권을 따내는 것은 그리 쉬
운 일은 아니었다. 가끔은 채널 다툼을 하다가 채널 돌리는 손잡이
가 부러지면 채널은 펜치를 이용해 돌려야 했다. 그러다가 채널을
독점하고 싶으면 펜치를 숨겨 다른 사람이 채널을 바꿀 수 없도록
했다.

그 시절 상상력을 키워줬던 대표적인 만화는 <미래소년 코난>과
<은하철도 999>였다. 미래소년 코난은 대규모 전쟁이 일어나 일부
사람들만 생존하고 있는 당시로는 미래의 상황에서 섬에 살고 있는
'코난'과 '포비'는 파도에 밀려온 '라나'라는 여자아이와 함께 라나
의 할아버지 '라오' 박사를 찾아 모험을 떠난다.

이 과정에서 라오 박사가 알고 있는 태양에너지의 비밀을 알아내
려는 '인더스트리아' 요원들이 라나를 납치하려고 하고 코난과 포
비는 이 역경을 때론 정면으로 때론 익살스럽게 헤쳐 나간다. 이
만화는 주제곡 가사 '푸른 바다 저 멀리 새 희망이 넘실거린다 /
(중략) / 헤엄쳐라 거친 파도 헤치고 달려라 땅을 힘껏 박차고(작

사: 박준영)'처럼 아이들에게 꿈과 희망, 용기, 모험심을 자극해주었다. 지금도 다시 보고 싶을 만큼 재미있는 프로그램이었다.

일요일 아침 8시가 되면 방 안에는 만화 <은하철도 999>의 주제곡이 울려 퍼진다. '기차가 어둠을 헤치고 은하수를 건너면(작사: 박순웅)…' 은은한 목소리의 가수 김국환 씨가 부른 주제곡은 지금도 생생히 기억난다. 주인공 '철이'는 어머니를 해친 기계인간들을 죽이고 이후 쫓기게 된다. 철이는 쫓기는 삶에서 벗어나기 위해 영원히 살 수 있는 기계인간이 되려고 은하철도 999를 타고 기계인간으로 몸을 개조해주는 행성을 찾아 모험을 떠난다. 그 과정에서 '메텔'이란 여자를 만나 같이 안드로메다 저편으로 함께 여행을 한다.

은하철도가 들르는 행성은 저마다 사연이 있다. 안개에 쌓여 있는 행성, 화산이 폭발하는 행성, 사람들이 말을 하지 않는 행성 등에서 주로 철이는 위험에 처하고 메텔이 구해주는 이야기가 많았다. 또 행성을 떠날 때는 항상 기차가 떠나기 직전에 탑승하는 스릴을 보여주었다. 마침내 목적지에 도착한 철이는 여행을 하며 겪은 다양한 경험들을 통해 '기계인간으로 영원히 사는 것이 올바른가?' 고민하고 결국 기계인간이 되는 것을 포기한다. 우주공간을 달리는 기차, 그 당시 상상하기 힘든 기계인간, 그리고 행성들이 가지고 있는 저마다의 이야기에 아이들은 매료되었다.

코난과 은하철도999는 주말 인기 프로그램이었고, 주중에는 <개구쟁이 스머프>와 <개구리 왕눈이>가 인기가 많았다. 스머프 만화에는 파란색 스머프를 잡아먹으려는 마법사 '가가멜', 가가멜의 고양이 '아즈라엘', 빨간색 모자의 '파파 스머프', 아는 척하는 '똘똘이 스머프', 힘이 센 '덩치 스머프', 장난을 잘 치는 '익살이 스머

프', 매사 투덜거리는 '투덜이 스머프', 가가멜이 만든 '여자 스머페
트' 등 여러 가지 캐릭터들이 등장한다. 가가멜과 아즈라엘이 스머
프를 잡으려 온갖 계략과 함정을 만들지만 성공을 거두지 못하고
항상 권선징악으로 결말나는 것이 이 만화의 특징이었다.

개구리 왕눈이의 주제곡 가사 '비바람 몰아쳐도 이겨내고 일곱
번 넘어져도 일어나라(작사: 박준영)'처럼 이 만화 이야기는 몸이
왜소하고 힘이 약한 청개구리인 '왕눈이'가 무지개 연못이라는 사
회로 이사 와 여러 가지 역경을 이겨낸다는 이야기다. 왕눈이는 여
자 친구 '아롬이'와 사귀게 되는데, 둘 사이를 반대하는 아롬이 아
빠 '투투'는 부하들을 시켜 왕눈이를 매번 괴롭힌다. 그렇지만 왕눈
이는 하나하나 이겨내면서 사회의 한 일원이 된다. 투투를 뒤에서
조종하던 연못의 제왕 '메기'는 전기뱀장어 아저씨와 격투에 져 연
못에서 쫓겨나고 마침내 연못에 평화가 찾아와 왕눈이와 투투가 화
해한다는 그런 이야기다. 이 만화에서 메기가 개구리들에 비해 압
도적인 크기로 그려졌다. 어른이 되어 메기 매운탕을 먹을 때 만화
가 과장되었다고 생각했다. 그러나 유튜브를 통해 2미터짜리 메기
가 있다는 사실을 알고 만화가 과장이 아니었음을 인정했다.

어릴 적 만화는 아이들의 상상력을 키워주었다. 꽃향기를 맡으면
힘이 나는 <붕붕자동차>, 커졌다 작아졌다 하는 <호호 아줌마>, 시
공간을 넘나드는 <이상한 나라의 폴>, 잘생긴 긴 머리 남자 캐릭터
를 만들어낸 <캔디>, 시금치를 먹으면 힘이 솟아 시금치 소비를 촉
진시켰던 <뽀빠이> 등 하나하나가 유익하고 재미있었다.

그 시절 그렇게 좋아했던 만화는 커가는 과정에서 현실감이 상상

력을 약하게 만들어 흥미를 잃게 된다. 있는 대로 보는 그대로 받아들였던 어린 시절과는 달리 어른이 되면 어떤 현상, 사건을 자신의 기준으로 평가를 한 후 받아들인다. '이건 왜 이러지?', '아마 그건 그래서 그럴 거야!' 등의 생각이 어른들을 지배한다. 항상 비판할 준비가 되었고, 자신의 행동도 남에 의해 비판받을 준비가 되어 있다. 그래서 피곤하다. 흘러가는 구름을 보고, 양 볼을 스치는 바람을 느끼고, 겨울날 따스한 햇살을 맞는 것처럼 그냥 있는 그대로 받아들이면 덜 피곤할 텐데.

주산학원

"이십오 원이요, 삼십칠 원이요, 육십이 원이요, 십구 원이요, 칠십팔 원이면?" 주산학원에서 선생님이 덧셈 암산 문제를 읽어주는 소리다. 주산은 형편이 어려운 시골 마을에서도 대부분 자녀에게 교육을 시키는 당시에는 중요한 과외 과목 중 하나였다. 학교에서 돌아오면 놀기에 바빴던 아이들은 주산학원에 가기를 싫어했다. 그래서 자주 빠지고 학원에 가서도 대기실의 컬러 TV를 시청하며 시간을 보냈다.

주산은 단계가 있어 일정 수준에 이르러도 그 다음 더 높은 단계로 도전을 해야 하니 짧은 기간에 끝나지 않았다. 2급, 1급을 따면 나중에 상고 졸업 후 취직이 잘 되었기에 부모님들은 아이들에게 적극적으로 주산을 권했다. 물론 주산이 사칙연산과 암산에는 도움이 되었지만 계산기가 보급되면서 주산의 중요도는 떨어지고 주산학원도 빠르게 사라져갔다. 이후 주산학원은 속셈학원, 컴퓨터학원으로 변했고 집에 있는 주산은 아이들이 방에서 스케이트 타는 데 사용되었다.

시간의 흐름은 기존의 일상적인 것들을 많이 바꾸어놓았다. 어릴 적 학교 체육 시간에는 항상 철봉이 있었다. 저학년에서 고학년까지 학생들은 저마다 수준으로 체육 과목의 실기시험으로 철봉 시험을 봤다. 그중 하나가 철봉에 한쪽 무릎을 걸고 올라가 앞으로 한 바퀴 돌거나 뒤로 한 바퀴 도는 것이었다. 아직도 왜 그것을 했는지 모르겠다. 철봉이 실생활에서 거의 활용된 적이 없는데 철봉체조 수준의 운동을 시험으로 평가했다. 학교에 체육을 평가할 수 있는 기구가 철봉뿐이어서 그랬는지? 배드민턴, 탁구, 축구 등 다른 스포츠를 할 수 있었을 텐데.

철봉 시험에서 더 이상한 것은 어떤 여자아이들이 치마를 입고 시험을 본다는 거다. 치마를 입고 한 바퀴를 돌면 당연히 속옷이 노출되지만 거리낌 없이 철봉을 도는 아이도 있었고 심지어 거꾸로 매달려 치마가 얼굴을 덮는 애들도 있었다. 아이들은 웃기만 할 뿐 정작 당사자는 창피함을 별로 못 느끼는 것 같았다. 지금은 가히 상상할 수 없는 일이다.

어릴 적에 당연하다고 생각되었던 것들이 현재 기준으로 보면 잘못된 것이 많다. 학교에서 선생님은 학교 성적이 떨어지거나 학급이 소란스럽다는 이유로 반 전체 학생에게 기합을 주었다. 단체기합은 주로 의자를 들고 서 있거나 '엎드려뻗쳐' 자세를 하고 있는 것이었다. 학급 성적이 떨어지거나 소란스러운 행동은 일부 학생에게 해당되지만 그 당시에는 공동체의식을 강조하던 시절이라 지금과는 달랐다.

칠판에 떠든 사람 이름을 적게 하여 학생들끼리 서로 감시 및 고자질을 하도록 하고 나라의 교육철학인 '국민교육헌장'을 뜻도 모른 채 수시로 암기해야 했다. 아이들은 교장선생님 관사 청소에 동원되었고 장학사가 오는 날이면 집에서 화분도 하나씩 가져와야 했다. 반장 엄마는 소풍날 선생님 도시락을 책임지는 사람이었고, 선도부란 아이들은 선생님의 권력을 등에 업고 아이들을 괴롭혔다.

'그때는 맞고 지금은 틀리다.'라는 말이 있다. 하지만 생각해보면 과거의 일들 중에 우리 사회의 보편적 가치와 합리적인 행동들에서 약간 벗어난 것들도 있었지만 그 시절에는 그것들이 필요했을지 모른다. 그러한 과정을 거쳤기에 과거의 생각이나 행동들이 잘못되었다는 것을 깨닫고 올바른 가치와 방향을 찾았던 것 같다. 그래서 '그때는 맞지만 지금은 다르다.'라는 말로 바꾸어 과거의 일들은 나름대로 가치가 있다는 것을 인정하면 좋겠다.

주산은 사칙연산에 도움이 된다는 이유로 지금도 일부 학원이 있을 만큼 명맥을 유지하고 있고 철봉은 가끔 올라가 그 옛날 배웠던 무릎 걸고 한 바퀴 돌기를 보여주면 아이는 어떻게 그것을 할 수 있느냐고 감탄한다. 협동과 단결을 중시했던 학교생활은 군대와 사회생활에 많은 도움을 주었다. 도움이 되지 않은 경험들이 없다는 생각으로 살면 삶이 더 긍정적으로 변한다.

설날

　긴 겨울방학이 끝나갈 무렵이면 설날이 찾아온다. 지금은 설날이 공휴일과 겹치면 대체 공휴일로 지정할 만큼 대표적인 명절로 자리 잡았지만 음력 설날이 1985년에서야 비로소 공휴일로 지정된 것을 보면 그 전에는 양력 설날과 힘겨루기를 해야 했다. 정부는 전통보다는 외국의 여러 나라들이 1월 1일을 새해로 기념하고 있는 것을 감안해 양력설을 권했지만 국민들이 어느 설을 선택하느냐는 자유였기에 대체로 시골 마을에서는 전통적으로 내려온 음력설을 기념했다.

　설날이 되면 아이들은 새 옷과 음식에 설렜다. 넉넉하지는 않지만 세뱃돈이 생기면 장난감을 살 수 있어 명절은 아이들에게 마냥 즐거운 시간이었다. 하지만 그 시절 명절을 치러야 하는 어머니의 시간은 즐거운 시간만은 아니었다. 시어머니와 여섯 명의 자녀들을 위한 설 준비는 며칠 전부터 시작된다. 대목이라 불리는 설날이 있기 전 열리는 마지막 시골 오일장은 설빔과 제수용품을 사고파는 사람들로 가득하다.

　설빔을 골라야 했기에 어머니를 따라 장에 갔다. 어머니는 설빔으로 골덴바지와 털양말을 사주셨다. 상에 올릴 조기와 병어 같은 생선을 사시고 손님을 대접할 홍어도 반 마리 사신다. 집 뒷산에는 증조할아버지 산소가 있어 많은 후손들이 성묘를 왔다가 우리 집에서 점심 식사를 했기 때문에 어머니는 스무 명이 넘는 손님들을 위한 설음식을 준비하셔야만 했다.

설 전날 이른 아침에는 방앗간에 찹쌀과 마른 쑥을 가져가 가래떡과 쑥떡을 만든다. 기다리는 사람들이 많지만 나는 기계에서 갓 나온 뜨끈하고 차진 가래떡이 먹고 싶어 우리 차례가 오기까지 기다려도 괜찮았다. 수십 명이 먹는 양이라 가래떡을 써는 일은 쉽지 않았다. 딱딱해진 가래떡을 몇 시간 동안 썰다 보면 손목과 허리가 아프다. 나는 옆에서 조금이나마 도움이 되려고 몇 개 썰어보았지만 어머니의 가래떡을 썰어가는 속도는 따라잡기 어려웠다.

저녁에는 시루떡을 만들었다. 먼저 찹쌀가루와 팥고물을 시루에 얹고 떡시루의 김이 나가지 않도록 밀가루 반죽으로 가마솥과 시루 사이를 밀봉한다. 상당 시간 지나 떡이 다 될 즈음 시루를 솥에서 분리할 때 알맞게 익은 밀가루 반죽을 떼어 먹는 재미가 쏠쏠했다.

조기, 병어, 상어, 농어 등 잘 말려진 생선은 대나무 꼬챙이에 끼워져 숯불에 구워진 후 간장, 깨, 파가 들어간 양념장이 살포시 뿌려지면 고양이가 군침을 흘리지 않을 수가 없다. 홍어 삼합을 만들기 위해 어머니는 가마솥에 돼지머리를 삶으신다. 삶아진 고기는 잘 발라져 주머니에 담기고 그 주머니는 다듬잇돌 아래에서 기름이 쭉 빠진다. 탱탱하게 굳어진 돼지머리 고기는 편육으로 예쁘게 썰어진다.

그 외에 어머니는 전기밥솥에 식혜를 만드시고 메밀가루를 끓여

틀에 넣고 메밀묵을 만드셨다. 나물은 고사리, 토란대, 도라지, 두부 등 네 가지 나물을 만들고 동태전을 수도 없이 부치셔야 했다. 그사이 식구들의 삼시 세끼를 챙기면서 설거지까지 하신다. 도대체 먹는데 들여야 하는 노동의 끝이 어디인지 알기 어렵다. 가족을 생각하는 마음이 없다면 어머니에게 명절은 '음식지옥'처럼 힘든 시간이었을 것이다. 어릴 적엔 어머니의 그 힘든 시간을 알지 못했다.

왜 몰랐을까? '원래 그렇다. 당연하다.'라고 생각했기 때문이다. 세상에 어려움에 처해 있는 상황이 당연한 것이 있을까! 운명이니까 아무런 이의를 제기할 수 없는 상황이 있을까! 그것은 가족을 위한 어머니의 희생이었는데. 그때 어머니는 왜 저리 쉴 새 없이 일을 하셔야만 하는지 어머니 입장에서 생각해봤더라면 어머니가 힘들어하시는 순간 고마움을 표현했었을 텐데. 나 아닌 타인이 어려움에 있을 때 우리는 얼마나 공감할 수 있는지? 그 사람을 얼마나 이해하려고 노력하는지? '저 사람은 원래 성격이 그러니까, 매

번 저래 왔으니까, 저것을 해도 불평이 없으니까, 그래도 잘 지내니까.'라는 생각으로 타인의 어려움을 외면하지는 않았을까?

함께 살아가는 세상에서 공감할 수 있는 능력은 매우 중요하다. 타인을 위해서가 아니라 다른 사람의 입장을 이해하면 갈등이 줄어들고 결속력도 강해져 결국은 자신이 하고자 하는 것에 도움이 될 수 있다.

어머니는 설날 음식 중에서 다른 것은 자식들에게 물려주셨지만 아직 숯불에 생선 굽는 일만은 직접 하신다. 자식들이 숯불에 굽는 생선을 무척이나 좋아한다는 이유에서다. 그 생선을 먹으면서 그 노력과 정성에 어찌 감사하는 마음이 생겨나지 않겠는가!

레슬링

　사각의 링에서 펼쳐지는 한 편의 드라마 레슬링! 어린 시절 TV 앞에서 옹기종기 모여 앉아 다함께 누군가를 열렬히 응원했다. '박치기왕'이라 불리는 남자, 박치기 한 방으로 전세를 뒤집는 남자, 박치기로 어떠한 거구라도 쓰러트리는 남자, 반칙을 일삼는 악당들을 박치기로 응징하는 남자, 바로 '김일' 선수였다.

　주말이면 TV에서 레슬링 경기를 방송해주었다. 레슬링은 어른이나 아이나 남녀 구분 없이 누구에게나 인기가 폭발적이었다. 아이들은 화려한 기술에, 어른들은 권선징악으로 구성되는 레슬링의 스토리에 푹 빠져 있었다. 어렵고 가난한 시절에 김일 선수가 박치기 한 방으로 상대를 제압하는 것을 보면 그 통쾌함이 고단함을 잊게 해주었다. 특히 일본 선수들과 2 대 2 매치에서 거구의 일본 선수를 상대로 승리하면 그 통쾌함도 배가되었다.

　김일 선수가 상대를 응징할 때는 왼손으로 상대 선수 머리를 잡고 왼발을 들었다 놓으면서 그 탄력으로 자신의 머리를 상대 머리에 냅다 꽂는다. 박치기를 맞은 선수는 날아가 떨어지고 그 자리에서 기절하는 것처럼 쓰러진다. 이러한 김일 선수의 박치기를 저지

하려고 송곳이나 의자로 김일 선수의 이마를 공격하지만 김일 선수는 상처에도 굴하지 않고 박치기로 승리를 거둔다.

아이들은 김일 선수의 박치기를 따라 했다. 평소에 누가 박치기가 센지 머리를 서로 부딪치고 그래서 단단한 머리를 가진 아이들은 '돌대가리'라는 별명을 얻었다. 아이들끼리 싸움에서도 박치기는 사용됐다. 보통 코피가 나면 싸움이 끝나는데 주먹이나 발보다는 머리로 코를 가격하는 기술이 유행했다. 또 드라마나 영화의 격투 장면에서도 박치기로 승부가 나는 장면들이 많았던 것은 아마 김일 선수의 영향이 아닐까 싶다.

김일 선수를 이어 나타난 이왕표 선수는 날아서 드롭킥을 날리는 선수로 유명했다. 태권도로 무장한 이왕표 선수는 별명이 '나는 표범'이었다. 지고 있다가도 몸을 공중에 날려 두 발을 상대의 가슴에 꽂는 드롭킥으로 상대를 녹다운시켰다. 또한 비교적 체구가 작은 노지심 선수는 머리카락이 없어 상대에게 머리카락이 잡히지 않은 설정이 재미있었다.

그 당시 레슬링의 인기는 지금의 프로야구 인기가 부럽지 않았다. TV는 물론이고 콘서트처럼 지방에 투어를 다녔다. 장날 장터 한구석에 큼지막한 몽골텐트를 치고 레슬링 경기장을 설치하여 경기를 치렀다. 텐트 주위에는 혹시나 돈을 내지 않고 경기장으로 들어갈 수 있는 개구멍을 찾는 아이들이 있었다. 개구멍으로 들어가다가 들켜도 그냥 쫓겨나기만 하니 아이들은 스릴을 즐겼다.

당시에는 링에서 펼쳐지는 선수들의 플레이가 모두 실제 상황이라고 생각했으나 나중에는 약간의 각본이 있다는 사실을 알게 됐다. 반칙을 한 자는 항상 응징되고 심판이 셋까지 세어야 경기가 끝나지만 우리 편은 항상 둘에서 등을 번쩍 들어 기사회생 되었다. 2 대 2 매치로 진행되는 경기에서 쓰러져가는 우리 편이 교체하려 몸을 질질 끌며 터치를 하러 가는 시간은 왜 그리 길었는지! 각본이 있었든지 없었든지 선수들은 멋진 경기를 위해 최선을 다했고, 그로 인해 시청자들은 그들의 진짜 같은 경기에 더욱 매료될 수 있었던 것 같다.

프로야구가 나오자 레슬링의 인기는 조금씩 시들어져갔다. 가끔 예능 프로그램이나 이벤트를 통해 추억의 소환 차원에서 그 옛날 레슬링을 재현하지만 예전 감흥은 느껴지지 않는다. 시간의 변화에 따라 사람들이 좋아하는 것은 자연스럽게 변한다. 사람들이 좋아하지 않은 콘텐츠는 적자생존의 법칙에 따라 도태되고 주변에서 사라진다.

더 먼 미래에는 프로야구도 그 인기를 어떤 것에 내어줄지 모른다. 우리는 사라지는 것들을 바라보면서 너무 아쉬워할 필요는 없다. 현재를 사는 우리들은 미래에 대한 걱정보다는 현재를 어떻게 충실히 살 것인지를 더 고민해야 한다. 그래서 프로야구를 재미있게 즐기면 된다. 그 옛날 TV 앞에 모여 김일 선수를 열심히 응원했던 것처럼.

전자오락

    초등학교 때 읍내 전자오락실이 하나둘 생기기 시작했다. 시골의 전자오락실은 게임기 열 대가 있는 크기로 아담했다. 갤러그, 엑스 리온, 너구리, 이소룡, 고릴라 쿵푸 등이 당시 오락실에 있었던 게 임들이다. 당시 게임 한 번을 하려면 20원이 들었다. 20원을 오락 기에 투입하면 1credit이라고 표시된다. 1credit은 보통 생명 기회를 세 번 제공한다. 게임을 못해 금세 세 번의 기회를 다 써버리는 초 보도 있었고 게임을 너무 잘해 오히려 전기세가 많이 나온다며 주 인아저씨가 돈을 주고 돌려보내는 아이도 있었다. 돈이 없는 아이 들은 뒤에서 몇 시간이고 남이 하는 게임을 지켜보아도 지겨운 줄 몰랐다.

    당시 인기 게임 중 하나가 올림픽 게임이었다. 육상, 사격, 양궁, 창던지기, 허들 등 올림픽 종목을 게임화해서 그렇게 불렀다. 육상 은 두 개의 버튼을 얼마나 빨리 누르냐에 따라 속도가 결정되니 아 이들은 젖 먹던 힘까지 짜내어 버튼을 열심히 눌렀다. 스피드를 더 올리기 위해 다섯 손가락을 이용해 버튼을 긁기도 하고 두 사람이 버튼 한 개씩 담당하여 두 명이 힘을 모으기도 했다. 열심히 버튼을 눌러야 하니 올림픽처럼 실제 운동도 됐다.

그 외에 방구차 게임은 '띠리리리 띤띤' 하는 배경음악이 인상적이었고, 탱크는 2인용 게임의 대명사로 한 명은 방어 한 명은 공격을 담당하며 친구와 우정을 돈독히 하는 게임이었다.

돈이 부족한 아이들은 공짜 게임을 하려고 일종의 트릭을 사용했다. 동전 가운데에 구멍을 내어 실로 동전을 매달아 오락기에 넣은 다음 credit이 생성되면 다시 실을 잡아당겨 동전을 빼냈고, 전기라이터에서 꺼낸 스파크 생성장치로 동전투입구에 스파크를 튀기면 credit이 생기는 것을 이용하기도 했다. 잘못된 행동이지만 그 당시 돈은 없고 오락은 죽을 만큼 하고 싶은 아이들이 자주 사용했었다.

게임이 유행처럼 번지면서 아이들은 학교가 끝나면 오락실로 직행했다. 당시 부모님들은 전자오락이 도박과 같은 중독성이 있다고 여겨 아이들이 오락실에 가는 것을 매우 경계하셨다. 하지만 아이들은 부모님 모르게 남는 시간 대부분을 그곳에서 보냈다. 오락실이 생기기 전 아이들은 산과 들로 뛰어다니며 놀았고 서로 어울려 각종 놀이를 하며 놀았다. 하지만 전자오락은 밖에서 노는 아이들의 모습을 사라지게 하고 친구들과 노는 방법도 변화시켰다.

요즘에도 부모들은 '아이들이 게임에 너무 빠져 있다. 밤늦게까지 게임을 한다. 공부는 안 하고 PC방에서 산다.'는 고민을 한다. 2019년 세계 보건기구가 게임중독을 질병으로 분류했다. 게임중독이란, 게임을 하고 싶은 욕구를 참지 못하고 다른 일상사보다 게임을 우선시하며 이로 인해 삶의 문제가 생겨도 게임을 중단하지 못하는 현상이 12개월 이상 지속되는 것이라고 정의되었다. 30~40년 전에도 유사한 문제는 있었다.

아이들은 부모님 모르게 전자오락실을 간다고 하지만 아마 부모님은 다 알고 계셨을 것이다. 언젠가부터 부모님 지갑에서 잔돈이 사라지기 시작했고, 아이가 도서관에 간다 하는데 가방을 안 가져가고 어디 갔다가 왔느냐는 부모님 말씀에 눈을 피하면서 "그냥 친구들하고 놀았어."라는 행동과 말들에서 부모님들은 짐작을 하고 있음에도 모르는 척 넘어갔다. 아마 돌아오리라는 믿음이 있어 그랬을 것이다. 만약, 그때 부모님께서 끝까지 추궁했다면 부모와 아이 사이는 그것이 밝혀지든 안 밝혀지든 불신과 감정의 골이 깊어질 수밖에 없다.

어떤 것이 현명한지 확신은 없다. 그러나 경험으로 판단해보자면 부모는 아이에게 바른 삶, 더 나은 삶을 위한 방향과 원칙을 제시하고 아이가 그 길에서 잠시 벗어나더라도 자신을 위한 길이 어떤 길이지 스스로 깨닫게 하는 것이 중요하다고 생각된다. 추궁으로 밝혀 벌을 주고 게임을 못 하도록 하는 것은 잠깐의 효과가 있을지는 몰라도 결국 오래가지 못하고 근본적인 해결책이 되지 않는다. 우리가 잘못했을 때 타인에 의해 강요된 반성문을 써보면 알지만 진정으로 반성하는 마음으로 쓰는 반성문이 드문 것과 같은 이치다.

아이가 잘못된 행동을 보이더라도 아이를 믿고 스스로 올바른 길을 선택할 수 있도록 하려면 아이와 자주 대화하는 방법이 가장 좋다고 생각한다. 대화가 되려면 함께하는 시간을 늘려야 하고 공유할 수 있는 일들이 많을수록 좋다. 결국 아이가 스스로 삶의 가치를 찾아가도록 하려면 부모의 사랑과 관심이 많이 필요하다.

배달의 기수

'배달의 기수'라는 말은 요즘 배달앱 광고에서 자주 인용되는 말이다. 하지만 80년대 초 배달의 기수는 완전히 다른 의미였다. 그당시 배달의 기수는 국방 홍보 프로그램이었다. 토요일 오후마다 방송되는 프로그램이었는데 토요일 오전 수업을 했던 아이들은 학교에 갔다 오면 주말에 처음 접하는 TV 프로그램이라 배달의 기수는 주말을 알리는 프로그램이었다.

프로그램 내용은 반공정서를 바탕으로 주로 군인들이 주인공인 전쟁 드라마를 보여주거나 실제 6.25 당시의 전투 장면을 다큐멘터리 형태로 정보를 전달하였다. 매주 그 프로그램을 보면서 제작자가 의도한 대로 아이들의 뇌리에는 반공의식이 조금씩 형성되어 갔다. 그중 기억나는 내용은 북한군에게 포로로 잡혔다가 기지를 발휘하여 탈출하는 국군의 활약상이 있었고, 6.25전쟁 당시 북한군이 마을을 점령하여 민간인들을 인민재판이라는 명목으로 학살하는 장면, 치열한 고지전에서 목숨을 걸며 고지를 탈환하는 전투 장면이다.

반공문화란, 냉전시대에 공산당, 즉 북한을 적대시하는 문화로서

6.25전쟁, 무장공비 침투, 간첩활동 등으로 '우리를 위협하는 북한이 가장 위험한 적이다.'라고 사회 전체가 인식하는 당시의 시대사상이었다. 더구나 쿠데타로 정권을 쟁취한 군사정권은 체제 안정을 목적으로 더욱 반공사상을 고취시키는 데 열을 올렸다. 일례로 '공산당이 싫어요!'를 외치다 무장공비에게 무참히 죽임을 당한 '이승복' 어린이 이야기는 당시 초등학생들에겐 북한 공산당을 대하는 모범적인 사례로 널리 홍보되었다.

그 시절 국가 기념일에 TV에서 가장 자주 볼 수 있었던 만화영화를 꼽자면 당연 <똘이장군>이었을 것이다. <똘이장군>은 당시 북한의 김일성을 '괴물돼지'로, 김일성을 추종하는 북한군을 늑대로 묘사해놓고 타잔처럼 옷을 입은 주인공 '똘이'가 적의 소굴로 들어가 괴물돼지와 늑대들을 무찔러 인질을 구출한다는 내용이다. 삼일절, 현충일, 광복절 등에 이 만화영화는 기념일마다 주야장천 방영되어 아이들의 머릿속에 김일성과 북한군에 대한 이미지를 계속 각인시켜 주었다.

마을 어귀에는 대부분 마을 입구를 알리는 시멘트로 만들어진 표지석이 있었다. 보통 그 표지석에는 빨간색과 검은색 페인트로 반공표어가 새겨져 있었다. '북괴 남침 예고 없다. 자나 깨나 총력안보', '총력안보 이룩하여 북괴망상 분쇄하자.'라는 글들이었다. 학교에서는 반공 방첩 표어나 포스터 만들기가 자주 있었고, 그때마다 '잊지 말자 6.25, 때려잡자 공산당', '공산당이 싫어요!' 같은 표어나 포스터를 자주 그렸다. 선생님들도 수업 시간에 북한 이야기를 자주 들려주셨는데, 특히 천삽뜨기 운동, 새벽별 보기 운동, 오가작통법 등의 이야기는 북한이 매우 지독한 집단이라고 인식시켜 주었다.

또한 '간첩 잡는 아빠 되고, 신고하는 엄마 되자.'라는 표어가 있을 만큼 간첩신고는 대단한 화젯거리였다. 실제로 간첩신고를 하여 당시 어마어마한 상금을 받았다는 내용도 뉴스에 심심찮게 보도되었다. 당시 간첩신고는 천만 원, 간첩선 신고는 오천만 원의 포상금이 걸려 있었으니 그 정도면 지금 로또와 비슷한 금액이다.

그렇게 반공이 일상화되어 아이들은 반공이 지상 최대의 숙제인 것처럼 받아들여졌다. 그래서 종종 난 어릴 적 꿈에 북한군에게 쫓기는 꿈을 자주 꾸었다. 꿈에서 전쟁이 일어난다. 6.25 때처럼 북한군이 물밀듯이 밀려든다. 북한군이 몰려온다는 소식을 듣고 미처 피난을 가지 못해 숨어야 했다. 할 수 없이 평소 숨바꼭질할 때 자주 숨었던 헛간으로 달려가 구석진 곳에 몸을 웅크리고 난 후 나뭇단으로 몸을 가려 숨었다. 조금 뒤 북한군이 집을 수색하면서 헛간을 뒤진다. 나뭇단 사이로 보이는 북한군이 나에게 조금씩 다가온다. 온몸에 땀이 난다. 북한군은 나뭇단을 휙 뒤집는다. "으악" 하며 악몽에서 깨어난다. 이런 꿈을 어렸을 적 자주 꾸었다. 정신적 지배가 얼마나 사람에게 영향을 주는지 단정적으로 보여주는 일화이다.

지금은 남북 정세가 변하여 북한군에 대한 두려움은 사라졌지만 어린 시절 타인에 의해 지배된 정신이 쉽게 변하기는 어렵다. 특히 주입식 교육에 익숙했던 시절에 주입된 것들이 모두 옳다고 생각하는 것 자체가 잘못된 습관이었다. 그래서 때로는 비판적 사고도 필요하다. 무조건 비판이 아니라 어떤 사고에 대하여 의문을 갖는 것. 그 의문의 해소를 위해 다양한 사고와 생각들을 접함으로써 사고의

틀을 넓혀가면 좀 더 중립적인 시각에서 사물을 바라볼 수 있는 통찰력이 형성되고 살아가는 데 편향적인 사고로 인한 선택에 대한 후회는 줄어들 것이다.

스포츠

1981년 해태 타이거즈, OB 베어즈, 롯데 자이언츠, 삼성 라이온즈, 삼미 슈퍼스타즈, MBC 청룡 등 6개 구단으로 우리나라 프로야구가 출범했다. 당시 국민들의 정치적 관심을 다른 곳으로 돌리기 위한 군사정권의 의도가 있었음을 어른이 되어서야 알았지만 당시 프로야구의 인기는 대단했다.

각 구단이 지역을 연고로 하고 있어 지역대결 구도 속에서 각 팀의 걸출한 스타들이 멋진 경기를 보여주었다. 김봉연, 김성한 등 해태 타이거즈의 강타자들, 삼성 라이온즈의 타격왕 장효조, 강속구를 구사하던 롯데 자이언츠의 최동원, 프로야구 원년에 22승을 거둔 OB 베어즈의 박철순, 다음 해에 30승을 거둔 삼미 슈퍼스타즈의 장명부, 여우라는 별명을 가진 MBC 청룡 최고의 유격수 김재박 등 당시 선수들 이름을 들으면 그 당시 주말 오후 2시부터 TV 앞에 모여 앉아 함께 응원을 하며 환호했던 기억이 떠오른다.

야구를 할 수 있는 변변한 운동장이나 야구방망이, 글러브가 없는 시골 마을에서 아이들은 야구와 비슷한 찐뽕(지역에 따라 찜부, 짬뽕이라고도 불렸다)이라는 놀이를 했다. 찐뽕은 고무공이나 테니

스공을 주먹으로 치는 것 말고 다른 규칙은 야구와 유사했다. 흙먼
지 날리는 마당에서 홈베이스와 1~3루까지 만들어놓고 공을 쳐서
담을 넘어가면 홈런으로 간주하고 땅볼을 치면 수비를 하여 야구와
마찬가지로 주루를 하여 세이프와 아웃을 갈랐다. 야구와 규칙이
크게 다른 것 중의 하나는 공으로 주자를 맞히면 아웃되는 규칙이
있어 항상 세이프와 아웃을 두고 싸우기도 했고 주자를 너무 세게
맞혀 싸움이 일어나는 일이 다반사였다.

공정한 심판이 없었기에 어느 선에서 타협하여 그럭저럭 게임이
진행되었지만 성질이 고약하거나 고집 센 아이들 때문에 게임 자체
가 중도에 중단되는 일이 더러 있었다. 그 아이를 다음에는 안 끼
워주겠다고 다짐하지만 인원이 부족하여 다음에도 그 아이는 유유
히 게임을 같이 하게 된다.

1973년 '이에리사' 선수가 사라예보 세계탁구선수권대회에서 우
승을 한 후부터 탁구의 인기도 급상승했다. 시골 마을에서 탁구대
나 라켓이 있을 리가 없다. 그래서 아이들은 공사용 넓은 판자를
탁구대로 사용했다. 또한 탁구대를 지지하는 다리는 집 지을 때 사
용하는 구멍 뚫린 블록으로 대체하고 중간에 네트는 10cm 높이의
벽돌로 세웠다. 탁구라켓은 판자를 탁구채 모양으로 잘라 고무패드
없이 사용했다. 고무가 없기에 드라이버나 커트와 같이 회전력이
가미된 기술을 구사하지 못하더라도 스매싱이나 일반적인 공 넘기
기는 문제없이 할 수 있었다.

탁구와 같은 네트운동의 문제점은 같이 즐기는 사람의 수준이 비
슷하지 않으면 경기가 재미없다는 것이다. 그래서 초보자가 쉽게
고수와 어울리지 못하는 운동이다. 탁구를 일찍 접한 동네 형들은

초보자를 홀대했다. 처음에는 그것이 그렇게 서운했지만 지금 생각하면 당연한 일이었다. 형들의 홀대로 이를 악물고 연습한 결과 어느 시점에는 그들과 어깨를 나란히 하고 시합을 할 수 있었으니 그러한 홀대가 동기부여가 되기도 했다.

변변치 않은 운동장비는 배드민턴도 마찬가지였다. 지금은 체육관에서 닭의 깃털로 만든 셔틀콕을 사용하고 유명 브랜드 라켓과 신발, 유니폼을 입은 채 운동하는 것이 일상화되었지만 그 당시 라켓은 나무판자를 사용했다. 언젠가 <무한도전>이라는 예능 프로그램에서 출연자가 주걱으로 배드민턴공을 치는 것을 보니 옛날 생각이 났다. 마당에서 빨랫줄을 네트 삼아 판자로 공을 치다 보면 힘이 과하여 지붕 위로 자주 올라가 그럴 적마다 사다리를 놓고 지붕에 있는 공을 다시 내려야만 했다.

어릴 적 변변치 않은 장비와 어려운 여건에서 조금씩 익혔던 스포츠에 대한 경험은 어른이 되어 그 스포츠를 좋아하거나 즐기는 데 도움을 주었다. 당시 배운 것이 몸속 어딘가에 저장되어 있어 어떤 계기가 있으면 다시 발현되는 것처럼 한 번 해봤던 경험들은 언젠가 도움이 되었다. 하지만 해보지 않은 것들은 어른이 되어서도 힘들다. 어려서 피아노와 같은 악기를 배운 적이 없어 악기 다루기는 매우 서툴고 교향곡을 들으면 잠이 오는 현상도 그런 이유인 것 같다.

가급적 우리 아이들이 많은 것을 경험하고 느꼈으면 하는 바람은 있지만 학교와 학원을 오가며 꽉 짜인 시험 일정에 계속 대비하며 대부분의 시간을 보낸 아이들이 어른이 되어 인생을 사는 여러 가지 좋은 방법이 있다는 것을 모르고 좁은 시각으로 삶을 대하지 않을까 걱정도 된다. 하지만 아이들은 인터넷과 각종 미디어를 통해 간접적으로 더 많은 것들을 접하고 있을지 모른다. 그렇다고 하더라도 남에게 전달할 목적으로 제작된 콘텐츠들이 실질과 부합하는 정보를 주고 있는지 의문이 든다. 그래서 시간이 되면 아이와 밖으로 나가기를 권하고 싶다. 버스를 타든, 공원에 가든, 도서관에 가든, 식당에 가든 짧은 여행, 긴 여행 등 하나하나 부모와 같이 한 경험이 그들의 인생을 살아가는 데 좋은 밑거름이 될 것이다.

제사

    어머니와 덜컹거리는 초록색 완행버스를 타고 장흥의 어느 시골 마을에서 내렸다. 할아버지 제사를 지내기 위해 장흥에 있는 큰집에 왔다. 차가 다니는 도로에서 마을로 가는 길에는 양옆으로 키 작은 측백나무가 나란히 심겨 있다. 측백나무 너머로는 탐진강의 물줄기를 따라 펼쳐진 들판이 평화롭게 마을을 감싸고 있다. 측백나무 길은 10분이 넘도록 걸어도 끝이 나지 않을 만큼 길었다.

    어느새 마을 입구에 다다르니 옅어진 가을빛에 낙엽을 다 떨어트리고 겨울을 준비하고 있는 커다란 느티나무가 나타난다. 나무 아래에는 돌무더기가 쌓여 있고 나무가 새끼줄로 두세 번 둘러져 있는 것으로 보아 마을의 성황당 역할을 하는 나무다. 마을 골목을 지나 맨 꼭대기에 있는 큰집에 다다르니 마당과 집 안 여기저기에서는 친척들이 제사 음식 준비로 분주히 움직이고 있다.

    돌아가신 할아버지 제사를 큰집에서 지냈고 할아버지의 배우자가 세 분이라 모이는 친척들이 스무 명도 넘었다. 남자들은 방 안에 둘러앉아 밤을 치고 제문을 작성하는 일 외에는 딱히 할 일이 없어 보인다. 방에서 TV를 보고 세상 돌아가는 이야기를 하며 제사를 지낼 자정이 되기만을 기다리고 있다. 반면에 부엌과 제사상이 차려지고 있는 마루에는 제사 음식을 준비하는 큰어머니, 고모, 어머니, 작은어머니, 사촌 누나들이 바삐 움직이고 있다.

제사상은 큰아버지의 지도 아래 홍동백서(붉은 과일은 오른쪽, 배와 같은 흰색 과일은 왼쪽), 어동육서(생선은 동쪽 고기는 서쪽, 생선 머리는 동쪽으로 향해야 함), 좌포우혜(좌측에는 북어와 같은 포, 우측에는 식혜) 등 매우 까다로운 규칙에 따라 준비되고 있다.

제사상이 다 차려지고 나면 이제 자정이 되기를 기다린다. 제사는 고인이 돌아가신 전날 자정에 찾아온다고 믿었기 때문에 졸음이 쏟아져도 자정이 되기만을 기다려야 했다. 자정이 되면 남자들만 제사상 앞에 모여 큰절을 두 번 올리며 제사가 시작된다.

지역마다 또는 가정마다 제사 방식은 조금씩 다르지만 기본적인 틀은 고인이 찾아와 후손들이 마련한 술과 음식을 편안히 드시고 후손들에게 건강과 복을 주라고 기원하는 것이다. 그 과정에서 절을 몇 번 해야 한다든지, 언제 밥과 국을 올려야 한다든지, 어떤 술을 올리는지 등은 저마다의 전통에 따라 조금씩 다르다.

제사가 끝나고 나면 '음복'이라 하여 조상이 주는 복을 받는 과정으로 제사 음식과 술을 먹는다. 남자들은 제사상에 차려진 술과 음식으로 별도로 마련된 상 앞에서 담소를 나누고 있는 반면 여자들은 제사상을 치우고 음복할 상을 차려내며 설거지를 하니 계속 일이 이어진다. 새벽 2시가 되어야 모든 일이 마무리되고 잠자리에 들 수 있다. 아무리 큰집이라고 하지만 평소 지내는 사람보다 많은 사람들이 함께 잠을 자야 하니 잠자리가 불편했다. 하루 종일 지친 어머니도 방 한편에 지친 몸을 누이시고 나는 그 옆에서 새우잠을 청한다. 몇 시간 지나지 않아 시골의 새벽을 알리는 닭이 단잠을 깨우니 어머니가 아침밥을 준비하기 위해 부엌으로 향하신다.

제사는 후손들이 돌아가신 분을 기리는 유교문화에 따른 전통이다. 고인에게 대접할 음식은 여성들이 준비하지만 유교문화의 관습에 따라 이들은 제사에 참여하지 못한다. 반면, 남성들은 차려진 제사상으로 고인을 대접하는 주요 역할을 한다. 딸로 태어났다는 이유로 아버지 제사상에 절도 못 하는 고모가 안쓰럽다. 여성들에게 제사가 왜 힘든지 그 시절 제사 지내는 과정을 들여다보면 이해할수 있다. 그런데 이렇게 힘든 제사가 일 년에 여러 번 있다. 또한 아이들에게 제사는 맛있는 음식을 먹을 수 있는 기회이기에 기다려지는 일이지만 그 시절 어머니들에게는 바쁜 농사일을 하는 와중에때가 되면 다가오는 힘든 노동이었다.

최근에 돌아가신 장인어른의 기일이었다. 제사를 모시기 위해 처남 집에 여섯 자식이 모였다. 할아버지 제사에 12명이나 되는 손자들은 한 명도 안 보인다. 모두 학원에 가 있나 보다. 식당에서 저녁을 먹고 아파트 거실에 모여 각자 집에서 마련 또는 사 온 음식으로 간단히 제사상을 차린다. 물론 홍동백서와 어동육서 정도는 지켰다.

처가는 5녀 1남이라 처남이 제사를 주도하지만 여성들도 절을 올린다. 저녁 8시에 제사를 시작해 제사 음식으로 간단히 다과를한 후 그날 저녁 모두 각자 집으로 돌아간다. 나의 본가에서는 모든 제사를 없애고 봄에 한식날 합동으로 시제를 지내는 것으로 대체했다. 즉, 할머니가 돌아가신 날 시골집에 찾아와도 후손들이 마련한 제사상은 없다.

돌아가신 이를 추억하는 마음이 있다면 누가 제사를 지내든지, 장소와 시간, 방식은 중요하다고 생각하지 않는다. 이슬람 사람들은 하루에 다섯 번 기도를 하는데 언제 어디서든 메카를 향해 기도를 올릴 수 있다.

변하지 않는 것은 없다. 속도가 느려 짧은 한 번의 생애에서 그 변화를 뚜렷이 체감 못 할 수는 있지만 모든 것은 변한다. 특히 삶의 방식에 있어 과거에는 중요했지만 지금 더 중요한 가치들로 인하여 변화가 일어난다. 그러한 변화가 내가 알던 것이 아니라는 이유로 거부해서는 안 된다. 예전에 그렇게 했으니 지금도 꼭 지켜야 한다는 식의 말로 더 이상 상대방을 설득하기 어렵다.

전국 각지에 흩어져 바쁘게 지내는 사람들이 전날 모여 하루 종일 음식을 준비하고 고인이 온다는 확신도 없는 자정에 맞추어 제사를 지내야 하며 피곤한 몸으로 불편한 잠자리에서 다음 날까지 함께해야 하는 전통은 너무 형식에 얽매인 관습에 지나지 않는다고 생각한다. 또한 여성들도 고인의 자식이거늘 제사에 참석도 못 하는 것이 말이 안 된다. 그들이 음식을 준비하기 위해 그 노력과 정성을 다하는데도.

과거에 집착하다 보면 새로운 것들을 받아들이기 어렵다. 변화는 과거를 결코 잃어버리는 것이 아니다. 재해석하는 것이다. 그 재해석에는 변하지 않는 가치는 결코 퇴색되지 않는다. 고인을 추억하고 기리는 마음은 그 형식과 절차를 어떻게 하든 남아 있게 마련이다. 가까운 미래에 다음 세대들은 전 세대의 제사를 지낼 것이라 생각하지 않는다. 고인을 기리는 방법은 어떤 식으로든 변할 것이다. 고인과 함께했던 동영상을 본다든지 고인과 함께 했던 여행지에 가는 방법 등으로. 하지만 거기에는 모두 함께한 시간들을 추억하려는 마음만은 변하지 않을 것이다.

상여

북쪽에서 기러기가 날아오는 모습이 보이기 시작하면 겨울이 시작된다. 삼 일은 춥고 사 일은 조금 덜 추운 날씨가 반복되지만 어느 해는 눈이 많이 오고 유난히 추운 겨울이 있었다. 한 번 내린 많은 눈은 추운 날씨에 녹지 않고 지붕 위에서 조금씩 녹으면서 처마 밑에 커다란 고드름을 만든다. 고드름을 얼음과자처럼 먹어보지만 이만 시리고 맛은 별로 없다. 누가 가장 큰 고드름을 가져오는지 자랑하고 가져온 고드름으로 칼싸움도 해본다.

아이들에게는 겨울이 재미있는 시간이지만 추위에 약한 어르신들은 그해 겨울을 탈 없이 보내야 다음 해를 기약할 수 있다. 겨울에는 혈관 수축에 따른 심혈관계, 뇌혈관계 질환이나 면역력 저하에 따른 호흡기 질환 또는 낙상 후유증 등으로 어르신들이 겨울을 온전히 못 보내는 일이 다반사였다.

어느 해 추운 겨울날 90세가 넘으신 할머니께서 돌아가셨다. 할머니의 장례는 집에서 치러졌다. 병풍 너머로 관을 두고 병풍 앞에는 제단을 마련한다. 집 마당에 햇볕과 비를 막아줄 커다란 텐트를 설치하여 그 아래 조문객들을 맞이할 명석을 깔았다. 조문객들은 삼삼오오 모여 술과 음식을 먹고 화투와 윷놀이를 하거나 이야기를 나누었다. 엄동설한이라 마당 한쪽 구석에는 드럼통에 큰 장작을 넣어 불을 지피고 있었으나 겨울밤은 매섭게 추웠다. 그 추위에도 조문객들은 새벽녘까지 자리를 떠나지 않았다. 당시에는 상주와 같이 조문객이 밤을 새우는 것이 풍습이었다.

할머니는 슬하에 아들 둘과 딸 하나를 두셨다. 조문객들이 예를 갖추어 절을 올리면 고모는 적절한 순간에 정말 세상이 무너져라 우셨다. "아이고, 아이고~~, 불쌍한 우리 엄마, 아이고, 아이고~~" 어찌나 서글피 우시던지 옆에 서 있던 나도 감정에 복받쳐 울게 될 정도였다. 그런데 신기한 일은 통곡하듯이 울고 있는 고모에게 누군가 말을 걸면 고모는 언제 울었냐는 듯 금세 평소 얼굴로 돌아가 응대를 한다는 것이다. 나중에 알게 되었지만 서럽게 울어주는 행동이 고인에 대한 예의라고 한다. 물론 고모의 눈물이 다 지어낸 것은 아니라는 것은 알지만 그렇게 감정을 절제할 수 있다는 능력에 새삼 놀랐다.

삼일장을 치르면 묘소에 모시기 위해 관을 상여로 옮긴다. 관은 고인이 살았던 방을 들어갔다 나오며 방문 앞에 놓인 말린 박 바가지를 깨어 하늘의 문을 여는 의식을 치른다. 상여는 동네 청장년들이 어깨에 함께 둘러메고 마을 어귀를 돌아 묘소로 가게 된다. 관을 얹은 상여는 알록달록 종이꽃과 오색 깃발로 화려하게 장식되었다. 상여는 종을 치며 장송곡을 부르는 소리꾼이 이끈다. 소리꾼이 "이제 가면 언제 오나."를 선창하면, 십여 명의 상여꾼들이 "허~~여, 허~~여"로 후렴을 넣으면서 마당을 몇 바퀴 돈다. 마당을 나서며 소리꾼은 상여 앞에서 걸으며 계속 선창을 한다. 그 소리의

가사가 '북망산천, 저승길' 등 슬프거니와 감정이 실려 있고 후렴도 너무나 애절하여 저절로 눈물이 나온다.

상여는 마을을 벗어나기 전 제를 다시 올리고 마을 어귀를 크게 돌아 묘소로 향한다. 그 뒤를 수십 명의 상주와 조문객이 따라간다. 장지에 미리 파놓은 무덤에 관을 내려 흙을 덮으면 고인은 무덤에 안장되고 이름이 새겨진 묘비만이 그분이 누구라는 것을 알릴 뿐이다. 고인을 모셨던 상여는 한편에서 불에 태워지고 집에 돌아온 가족들은 고인의 흔적을 하나 둘씩 지워간다.

어릴 적 누구나 함께한 사람을 떠나보낸 경험이 있다. 그땐 죽음이 어떤 것인지 몰랐기 때문에 너무 두렵고 슬펐던 기억으로만 남았다. 어른이 되어 죽음에 대한 생각은 '누구에게나 찾아오고 자연스러운 것'이라고 인식하게 되었다. 죽음은 어떻게든 피할 수 없으니 중요한 것은 주어진 삶을 어떻게 사느냐다. 각자가 삶을 살아가는 방식이나 삶에서 중요한 가치가 다를 수 있다. 나는 '천상병' 시인의 「귀천」의 한 구절을 죽음을 대하는 태도로 삼고 있다. '나 하늘로 돌아가리라, 아름다운 이 세상 소풍 끝내는 날 가서, 아름다웠더라고 말하리라.'라는 구절이다.

돌이켜 보면 아름다웠다고 말할 수 있는 시간은 행복하거나 즐거운 시간만은 아니다. 힘이 들었더라도 무언가를 위해 열심히 살았던 시간이 아름답게 추억된다. 오늘 하루 내게 주어진 시간을 허투루 낭비하지 않고 의미 있게 지내다 보면 나 하늘로 돌아가서는 할머니에게 "할머니, 아래 세상 아름답게 보내고 왔다."고 이야기할 수 있을 것 같다.

에필로그

　어릴 적 이야기를 하면서 가장 먼저 떠오른 것은 그 시절 함께했던 사람들이었다. 그들은 모두 내 삶에 큰 영향을 주었다. 많은 사랑을 주었고 배고프던 시절엔 힘이 되어주었으며 삶을 헤치고 나아갈 지혜를 주었다. 그들과 함께한 시간 속에서 난 무엇이 중요한 삶의 가치인가 생각하고 흔들릴 때는 내가 믿고 있던 그 가치를 따르며 살 수 있었다. 어디로 가야 할지 모를 때 그들과의 시간에서 얻은 것들은 어둠 속에서 빛이 되어 내 삶이 어디로 가야 할지 일러주었다. 사랑과 믿음, 관심과 배려, 상대방 입장에서 생각해보는 역지사지, 용서와 관용, 화합과 조화 등 어울려 살아가는 데 중요한 것들을 알게 되었다.

　사람뿐만 아니라 푸르른 자연과 함께하면서 많은 지혜를 얻었다. 사람의 인생과도 닮은 봄, 여름, 가을, 겨울이 반복되는 동안 노력한 만큼 얻을 수 있다는 것, 세상 모든 것들이 저마다 존재의 의미가 있다는 것, 때론 순응하여야 한다는 것, 욕심을 버려야 한다는 생각들은 삶을 좀 더 여유롭게 바라볼 수 있도록 해주었다. 그리고 치열한 경쟁 속에서 목표를 이루지 못한 좌절감, 대인관계에서 받은 상처, 스트레스가 많은 삶에서 자연이 주는 위로가 없었다면 삶은 팍팍한 백설기를 물 없이 먹을 때처럼 힘들었을지 모른다.

어릴 적 세상이 나를 중심으로 돌아간다고 생각했지만 그것은 영화에서나 가능한 이야기였다. 커가면서 사람은 서로 영향을 주며 함께 살아가고 있음을 알았다. 친구들과 놀이에서 사소한 것을 우기고, 전자오락 때문에 부모님 지갑에서 돈을 훔치고, 힘든 농사일을 피하려고 요령을 부렸던 일화와 같이 어린 시절 자신만을 생각하는 철없는 행동에서 비롯된 것들이 많았다. 곤충을 재미 삼아 잡고, 동물들을 유희에 이용했던 것도 어린 시절 세상의 중심이 인간이라고 생각한 좁은 생각 때문이었다. 그때는 그런 것들이 나쁘다고 생각하지 않았지만 지금 기준으로는 많이 다르다. 그래서 가치는 항상 변할 수 있다는 유연한 사고도 살아가는 데 필요함을 알게 되었다.

어린 시절을 추억하는 것은 삶의 즐거움 중 하나다. 그 시절 사진을 보며 지난 시간을 회상하고 추억이 있던 장소에 가서 어떻게 변했는지 보며 추억에 잠겨본다. 삶이 지치거나 위안이 필요하다면 기억의 서랍 속에서 하나씩 꺼내어 현재 생각의 공간에서 잠시 펼쳐보자. 햇볕이 따스한 날에는 연녹색 싱그러움이 가득한 봄 들판에 춤추는 노랑나비를, 비 오는 여름날엔 토란잎 우산 쓰며 뛰다가 맞이한 무지개를, 하늘이 높고 푸른 날에는 누런 들판에서 참새가 어디로 갈까 바라보던 상상을, 눈 내리는 날엔 따뜻한 아랫목에서 고구마 먹으면서 가족들과 이야기 나누던 추억을 떠올리며 그리움에 눈물을 흘려도 좋을 것 같다.

우리는 모두 현재의 삶을 살아가고 있다. 현재의 삶을 살면서 '옛날에 그랬었는데! 지금은 왜 그럴까?' 비판도 할 수 있고 '우리 어릴 적에는 말야.' 하며 자랑도 할 수 있다. 그러나 과거의 기준에만 집착하기에 세상은 너무 많이 변했고, 그에 따른 중요한 삶의 가치도 다양해졌다. 현재의 삶에서 예전보다는 더 중요한 가치들, 통일성보다는 다양성, 물질보다는 정신적 건강, 거창하지 않더라도 소소한 행복, 나눔이 주는 즐거움 등 과거 기준으로는 평가하기 어려운 것들이다. 하지만 세상이 변하더라도 변하지 않는 가치는 여전히 있다. 함께한 이들의 소중함, 새로운 것에 대한 도전과 용기, 꿈을 위한 부단한 노력, 함께 살아가면서 필요한 이해와 공감, 행복한 삶을 위한 지혜와 여유 등은 그때나 지금이나 삶을 아름답게 살아가는 방법일 것이다. 우리 아이들도 변하지 않는 가치들을 자기만의 방식으로 해석하여 오늘을 지혜롭게 살아갔으면 하는 바람이다.

소풍 전날 설레는 것은 내일 즐거운 일이 일어날 확신이 있기 때문이다. 그러나 미래는 무엇이 펼쳐질지 알 수 없다. 기술이 발전해도 예측하기가 어렵다. 그래서 불안하기도 하다. 하지만 어떤 미래가 다가오더라도 잘 살아갈 수 있다는 확신이 있다면 불안은 상쇄되고 즐거운 일이 일어나리라는 확신도 강해진다. 그러한 확신이 과거의 기억과 경험을 통해 공고해질 수 있을 것이라 생각한다. 미래에 설레는 일 가득한 삶을 살기 위해서는 우리는 부단히 정진해야 한다. 과거가 좋았고 현재의 삶에 만족한다고 하여 노력을 멈추면 안 된다. 그것은 흐르는 물이 고여 썩기만을 기다리는 것과 같다. 다른 물줄기를 만나 더 큰 물줄기를 만들고 마침내 다른 사람의 메마른 땅을 적셔줄 수 있는 큰 강물 같은 삶을 살기 위해 과거를 추스르고 현재에 충실하며 미래를 반갑게 맞이하는 생각과 마음이 이 책을 통해 여러 독자들에게 전달되었으면 한다.

장창석(張昌錫)

저자는 1973년 전남 강진에서 출생하여 1995년 전남대학교 화학공학과를 졸업하였다. ROTC 포병장교로 군복무를 마치고 1997년 LG반도체(현 SK하이닉스)에 입사하여 엔지니어로 근무하였으나, IMF여파로 그만두고 다시 공직에 문을 두드려 20년 동안 공직 생활을 하고 있다.

어릴 적 생각

초판인쇄　2021년 2월 19일
초판발행　2021년 2월 19일

지은이　장창석
펴낸이　채종준
펴낸곳　한국학술정보㈜
주소　경기도 파주시 회동길 230(문발동)
전화　031) 908-3181(대표)
팩스　031) 908-3189
홈페이지　http://ebook.kstudy.com
전자우편　출판사업부 publish@kstudy.com
등록　제일산-115호(2000. 6. 19)

ISBN　979-11-6603-319-3 03810

이 책은 한국학술정보㈜와 저작자의 지적 재산으로서 무단 전재와 복제를 금합니다.
책에 대한 더 나은 생각, 끊임없는 고민, 독자를 생각하는 마음으로 보다 좋은 책을 만들어갑니다.